Der sechste Tag

Kultur in der Zentralschweiz
Literatur des 20. Jahrhunderts

Der sechste Tag

Josef Vital Kopp

Herausgeber

Beatrice von Matt, Joseph Bättig, Hardy Ruoss

Dank

Herausgeber und Verlag
danken der UBS Kulturstiftung für
ihre grosszügige Unterstützung

Impressum

2007, zweite Auflage
Copyright by Peter und Beatrice von Matt-Arnold
Verlag Pro Libro Luzern, CH-6006 Luzern
Gestaltung: Max Wettach GmbH, Luzern
unter Verwendung eines Bildes von Odile Petitpierre, Ebikon
Vertrieb: Orell Füssli Verlag AG, Zürich
www.ofv.ch
info@ofv.ch

ISBN 978-3-9523163-5-1

Bibliografische Information der Deutschen Bilbliothek:
Die Deutsche Bibliothek verzeichnet diese Publikation in der
Deutschen Nationalbibliografie; detaillierte bibliografische
Daten sind im Internet über http://dnb.d-nb.de abrufbar.

eins

Des Staunens entsinne ich mich noch lebhaft, das mich ergriff, als er so obenhin zum Wachtmeister bemerkte, er zähle zweiundvierzig. Zweiundvierzig! Welch archaischer Zeuge der Vorzeit! Er war also jung gewesen, als noch die Mägde frühmorgens mit flüchtig aufgestecktem Haar zu den Brunnen eilten, Eimer füllten und den Wasservorrat für den Tag in die Küchen ruderten; in Zeiten, da um Mittag noch der Fleckenweibel herumging, auf Plätzen und Kreuzstrassen mit der Handglocke die Frauen an die Fenster lockte und Angebote ausrief; in Zeiten, da abends in allen Stuben die Öllampen aufflammten und den warmen, flackernden, lebendigen Schein freundlich durch unverhüllte Scheiben in die Gasse warfen; in Zeiten also, in denen der Galgen noch stand und Kuriere den Flecken durchtrabten.

Gern erzählte er von jenen Tagen, wie von Wundern nicht ohne Wehmut, doch sichtlich froh, ihnen entronnen zu sein.

Entronnen? War er das wirklich? Weshalb hielt er denn im Hauswesen noch so streng auf Vorschriften, die in unsern Augen längst ihren Sinn verloren hatten? Nur um die Kinder in Zucht und den Gehorsam in Gang zu halten? Er war einst lange Zeit Soldat gewesen. Nicht bloss aus Pflicht wie andere; Soldat aus Leidenschaft. Vom Kasernenhof und Feldquartier blieb ihm zeitlebens feinste Witterung für Rang und gestufte Dienstbarkeit. Deshalb waren denn die Hausverrichtungen der Kinder straff und in wöchentlichem Turnus geregelt: das Zutragen von Brot und Milch, das Wegschaffen der Speisereste wie das Kehren der Stiegen; überdies die Wachsamkeit über den Glanz der messingenen Klinken und Türknöpfe und die dutzend andern leichten Handdienste, die junge Herzen in den Strom des Lebens einzureihen taugen. Aussergewöhnliche Verrichtungen, wie sie auch im geordneten Hauswesen gelegentlich anfallen, wurden ausgewürfelt oder durch das Ziehen einer Spielkarte übertragen.

Um aber die Kinder auch für die Tücken des Himmels zu wappnen, wurde dann und wann eine Arbeit nach Willkür anbefohlen. So war denn alles auf Mass und Frieden gestimmt und doch der Laune so viel Spiel gegeben, dass Zweifel über den Herrn des Hauses nicht keimen konnten.

Von all den Verrichtungen stand eine wegen ihrer unbestrittenen Gefährlichkeit im ersten Rang: Auf dem Waschtisch im elterlichen Schlafzimmer prangten zwei weite Becken, mit Rosagirlanden verziert, darin mächtige Wasserkrüge im selben Schmuck. Gleich am Morgen, wenn die Magd das Zimmer richtete, wurden die Krüge gefüllt. Auf dem kleinen Sims vor dem Spiegel aber stand, zart gerillt, bläulichgrün und hauchdünn, eine Karaffe mit weitem Hals und ohne Henkel, in den Kinderaugen eine schimmernde Kostbarkeit. Die Karaffe blieb leer. Sie abends anzufüllen, war der prominenteste der genannten Dienste, weil, wie erwähnt, von besonderer Gefährlichkeit. Vor dem Schlafengehen musste also, wer im Turnus stand, sich auf den Schemel stellen, die Karaffe vorsichtig umfassen, sie vom Waschtisch heben und sorgsam durch Haus und Stiegen zum Brunnen tragen, der einen Steinwurf vom Garten entfernt in die Gasse rauschte.

Der Brunnen war eigener Art. Der dicke Strahl, der in die weite Wanne schoss, liess fortwährend ein röchelndes Keuchen vernehmen. Stets schien der Brunnen ausser Atem und nur unter dem Aufgebot seiner letzten Kraft imstande, diese Wasserfülle auszubringen. Das heftige Temperament verschaffte ihm ein besonderes Ansehen vor den andern Brunnen, die alle gemächlich und wie aus Langeweile überliefen.

Hier also war die Flasche bis zum Eichzeichen mit lebendigem Wasser zu füllen. Lebendiges Wasser! Das nämlich war eine der Ideen, die aus der Vorzeit seiner Jugend stammten. Was im Haus aus der stehenden Leitung fliesse, so beteuerte er immer wieder, sei kraftlos, schal, zum morgendlichen Spiel in der Wanne und zum Kochen gerade gut genug. Für Mund und Zähne aber tauge nur lebendiges Wasser. Ohne einen letzten erfrischenden Trunk vom Brunnen, das habe er hinreichend erprobt, vermöchte er die ganze Nacht kein Auge zu schliessen.

Das war Gesetz. Etwas seltsam, doch eindeutig und übrigens nicht unerträglich. Es hätte sich also eigentlich alles im Frieden abgespielt. Doch das Leben ist tückisch. Vor allem: Die Bosheit der Welt schont auch Kinderherzen nicht.

Oft war der abendliche Gang zum Brunnen ein arges Unternehmen. Arg zum Beispiel an Winterabenden, wenn man in der Stube gesessen und sich am Schiefertisch warmgespielt hatte; wenn Wangen und Ohren vor Übereifer glühten. Da musste der Unglückliche, der im Turnus stand, vor der Zeit abbrechen, sich erheben, die Füsse nochmals in die schneefeuchten Schuhe stecken und in die kalte, menschenleere, unheimliche Gasse treten. Der Nachmittag hatte den Schnee an der Südwand des Hauses geschmolzen, und die Kühle des Abends die Stiege mit Glas überzogen. Wie tastete sich ein Kind, das dünne Unheil in der Hand, der Mauer entlang in die Tiefe? Wie fand es über die von Schlitten blankgescheuerte Gasse heil zum Brunnen? Das Gestänge, auf das die Mägde früher die Eimer stellten, war rings mit Eis gepanzert. Die eine Hand also darauf stützen und mit der andern die Flasche so rasch und treffsicher zur röchelnden Röhre erheben, dass man den Strahl in den Hals einfing, ohne dass ein schauriger Guss Arm und Ellenbogen überlief: ein Kunststück, das beim düstern Streulicht der Strassenlampe selten glückte! Es sei hier auch kurz und bloss im Allgemeinen der Gefahren der Unachtsamkeit gedacht, denen kindliches Tun, wie man weiss, besonders unterliegt. Immerhin, das alles waren Tücken der Natur, berechenbar und für die Klugheit des Menschen nicht unüberwindlich.

Doch zuweilen war der Gang von Drohungen aus höherer Ordnung umwittert. Wie oft war man tagsüber mit den Knaben der Gasse in Streit geraten, hatte

Schläge erteilt, Schimpfworte gewechselt, sich in Feindschaft getrennt und die Sonne über dem Zorne sinken lassen! Dann kam die Nacht, deren man im Hader nicht gedacht hatte, und es galt, mit der hauchdünnen Sorge in der Hand, das vom Feind gefährdete Gebiet zu überqueren. Gewiss, die Gasse lag finster und von der Lampe nur unklar bestreut. Auch konnte man, so man sich dicht an die Mauern hielt, im Schlagschatten der Vordächer zum Brunnen vordringen. Doch boten sich diese Vorteile nicht auch dem Feinde?

Jahrelang ging trotzdem alles gut.

Indes sei nicht verschwiegen, dass sich mit der Zeit winzige Vorfälle häuften, die ahnen liessen, es müsste eines Tages eine Probe besonderer Art zu bestehen sein.

Mit dieser Erwähnung ist nun auch der Hinweis auf den Sohn des Büchsers unvermeidlich geworden. Mit ihm verband mich Gegnerschaft von Anbeginn: Die frühesten Erinnerungen an ihn sind feindseliger Natur. Er war älter als ich, nur mittelgross, aber zäh und kräftig. Unter seiner bedrohlich vorgewölbten Stirn loderten zwei kleine, böse, rastlos lauernde Augen. Er war zum Peiniger geboren, wie die Tiere, die ihre Beute im Sprunge fassen. Der störrige Bock erprobte jeden Buben auf seine Kraft. Stets gab es irgendwo etwas zu schlagen, zu treten und zu würgen, verstohlene Püffe, einen Tritt in die Kniekehle, einen Sprung ins Genick. Insbesondere wo er schmalen Bau und schwache Muskeln witterte, setzte er sich an. Mordlust war es, die ihn beseelte. Der Häschergriff seiner stets feuchten Hände liess jedes Opfer erschauern. Das Schlimmste: Entrinnen gab es nicht. Aus dem Boden tauchte er auf, war mit allen Durchschlüpfen vertraut und wusste sein Opfer auf wilden Verfolgungen unfehlbar in einen Hinterhof zu treiben, wo sich kein Zeuge seiner Rohheit fand. Das war der Sohn des Büchsers. Wie erwähnt, nahm er sich meiner seit je mit besonderer Sorgfalt an. Dass mein übereilter Wuchs ihn lockte, stets neue Probestücke seiner Kraft zu bieten, liegt auf der Hand. Doch ist damit das Geheimnis kaum ergründet. Die Feindschaft gegen mich war eingeboren, von der Natur erdacht. Er jagte mich, wo er mich traf, schlug mich, wo er mich fasste, und sah sich nie bemüssigt, die Hiebe zu begründen. Zum Unglück war er sitzen geblieben und dadurch in meine Klasse gelangt. So boten sich unermessliche Gelegenheiten zum Angriff.

Selbst das winzige Blumenbeet, das uns Kindern im elterlichen Garten zur floristischen Betätigung überlassen war, bekam seinen Hass zu spüren. Jedes Frühjahr, wenn es in buntesten Farben prangte, wurde es nächtlicherweile mit teuflischer Bosheit zerstampft.

Mir blieb nur eine Möglichkeit, mich schadlos zu halten Wenn der Feind vor der schweigenden Klasse stand, stotterte, von einem Fuss auf den andern trat und die Fragen der Lehrerin nicht zu beantworten wusste, dann schlug für mich die Stunde der Versuchung. Zu oft liess ich mich locken. Ich wandte mich halbwegs um und flüsterte dem Peiniger unendlich törichte Antworten zu, die er, in der Verwirrung meiner Feindschaft nicht gedenkend, auffing und zum Hohngelächter der Klasse wiederholte. Mein beleidigtes Herz jubelte, sooft mir ein besonders lustiger Treffer gelang. Kurzsichtige Siege! Doch so hält die Natur das Leben im Gang.

Dass mein Dienst am lebendigen Wasser eines Abends vom wachsenden Zerwürfnis nicht unbehelligt bliebe, ahnte ich längst. Mehrmals schon hatte ich den Sohn des Büchsers bei einfallender Dämmerung in der Nähe des Brunnens herumstreichen sehen. Trat ich ans Fenster, wich er zurück. Einmal, als ich die Flasche füllte, hörte ich verdächtiges Knistern im Schneeballgebüsch. Wie ich den Blick erhob, gewahrte ich die eigensinnige Stirn und die lauernden Augen, verschwommen, doch eindringlich wie einen Schatten aus der Unterwelt. Ein paar Atemzüge starrten wir uns an. Er rührte sich nicht. Da quoll das Wasser über meine Hand, und ich jagte davon. Einen Angriff also wagte er nicht, noch nicht, hier im Blickfeld der Kanzlei. Aber er spielte mit der Gefahr.

Und ich? Fatalerweise vermochte auch ich mich dem gefährlichen Spiel nicht zu entziehen.

Eines Tages hatte ich dem Bedränger in einer Anwandlung von Übermut eingeflüstert, der Greifensee sei so gross wie der Mond. Zum unendlichen Vergnügen der Klasse hatte er die Narrheit aufgetischt. Mitten im Jubel traf mich sein Blick. Er verhiess mir sofortige Rache. Kaum war das Gebet gesprochen, stürmte der Feind los, um mich vor dem Schulhaus zu erwarten, wo ihm kein Fluchtweg verborgen blieb. Der Kampf spielte sich schneller ab, als er zu erzählen ist. In wortloser Wut warf er sich auf mich und brachte mich im ersten Ansprung zu Fall. Dann folgte ein wild keuchendes Raufen und Wälzen über die Erde hin, indes die Klasse uns schadenfroh umringte und jeden zur Vernichtung des anderen antrieb. Nur einer von ihnen stiess, wie ich bemerkte, mit dem nackten Fuss meinem Feind mehrmals kräftig in die Rippen, Es war vermutlich der Knabe Fritz Ittig, von dem später noch einlässlich die Rede sein muss, So nahe hatte der Leib des Feindes noch nie an mir gelegen. Heiss spürte ich den intimen Hass auf meiner Haut. Not trieb wich zur Gegenwehr. Keiner blieb dem andern schuldig, weder Stösse noch Kniffe. Schon fühlte ich die feuchte Hand auf meiner Brust beängstigend aufwärts nach dem Halse tasten. Sein bekannter Häschergriff! Mich packte Verzweiflung.

Da vernehme ich trotz des Pferdehufe und das pfeifende Ächzen überlasteter Achsen. Der Fuhrmann! fährt mir durch den Kopf. Mein Körper spannt sich zur letzten Kraft, und es gelingt, das gefährliche Handgelenk zu umklammern. Indessen muss auch der Sohn des Büchsers das Anhalten des Lastwagens bemerkt haben. Ich spüre, wie seine Muskeln sich lockern. Zugleich gewahre ich kopfüber, wie die vielen Knabenbeine auseinander treten und grobe Feldschuhe sich nähern. Kaum hat die schwere Hand des Fuhrmanns in den Schopf des Peinigers gegriffen, schnelle ich weg wie ein Fisch. Nicht vergessen werde ich das Schlänglein, das sich an den nackten Waden des Feindes emporringelte, als der Fuhrmann ihm zur Strafe mit der Peitsche in die Beine hieb. Nicht vergessen allerdings auch den giftigen Blick, mit dem der Sohn des Büchsers uns beide mass, indes er rücklings abwich. Das wird beglichen, sagten die kleinen Augen.

Meine Tissaphernesmütze war auf der Walstatt geblieben. Wie ich, noch immer im Schutz des Fuhrmanns, von ferne zurückblickte, sah ich den Feind: Triumphierend hielt er die Kappe aus der Schar der Knaben hoch und warf sie schliesslich über die Mauer in den Hinterhof des Leutpriesters. Damit war ein Tatbestand gegeben, bei dessen Regelung sich klar erweisen musste, wer der Schwächere war. Jedenfalls liess das Gejohle der Knaben keinen Zweifel bestehn, dass sie den als endgültig unterlegen betrachten würden, der hingehen, den Messingglockenzug des Leutpriesters fassen und demütig die Kappe herausbitten müsste.

Und ich? War ich nicht endgültig verloren, wenn ich mir diese Schwäche gab?

So schrieb ich einen Brief, den ersten Brief meines Lebens, einen Brief an den Büchser. In meinen Augen war er ein roher und unbewohnter Mensch. Doch kannte ich ihn, der meinen Peiniger erzeugt hatte, nur flüchtig. Genau wusste ich nicht, ob er die Taten seines Sohnes deckte, oder doch vielleicht an das Gute in der Welt glaubte und nicht ahnte, was für verwerfliche Wege sein Same ging. An ihn schrieb ich also einen Brief. Ich wartete einen Zeitpunkt ab, da die Kanzlei leer stand, schlich mich ein, spannte ein Papier und tippte mühsam und gewiss recht fehlerhaft Buchstabe an Buchstabe auf das Blatt. Zorn durchtobte mein Herz und Furcht zugleich. Willig drängten sich daher all die Wendungen herbei, die sich im Laufe der Zeit vom Hörensagen im Kopf eines Beamtenkindes speichern. Kanzleistil: «mit Bezug» und «Betreff» und «auf Grund» ... Kurz, mein Schreiben verbreitete offenbar eine Achtbarkeit, die von Dokumenten aller Dienststellen ausgeht, deren Befugnisse eindeutig und auf Höflichkeit nicht angewiesen sind. Inmitten dieser Formeln erwähnte der Brief vermutlich die böswillig entwendete Kopfbedeckung, zählte die Zeugen des Vorganges auf, setzte eine Frist von drei Tagen für Erstattung des Diebsgutes und drohte im Unterlassungsfall mit weiteren Schritten. Eine Schlussformel «Ohne Grund zu mehr» oder «mit der Ihnen angemessenen Hochachtung» mochte dem Büchser jede Lust zur Einrede rauben.

Jedenfalls war die Wirkung durchschlagend. Schon am Abend des folgenden Tages stak die Mütze im Briefkasten, flüchtig eingeklemmt. Ein Erfolg, der mich stolz machte und den ich den Knaben der Gasse nicht hurtig genug mitteilen konnte. Wieder ein teurer Sieg!

Hatte der Sohn des Büchsers Schläge bekommen? jedenfalls hatte er beim Leutpriester vorsprechen und über den Fall Auskunft geben müssen; denn der Mann des Wortes besass ein übersetztes Gefühl für Tatbestände. Er hatte die Kappe gewiss nicht ohne peinlichste Befragung ausgeliefert. Harte Busse war das.

Gewiss hatte der Büchser dem Knaben aufgetragen, die Mütze unter höflichen Entschuldigungen abzugeben. Dass er sie bloss in den Briefkasten einstopfte, bewies die verstockte Bosheit des Gegners. Er würde sich rächen, das war gewiss; diesmal ohne Zeugen.

Es war Freitag, der Tag des Pyrrhussieges. Erst am Samstag Abend lief mein Turnus ab, und vermutlich wusste der Feind, dass ich im Amte stand.

Sonst lag für mich über dem Freitag der Schleier eines feierlichen, wenn auch fremdartigen Friedens: Für die Familie der kleinen Rahel war Rüsttag zum Schabbat! Schon zu Beginn des Nachmittags legte ihr Grossvater die Arbeit nieder und stieg ins Tauchbad der Reinigung. Bereits hatte ihre Mutter das Nötige eingekauft, Mehl, Fleisch, Fisch und Kerzen, hatte die Wohnung geschmückt und den Schabbattisch mit Geräten zu Ehren des Tages gerüstet. Wie alle über die Welt zerstreuten Juden zog die Familie gegen Abend die Festkleider an und rief sich gegenseitig «gut Schabbat» zu. Wie oft hatte Rahel mir all das erzählt, auf ihre wunderbare und vor Eifer leicht schnaubende Art erzählt? Sobald es dunkelte, flammten, wie in allen Judenfenstern der Welt, die Schabbatlichter auf. Beim Erscheinen der Sterne erhob der Rabbi Mordekai, bekleidet mit dem Gebetsmantel und mit Riemen gekrönt, seine Stimme, um das Antlitz des Schabbats zu grüssen. Gerne hätte ich selber einmal erlebt, wie er den vollen Becher Wein und die zwei Schabbatbrote ergriff, den Segen sprach, den andern zu trinken gab und die Schabbatslieder anstimmte.

Jedenfalls musste ich, sooft der Freitagabend kam, an Tauchbad, Schabbatlichter, gesegneten Wein und an die andern rätselhaften Dinge denken, mit denen die Juden den Tag der grossen Ruhe begannen. Und etwas von diesem fernen und feierlichen Frieden schien mir selbst in die getauften Gassen einzuströmen.

Doch jetzt stand der Freitagnachmittag unter freudlosen Zeichen. Um Mittag war ein erstes, grob hinpolterndes Frühlingsgewitter über den Flecken dahingefegt. Ungewöhnlich heftig, von allen Winden gehetzt, hatte es sich ausgetobt. Auch der Abend vermochte den Himmel nicht wieder aufzuklären. Während des ganzen Nachtessens fauchten die durchnässten Lüfte verärgert tun die Fenster.

Hernach sass ich mit meinen Geschwistern über den Schulaufgaben. Ich verschwieg meinen Kummer. Minute um Minute schob ich den fatalen Gang zum Brunnen hinaus. Hatten je im Leben mich solche Ängste gepeinigt? Sooft ein Windstoss den Regen gegen die Fenster peitschte, fuhr ich zusammen, als hätte jemand eine Handvoll Kiesel an die Scheiben geworfen. Besorgt trat Ich von Zeit zu Zeit zum Vorhang, hob ihn und spähte durch das verspritzte Glas. Welch düsteres Bild: dunkel, nass und schaurig wie ein Tal der Unterwelt! Die Gasse ertrank im Wasser, das aus dem überschwemmten Himmel fiel und von allen Dächern aus den Rinnen schoss. Und welch eine Einsamkeit! Kein Mensch in dieser Hölle! Nur dann und wann hüpfte der schwarze Glanz eines Regenschirmes über die Pfützen hinweg. Ich trat wieder an den Tisch zurück. Wie friedvoll und still Bruder und Schwester an ihren Aufgaben griffelten! Sie hatten keinen Sieg zu büssen. Mehrmals musterte ich die Guten und war nahe daran, zu bitten, sie möchten doch den Gang an meiner Stelle tun. Hätte ich den wahren Grund verschwiegen und bloss das üble Wetter vorgeschoben, sie hätten mir den Dienst gewiss nicht abgeschlagen. Doch wer wusste, ob der Feind sie erkannte? Und wenn auch, ob seine Rache nicht blind auf alles schlug, was mein Blut teilte?

Ich stürzte mein Herz in die Arbeit, buchstabierte ein Lesestück, schrieb Trennungsübungen, addierte, subtrahierte und gewann auf alle Arten Zeit, meine Gedanken zu ordnen und den verhängnisvollen Gang noch tiefer in die Nacht zu schieben. Kindisch gaukelte ich mir vor, es würde sich vielleicht irgend etwas ganz Unvorhergesehenes, noch gar nicht Ausdenkbares ereignen und mir den Gang ersparen. Andererseits bedachte ich, dass die Nacht auch für den Bösen nass und schaurig sei. Lauerte er wirklich auf mich, so wuchs mit jeder Verzögerung die Hoffnung, dass die Geduld ihm riss und er den Zugriff verschob.

Doch je länger mein Zaudern währte, um so mehr gewann das friedvolle Schweigen der Geschwister an magischer Macht. Oh, ich kannte solche Augenblicke! Augenblicke, da Fernes nur leicht verhüllt, beinah greifbar gegenwärtig im Raume schwebte. Wie oft schon hatte ich in solchen Augenblicken, um die Vorsehung zur Aussage zu zwingen, rasch ein Augurium gestellt! Rasch auch jetzt: Bricht zuerst der Bruder das Schweigen, setzte ich fest, dann lauert der Peiniger. Kommt ihm die Schwester zuvor, ist die Gasse sicher.

Das Orakel liess sich Zeit. Eine lange Weile blieben die beiden reglos über ihre Arbeit gebeugt. Das verstärkte mir den Glauben an die Verlässlichkeit des Zeichens. Allerdings das Wispern einer Zahl, die im Kopf zu behalten war, oder ein flüsternd buchstabiertes Wort, war das als gültig anzusehen? Laut und stimmhaft, fügte ich noch flink als Bedingung hinzu.

Verstohlen musterte ich die ahnungslosen Werkzeuge des Numinosen, indes die Spannung wuchs. Da, plötzlich öffneten sich die Lippen der Schwester, die Mundwinkel wichen, sie hob den Haarschopf und begann zu lachen, stimmhaft und hell. Ein heiteres, kugeliges Rollen erfüllte die Stube. Etwas im Lesestück mochte sie belustigt haben. Doch bevor sie zur Rede ansetzen konnte, kam ihr der Bruder zuvor. «Was ist denn?» rief er verwundert.

Ich war verwirrt. Der Vorgang war klar. Doch wie war er zu deuten? Nur an Worte hatte ich gedacht. Lachen? War das ein «Brechen des Schweigens»? Oder waren die Worte entscheidend?

Dass sich das Unbekannte so offensichtlich der Enthüllung entzog, vermehrte meine Beklemmung. Ich hielt das tatenlose Harren nicht mehr aus und verliess die Stube, um am gewohnten Platz, auf den ausgerundeten Steinstufen vor dem Haus, die Griffel zu spitzen.

Doch der Gang war schon mehr der Aufklärung gewidmet und so der erste Schritt zur Tat. Die Haustüre liess ich offen, kauerte mich auf die oberste Stufe und begann flink meine Griffel zu schleifen, wobei ich verstohlen in die Gasse spähte. Dann und wann hielt ich Inne, prüfte die Spitzen und lauschte. Kein Mensch mehr unterwegs, nur ein Giessen und Fliessen, als würde der Flecken ertränkt. Oder doch? Täuschte ich mich? Hörte ich nicht durch das tausendfache Rauschen fern das Gartentor des Büchsers ächzen? Wirklich? Wenn ja, rückte der Feind zur Rache aus? Zog er sich eben zurück? Die Nacht gab ihr Geheimnis nicht preis.

Bedrückt raffte ich meine Griffel zusammen und ging nach oben. Wie ich die Stube betrat, fand ich sie finster. Die Geschwister waren zur Ruhe gegangen. Nun war der letzte Ausweg dahin und ich endgültig auf mich gestellt. Ich setzte mich wieder hin und blätterte zerstreut in meinem Lesebuch, bis mich Tritte auf der Stiege aus meinen Gedanken aufschreckten, seine Tritte, die Tritte des einzigen Menschen, der meine Not hätte beheben können.

Der Geheimnisvolle! Wie er auf Abstand zu leben wusste! Oh, ich kannte sein Treiben! Er war ein Freund der Nacht. Erst wenn die Lampen brannten, begann sein Tag. Sobald die Geschäftigkeit der andern ruhte, die Kanzlei verriegelt und das Nachtmahl eingenommen war, verschwand er in sein Revier. Hier im mächtigen Zimmer zur ebenen Erde, das er sein Hypokaustum nannte, genoss der Meister der Stille Abend für Abend selige Stunden geistiger Erquickung. Und wie schrullig sah dieses Reich in meinen Augen aus! Vor den Scheiben schwebten ein Dutzend Wettermesser verschiedenster Art. Drinnen aber, wo immer sich auf Fensterbrettern, Gesimsen, Bänken und Tischen ein Platz fand, westen die seltsamsten Dinge: aufgestapelte Fossilien, Kristalle, Römerfunde und Münzen; die elfenbeinernen Schädel kleiner Nager, Kästchen mit Schmetterlingen und Steine aller Art auf schönes Geäder geschliffen; dazwischen in Töpfen tropische Gewächse; überdies Aquarien, Ferngläser, Sternkarten und eine Menge rätselhafter Geräte, vermutlich für siderische Verwendung. An den Wänden aber standen Regale voller Bücher, Bücher und Bücher, jeder Winkel voller Bücher. Wenn er abends im leichten Hausrock sein Reich betrat, liess er den Tag wie abgestreifte Fesseln hinter sich. Ein Stoss mit dem Fuss und schon schwebte der Kahn mit dem Freigelassenen lautlos und sanft in die stillen weiten Gewässer der Meditation. Jetzt erst stand er wirklich im Einklang mit den Elementen seiner Geburt. Oh, ich kannte sein Treiben! Wie oft hatte ich, ohne dass er es ahnte, durch das Fenster bei der Stiege hinein gespäht! Stunde um Stunde sass er da, im Stuhl beim grünen Ofen, die Lampe über der Schulter und die Augen zum Buch erhoben, das er mit aufgestützten Armen in die Höhe hielt. Dann und wann liess er die Blätter sinken, zog die Brauen hoch und wiegte das mächtige Haupt nachdenklich auf der Sessellehne, indes die kleinen Augen in lebhafter Zerstreuung die Decke abwanderten. Zuweilen tastete die grosse weisse Hand nach dem dickwandigen Silberbecher nebenan – Veltliner, Jahrgang elf, Spätlese – und hob ihn bedachtsam an die Lippen. So wurde Abend für Abend zelebriert: Feier der Selbsteinkehr.

Doch er war ein Mann, unerschöpflich an lenkender Gewalt! Selbst hier in seinem Refugium, ganz legte er die Zügel nie aus der Hand. Auch während der Meditation blieb im Hause nichts im Ungewissen. Kaum eine Stunde zerrann, ohne dass er sich rasch erhob und eilenden Schrittes eine Streife unternahm, durch die Zimmer vor allem, wo sein Kleinzeug hauste ...

Flugs, als ich die bewussten Tritte hörte, erhob ich mich, um rasch meine Sachen in die Schultasche zu stopfen Schon trat er ein, mit der etwas abwesenden Miene, die ihn immer zeichnete, wenn er aus seinem Bezirk auftauchte. Doch wie er mich sah, schlüpfte ein warmes Lächeln in die Züge ein. «Noch immer emsig, kleiner Gelehrter?» rief er, sichtlich erfreut über meine späte Geschäftigkeit. Doch wandte er sich gleich zur Uhr, um sie, wie jeden Abend, aufzuziehen. «Du wirst es aber nicht vergessen», mahnte er, fasste mich beim Schopf, bog meinen Kopf zurück und lachte mich an. Ich mied seinen Blick. Mit einem Klaps entliess er mich und wandte sich zur Tür.

Wusste er nicht, was dieses «es» heute Abend bedeutete? Ist so wenig Ahnung in der Welt? Was tun? Ihm nachlaufen und alles bekennen? Die Geschichte mit dem Greifensee, den Krieg um die Mütze, das Betreten der Kanzlei, den Brief an den Büchser: «mit Bezug» und «Betreff» und «auf Grund»...? Unmöglich! Die beinah unerträgliche Spannung, in der ich seit dem Ausbruch des Streites lebte, hatte mich müde. gemacht, Müde und mürbe, jedenfalls zu mürbe für alles, was neue Entschlüsse erforderte! So ging ich den gewohnten Gang.

Der Flur war düster und leer. Unheimliches Rauschen und nasse Nachtluft wehten durch das Fenster ein. Von bösen Ahnungen bedrängt, setzte ich mich auf die Stufen und zog die Schuhe an. Der widerliche Geruch von Stiefelwichse! Unfreundlich fühlte sich das Leder an. Wie ich hineinschlüpfte und zuschnürte, schauderte mich. Dann trat ich ins elterliche Schlafzimmer, um die blaugrün gerillte Karaffe zu holen. Sie stand nicht wie gewohnt auf dem Sims. Zwischen die Waschbecken hatte er sie auf seinem Rundgang bereitgestellt, damit ich sie bequem und ohne Schemel erreichen könnte.

Wie ich die Haustüre öffne, schlägt mir das Bild einer wahren Hölle entgegen. Die Gassenlampe schaukelt im Wind, um sie tanzen wilde Dunstschleier. Zerzauste Wasserfahnen flattern von den überfüllten Dachrinnen in die Finsternis. Und in der Tiefe kocht die vom Regen gepeitschte Gasse im Schein der Lampe wie flüssiges Zinn. Welch eine Welt! In ihr mein Feind versteckt? Unter der hölzernen Stiege des Schusters? Im Hausflur des Küfers? Vielleicht im Schutz der Mauer ganz nah beim Brunnenstock, bereit, mich anzufallen und mit dem Häschergriff zu fassen, sobald ich den Flaschenhals zur Röhre hebe! Nicht auszudenken!

In der Remise brennt kein Licht. Man müsste trotz Regen und Sturm den Widerschein an den Mauern sehen. Das würde mir Mut machen. Denn der Fuhrmann ist mein Freund. Doch nicht die Spur eines Strahls. Vermutlich ist er noch irgendwo unterwegs.

Wie ich so zaudernd überlege, trommelt plötzlich ein kalter Guss auf mich ein. Entsetzt weiche ich hinter die Türe zurück. Ein übellauniger Windstoss war ins Geäst des Quittenbaumes gefahren und hatte mich mit dem Nass, das im Blattwerk hing, überschüttet.

Einen Augenblick stand ich ratlos und überlegte. Da trat der Versucher heran: Wirklich? War das glaubhaft? In diesem endlosen Tropfen, Giessen, Rinnen und Sickern sollte nur der eine Strahl das gültige Wasser führen, der asthmatisch keuchende Strahl, der sich dort in der Finsternis in den Trog ergoss? War das glaubhaft? Wer wollte das beweisen? War jetzt in der Welt nicht alles Wasser Wasser? Allerdings, ich hatte neulich wieder gehört – zum wievielten Male? –, wie er dem Wachtmeister eindringlich erklärte, für Herd und Wanne tauge das Leitungswasser. Doch für Zähne und Mund? Ohne einen letzten Trunk vom lebenden Brunnen könnte er sich nicht hinlegen, und ohne ihn, das habe er auf Reisen oft erprobt, kein Auge schliessen. War das wirklich so? War das mehr als eine Meinung aus der archaischen Zeit der eimerschleppenden Mägde? Wer holte heute noch sein Wasser beim Brunnen? Genossen die tausend andern Bürger des Fleckens nicht Leitungswasser und schliefen doch? Und wir Kinder? Wir tranken, sooft wir vom Spiel erhitzt heimkehrten, Leitungswasser, Leitungswasser in Unmenge und schliefen doch; wir schliefen lange und tief...

Schon war die schwere Eichentüre wieder im Schloss. Eine Weile blieb ich an sie gelehnt und lauschte: Hinter mir Drohung und Angst, vor mir der verbotene Weg, gefahrlos und von berückender Einfachheit!

Ich holte Atem.

Am Ende des Flures zur linken Hand lag ein vernachlässigter und düsterer Raum, der einst als Küche gedient und noch immer mit allem ausgestattet war, was dazu gehört: Tablare, Kasten, Holzherd, Rinnstein und Wasserhahn. Doch seit Jahren war er bloss mehr Abstellraum für Möbel, Kisten, Geräte, Werkzeuge und all den Kleinkram, der in einem tätigen Haus vorübergehend irgendwo Unterschlupf fordert. Ein Ort der Wirrnis also und der Unordnung, unheimlich, fremd und wie zur Sünde vorbestimmt.

Was nun folgte, ist in seinen wirklichen Dimensionen nicht mehr fassbar. Wie soll im Gedächtnis Jahrzehnte überdauern, was ein Knabe erlebt, der erstmals ein paar Augenblicke unter dem Flammenschwert dahintaumelt? Ich entsinne mich bloss, dass der Rinnstein am Fenster aus der Nacht einen kaum ahnbaren Schimmer empfing, und dass Hammerschläge in meinen Schläfen pochten.

Adam, wo bist du? Habe ich dir nicht gesagt, von dem Baume sollst du nicht...? Wie ich mit jagendem Atem die Karaffe auf den elterlichen Waschtisch stellte, hörte ich im Gartenkies Tritte, dann vor der Haustür das energische Ausschütteln eines Regenschirms. Es war die Mutter. Sie kam von einem ihrer nächtlichen Gänge zurück, von denen die linke Hand nichts wusste. Flink entwich ich der Begegnung.

Als ich die winzige blaue Schlafkammer im obersten Stockwerk betrat, fand ich das Fenster geöffnet. Er war also auf seiner Streife auch hier eingetreten und hatte nur die Laden leicht zugezogen, um mir die frische Luft des Gewitters einströmen zu lassen. Gleich schlug mir wieder das unheimliche Rauschen entgegen. Ich eilte hin und schloss die Flügel. Genug! Nur nichts von Wasser mehr hören! Schweiss stand auf meiner Stirn, Schweiss des Angesichtes.

Die Nacht war schlimm, vermutlich die erste des Lebens, in der seelische Verwirrung mich schlaflos hielt. Stets dieselbe Folge von Vorstellungen und Ängsten jagte sich durch den müden Kopf: wie er ahnungslos vom Leitungswasser trank; wie es ihm schal vorkam, ihn nicht erquickte; wie er sich nun im Zimmer unter mir schlaflos wälzte und kein Auge schloss. Wie sollte er morgen arbeiten? Wie den Kopf beisammen halten an Schreibmaschine und Telefon? Wie das tägliche Brot verdienen mit einem schlaftrunkenen Gehirn? Immer bedrängender wurden die Gewissensbisse. Immer häufiger allerdings mischten sich auch Gedanken der Selbstwehr und Verteidigung ein. Wie könnte ich morgen früh den Fragen standhalten, ohne mit dem Bekenntnis meiner Schuld eine ganze Kette beschämender Geheimnisse aufzudecken? Mehrere Formulierungen legte ich mir zurecht, damit sie beim Frühstück zur Hand wären, falls er mich zur Rede stellte: ausgeklügelte Worte, die die Wahrheit weder verletzten, noch preisgaben. Erste Kasuistik des Daseins. Seltsam! Jetzt erst tauchte auch eine zweite Sorge auf, die ich in der Bedrängnis der Tat überhaupt nicht beachtet hatte. Morgen war Samstag. Mit welchen Worten würde ich das Vergehen ins behaarte Ohr flüstern? Die Sünde war im Beichtspiegel nicht aufzufinden. Falsches Mass und Gewicht? Das nicht. Betrügerische Ware? Vielleicht, doch der Zusatz, um sich zu bereichern, war nicht erfüllt. Was also? Gesundheitsschädliche Getränke? Würde sich der Leutpriester und sein überspitztes Gefühl für Tatbestände überhaupt mit einer derartigen Formel abfinden, ohne Rückfragen zu stellen? Nun hatte ich also doch noch vor ihm anzutreten, nur ungleich belasteter als der Sohn des Büchsers. Denn nun stand der Handel im geistlichen Bezirk.

Ich erwachte erst, als mich die Magd an der Schulter fasste. und aus dem Schlafe schüttelte. «Welch eine Luft», rief sie und stiess Fenster und Laden auf. Schlaftrunken blinzelte ich in den blankgefegten Himmel. Gleich entstieg meinem Herzen die Erinnerung an meine Schuld und an die wirren Ängste der Nacht. Bedrückt schlüpfte ich in die Kleider, streifte die Strümpfe an, wusch und kämmte mich, indem ich fieberhaft die Fetzen jener Formulierungen zusammensuchte, die weder lügen noch bekennen sollten. Dann öffnete ich die Türe und lauschte in den Flur. Von der Stube herauf tönte Lachen und das eifrige Geräusch von Essgeräten. Auch seine Stimme! War das möglich? Auch er lachte! Kurz, doch unbekümmert. Wie ich die Stiege hinab schlich, sah ich die Stubentüre offen. Eine blendende Morgensonne lag auf dem Tischtuch und spiegelte sich in den Tassen. Schon wieder lachte er! Kein Zweifel, er trieb mit den Geschwistern Scherz.

Wie ich die Türe aufstosse und meinen Morgengruss stammle, wird alles klar: Nichts ist verändert! Heiter wie immer, wenn der Himmel einen sonnigen Tag verspricht, sitzt er da, knackt emsig Nüsse auf und schiebt den Geschwistern dann und wann einen Kern hin. Nicht die geringste Spur des Ungewöhnlichen. Noch immer befangen, will ich ihm, ohne ihn anzublicken, die Hand reichen. Da fasst er, wie schon am Abend, meinen Haarschopf, hebt mein Gesicht zu sich empor, mustert mein verschlafenes Gesicht, lacht und ruft launig: «Kaffee gefällig, oder lieber ein Glas Wein, Eminenz?» Dann giesst er die Tasse mit Milch voll, setzt eine Nussschale darauf und ruft: «Gute Fahrt, Kleiner, in den heutigen Tag!»

So ist also die Welt, dachte ich. Schwindel! Gut hat er geschlafen. Glänzend ist er aufgelegt!

Wozu meine Ängste? Wie närrisch kamen mir nun die Formulierungen vor, die ich ausgeklügelt hatte! Und die Gewissensbisse? Ein böser Traum! Triumph erfüllte mich, erstmals erlebter Triumph des Unbussfertigen.

Die alte Ordnung war nicht eingestürzt. Alles nahm den gewohnten Gang. Die Kinder lernten, spielten, stritten und versöhnten sich. Auch die kleinen Hausdienste liefen ungestört im üblichen Turnus weiter.

Allerdings, der Gang zum Bäcker, zur Sennhütte und zum Müllhaufen wie das Austragen der Speisereste und das Kehren der Stiegen, sie boten wenig Anreiz weder zur Auszeichnung noch zum Betrug. Andere Dienste gaben dem Wetteifer kräftigere Impulse. So bildete ich mir ein, die Messingknöpfe an Tür und Stiegengeländer blitzten nie so feurig wie in der Woche, da ich für ihren Glanz zuständig war. Auch der Gartenkies war kaum so sorgsam aufgelockert und verteilt, wie wenn der Weg zwischen den Blumenbeeten unter meiner Pflege stand. Kompensationen! Denn in dem einen Punkt war meine Unschuld dahin! Es erwies sich auch hier, dass der Mensch die Unschuld müheloser bewahrt als nur einmal verrät.

Zwar, solange sich dem Dienst nur die Unbilden der Witterung und die mannigfachen Formen abendlicher Müdigkeit entgegenstellten, die jedes Kind bedrängen, hielt ich mich ohne allzu grosse Mühe an die bewusste Vorschrift. Doch dann und wann, wenn äussere Bedrohnisse oder innere Nöte von leichtsinnig verschobenen Schulaufgaben mich zu arg bedrängten, trat der Versucher wieder an mich heran, jetzt mit leichterem Spiel. Wo bleibt Tugend, wenn Ängste fehlen?

Ich zauderte, schwankte und fiel. Denn jedes Mal tauchte im Augenblick der Entscheidung das eine Bild vor meinen Augen auf: Morgensonne auf dem Frühstückstisch, die sich fröhlich in den Tassen spiegelt, seine überaus heitere Laune und die Nussschale, die lustig in der weissen Brandung schlingert. «Gute Fahrt, Kleiner, in den heutigen Tag...!» Um es also bündig zu bekennen: Mehrmals erlag ich dem Bösen, zunächst von ähnlichen Schuldgefühlen beunruhigt wie das erste Mal, hernach leichteren Herzens.

Ganz ohne Schuld allerdings war auch der Leutpriester nicht. Ich war seit je gewohnt, während der Beichte das gerötete Gesicht hinter den Gitterstäben genau zu mustern. Bloss auf den Zuspruch zu achten und aus den Formulierungen das Gewicht zu erraten, das er den Sünden zumass, schien mir ungenügend. Stets argwöhnte ich, der gutmütige Priester könnte die Wahrheit zu fein verschleiern in Wendungen, die nicht verletzen sollten. Seine erste Erklärung, mein Verhalten in dieser Sache sei zwar weder edel noch dankbar, doch würde es die heilig machende Gnade nicht zerstören, vermochte mich also nicht ganz zu beruhigen. Schliesslich war es doch ein Betrug. Ich drückte deshalb das folgende Mal meine Stirne fest an das Gitter, bekannte mich ausdrücklich als rückfällig, sprach von einer üblen Gewohnheit und musterte unterdessen aufs schärfste das gewaltige Gesicht, das nur handbreit vor meinem Auge schwebte. Doch auch jetzt liess sich weder in den winzigen Fältchen um die geschlossenen Augen noch um den schweren Mund eine Regung erkennen, die man als Ausdruck jenes Unwillens hätte deuten können, den der Katechismus als gerechten Zorn bezeichnete. So verlor mein Treiben an metaphysischem Gewicht.

Das war meine Seelenlage, als gegen Ende Sommer mein stiller Bruder das Haus verliess und die kleine Schwester so weit herangewachsen war, dass ihr Arm ein Brot tragen und ihre Hand den Flaschenhals umfassen konnte. Am Tage nach dem Abschied des Schweigsamen trat sie, von ernsten Mahnungen begleitet, in den Turnus ein und mit ihr ein Geist, der von ungesundem Wetteifer nicht ganz frei war. Von Anfang an verrichtete sie die bewussten Dienste geräuschvoll und mit aufdringlicher Geschäftigkeit. Vor allem bei den bereits erwähnten Verrichtungen, deren tadelloser Vollzug leicht in die Augen sprang, erwies sie sich als eifersüchtiger und deshalb erfolgreicher Partner.

Doch, wie bei solcher Gemütsart zu erwarten stand, schlug ihr bald die Schicksalsstunde.

Ein ungewöhnlich heisser Hochsommertag war über den Flecken dahingegangen. Wie kaum erinnerlich hatte die Sonne über Mittag ihr Feuer auf die Dächer geworfen und die Gärten ausgesengt. Selbst nach Sonnenuntergang, da sonst stets belebende Kühle in das Hochtal einstrich, glühten die Gassen.

Schon der Nachmittag hatte erwiesen, dass über der Kleinen ein böser Stern regierte. Stundenlang liessen wir vom Estrichfenster aus Seifenblasen in die Bläue steigen. Schillernd schwebten die zarten Kugeln über die Giebel dahin. Doch das genügte der Kleinen nicht. Zweimal behauptete sie mit unsinniger Dreistigkeit, eine der ihren – wie wollte sie sie unterscheiden? – sei bis zum Helm des Kirchenturms aufgestiegen. Das weckte meinen Widerspruch, den Drang, den Fratz beim Wort zu nehmen und ihr eine klare Probe für die Behauptung abzufordern. Trotzdem ihre Versuche der Reihe nach misslangen, setzte sie sie hartnäckig fort, um wenigstens hinterher ihre Behauptung wahr zu machen. Umsonst! Mir aber schien die demütigende Belehrung für den Frechdachs heilsam und Grund genug, meine Schulaufgaben zu verschieben. Beide eilten wir schliesslich zum Nachtessen, sie verärgert und ich meines Sieges nicht froh.

Wie kann sich die Erinnerung an zwei, drei Stunden im Leben dermassen im Gedächtnis einfressen, dass keine Macht der Welt sie mehr löscht? Die Stimmung jenes Abends steht mir noch jetzt in den Farben von gestern vor Augen. Während des Essens standen die Fenster offen. Der Himmel hatte sich mit tiefhängendem, bleifarbig dahintreibendem Gewölk bezogen. Ein schwerer, süsslicher Duft von angedörrtem Emd schlich von den nahen Hügeln in die Gassen ein. Er stieg an den Häusern hoch und drang in Stuben und Kammern, wie ein übertretender Fluss in neues Gelände einströmt und jede Tiefung füllt. Die Luft in der Stube war schwer und schwül. Die Gesichter glänzten.

Selbst der Geheimnisvolle war nicht von jener spirituellen Heiterkeit, die ihm sonst das Vorgefühl der kommenden Selbsteinkehr schon beim Abendessen verlieh. Er ass ungewöhnlich geräuschvoll und hastig. So ass er, wenn Geschäfte dringlicher Natur noch der Erledigung harrten.

Um seine Stimmung genauer zu erklären, muss hier noch kurz der Gärtner Iwo Banz Erwähnung finden. Der rothaarige Mensch mit Spitzbart war von schwer überprüfbaren Fahrten durch alle Welt an den Ort seiner Geburt heimgekehrt. Er hatte sich vor allem in Holland und an der Riviera herumgetrieben und sich dort, wie böse Zungen behaupteten, nicht bloss mit Blumen beschäftigt. Er galt also als Mann von gesprenkeltem Ruf. Doch nun war er abgeklärt, lebenssatt, der ungeordneten Begierden ledig und betrieb auf dem väterlichen Gut, im Süden des Fleckens, eine grosse, mit lebenden Hecken dicht umfriedete Gärtnerei. Neben allerhand landläufigem Gewächs zog er auch düngerlose, nur vom Tau des Himmels ernährte Krautfelder. Daraus bezogen andächtige Kunden um gutes Geld ihre unbescholtene Atzung. Er selbst aber teilte ihren Glauben nicht. Er betrieb den Handel bloss, um seine leidenschaftlichen Spielereien zu finanzieren. Das Herzstück der Anlage bildeten nämlich drei mittelgrosse, heizbare Treibhäuser.

Und diese Treibhäuser des Spitzbartes hatten es dem Unergründlichen angetan. Kaum verging ein Tag, ohne dass er zwischen Kanzleischluss und Nachtessen noch rasch dorthin entwich. Gott weiss, was er dort trieb. Kreuzen und Pfropfen? Jedenfalls Alchemie mit dem Leben. Im Ganzen war es ein geheimnisvolles Getue. Zwar nahm er mich dann und wann mit. Doch nicht zu meiner Freude; denn sobald er das Treibhaus betrat, war er weg, ein anderer Mensch. Kein Wort verstand ich vom Gärtnerlatein, das sie sprachen. Unheimlich wurde mir zu Mute, wenn ich ahnte, wie freventlich die beiden mit dem Geheimnis der Zeugung spielten. War aber schliesslich ein Wurf gelungen, wurde das Geheimnis gelüftet, und die Mutter musste zur Bewunderung auf den Platz.

So war es an diesem merkwürdigen Abend. Der Spitzbart hatte wieder einen Treffer erzielt. Während der ganzen Mahlzeit war umständlich von einer Hummelorchis die Rede und von neuen gelbgrünen Zackenbändern, die das Insekt in den Flanken trage. Darum war er so aufgedreht. Die Stunde der Selbsteinkehr fiel aus. Also gleich wurden, wie gewohnt, die Mutter und die ältere Schwester zur Bestaunung des Wunders aufgeboten.

So blieb ich, nachdem der Tisch geräumt und das Geschirr gewaschen war, allein in der Stube. Missmutig und mühsam grübelnd sass ich hinter einem Aufsatz, der seit drei Wochen anstand: «Der Landmann zur Sommerszeit.» Mein Kopf war flau vom Seifenblasen. Weder Gedanken noch Einfälle! Unendlich zäh füllte sich die Schiefertafel. Was kümmerte mich der Landmann zur Sommerszeit?

Neben mir standen die Fenster offen und liessen das Geschrei der Kinder ein, die sich in der dämmrigen Gasse tummelten. Erst hatte der unsägliche Lärm von Fangspielen den Himmel erfüllt. Dann wurde es plötzlich still. Rahel, das Judenkind, war erschienen, setzte sich, von der wilden Meute bedrängt, auf die Stiege und erzählte – zum wievielten Mal? – eine ihrer Geschichten des Rabbi von Bratzlaw. Eine Weile trat ich ans Fenster und hörte zu.

«... Zur selben Stunde, da die Königin einen Sohn bekam, bekam auch ihre Gürtelmagd ein Kind. Die Diener holten eine weise Frau, voll Klugheit und geheimer Künste. Diese hob den Sohn des Königs ans Licht. Sie hob aber auch den Sohn des Knechtes. Dann hüllte sie das Königskind in ein grobes Linnen und legte es in den Schoss der Gürtelmagd. Den Sohn des Knechtes aber wickelte sie in Seide und barg ihn an der Brust der Königin. Da erwachten die Mütter und jede herzte das Kind ...»

Gebannt lauschten die Gespielinnen dem fremden Klang der Erzählerin. Nur die Kleine war nicht bei der Sache. Unruhig rückte sie hin und her, stiess die andern an und tuschelte. Für Märchen war sie jetzt nicht aufgelegt. Ihr Unstern duldete keine Beschaulichkeit, und ich fühlte, dass sich bald etwas ereignen würde, was dem Verhängnis gefiel.

Kaum war Rahel mit ihrer Geschichte zu Ende, da schnellte die Kleine hoch und verlangte nach «Himmel und Hölle». Auch das war ein Hinweis, dass die Ahnung mich nicht trog. «Himmel und Hölle» war das erregendste aller Spiele. Überdies hatten wir den üblichen Gang im Laufe der Zeit mit einer ganzen Menge heimtückischer Bedingungen verschärft.

Schon stob der Schwarm der Mädchen auf den Platz neben der Fahrbahn, wo die neun Felder in den Boden eingeritzt und ihre Schnittpunkte mit Steinen markiert waren. Zahlen gaben die Reihenfolge an, in der die Seele das Diesseits durchpilgern musste.

Ich setzte mich wieder an den Tisch und schrieb, geteilten Herzens; was in der Gasse vorging, liess mich nicht unbeteiligt. Nicht nur die Kleine, auch die andern Kinder zeigten sich nervös. Was trug die Schuld? Die ungewöhnliche Schwüle? Die seltsam flaumigen und verschmutzten Wolken, die tief über den Flecken trieben? Jedenfalls ging das Spiel mit einem enormen Aufwand an Lärm vor sich. Kaum je wurde so heftig, man muss wohl sagen, verzweifelt um das ewige Heil gerungen. Sooft eine Seele gerettet oder verloren war, drang Klatschen oder Hohngeschrei zu meinem Fenster auf. Das machte den Aufsatz nicht besser.

Rahels Stimme war nicht zu vernehmen. Offenbar hatte sie die gespannte Atmosphäre gefühlt und sich am Spiel nicht beteiligt. Nach einer Weile hörte ich mitten im Lärm den weichen, samtenen Ton ihres Balles, der immer wieder die Mauer zwischen meinen Fenstern ansprang: Tupp, Tupp, Tupp. Eindringliches Klopfen, um mich herauszurufen? Sie mochte ahnen, dass ich bald vonnöten wäre. Doch der Aufsatz liess mich nicht frei.

Mit einemmal wurde es still; still, als wäre kein Kind in der Gasse; geladene Luft! Ich eilte ans Fenster und sah, dass eben die Kleine als letzte den Gang durch die neun Felder angetreten hatte. Ungemein flink hüpfte der Fratz auf dem linken Bein von Feld zu Feld, setzte die Puppe ein, die die Seele bedeutete, und machte sich weiter. Voll Neid umstanden Verdammte wie Selige das gefährliche Feld. Nichts war zu hören, als das feine Geräusch, das meine Schwester im Sand erzeugte, wenn sie den nackten Fuss abdrehte. So war sie im Nu und ohne Ruhepause ins achte Feld, in die Hölle vorgestürmt. Dort schöpfte sie einen Augenblick Atem. Dann beugte sie sich vor, um die Seelenpuppe zu fassen und sich mit einem letzten beherzten Sprung in das abschliessende Halbrund des Himmels zu retten.

Doch wie sie sich neigt, entsteht plötzlich ein riesiger Lärm. Das Mädchen des Büchsers stösst einen Schrei aus und die andern fallen ein, ohne recht zu wissen, was vorgeht. Schon hüpft des Büchsers Kind triumphierend um den Grundriss herum, klatscht in die Hände und schreit in einem fort: «Berührt! Berührt! Berührt!» Der ganze Schwarm schliesst sich an und hüpft und klatscht und ruft: «Berührt! Berührt! Berührt!» Einzig Rahel macht nicht mit. Sie steht abseits, blickt mit grossen Augen auf das Treiben der Getauften und schürzt verächtlich die Lippen. Die Kleine aber bleibt einen Atemzug lang wie angewurzelt stehen und vergisst den Sprung in den Himmel. Dann stürzt sie sich gegen den Schwarm, stellt sich dem Mädchen des Büchsers in den Weg und faucht:

«Was sagst du?»

«Berührt», versetzt das Mädchen giftig, und alsbald umstellt der Trupp die Rivalinnen.

«Was sagst du?» wiederholt die Kleine bedrohlich und erhebt die Fäustchen.

«Die grosse Zehe des rechten Fusses! Als du dich bücktest, hat sie die Erde berührt.»

Der Knäuel steht beinahe senkrecht unter meinem Fenster, ein Gewirr von Haarschöpfen. Einzig die Miene des Menschleins, das sich zur grossen Feindin emporrichtet, wird sichtbar. Es ist farblos vor Zorn.

«Und, wo war der Sprung in den Himmel? Die Hauptsache hast du vergessen!» höhnt die Tochter des Büchsers. Da klatscht schon die kleine Pranke auf ihrem Gesicht. Blitzschnell ging das alles. Zudem war die Gasse schon so dämmrig, dass ich die genaue Abfolge nicht erkennen konnte.

Das Mädchen schrie: «Ins Auge! Oh mein Auge!» Es stürzte sich auf die Schwester und wollte sie fassen. Da biss und spuckte der kleine Bengel – Geheimwaffen, die sie virtuos beherrschte –, brach aus dem Kreise aus, stob weg und brachte die Haustüre hinter sich. Ebenso heftig, wie es vorher gejubelt hatte, schluchzte jetzt das Kind des Büchsers und lief durch die Gasse heimwärts. Offenbar verfolgte die Schwester durch den Türspalt den Ausgang des Streites, um die Rache auszukosten. jedenfalls drehte sich das weinende Mädchen beim Brunnen nochmals um, erhob die Faust gegen die Türe und schrie: «Sauspatz, du elender! Gleich wird mein Bruder dir heimzahlen!»

Die Männer, die wie gewohnt unter den Türen und auf den Stiegen sassen, ihre Pfeifen pafften und plauderten, waren erst als es klatschte auf den Kampf aufmerksam geworden. Nun schickten sie den Rest der Kinder, die den Auftritt schweigend genossen hatten, in strengem Ton zu Bett.

Gleich erschien die Kleine in der Stube. Ihr Atem flog. Rasch hatte ich mich wieder hingesetzt, schrieb an meinem Aufsatz und blickte, ohne ein Wort zu verlieren, flüchtig auf. Ihre Wangen waren jetzt stark gerötet, und ein perlender Schweissbelag schimmerte auf der trotzigen Stirn. Schweigend setzte sie sich mir gegenüber an den Tisch, zog ihre Schiefertafel aus der Schultasche, wischte die Buchstaben, die sie in der Schule hingemalt hatte, aus und begann neu zu linieren. Das war vermutlich ihre einzige Aufgabe. Doch die Arbeit ging schlecht. Die kleine Hand zitterte. Zweimal glitt ihr der Griffel aus und kratzte quer über die Linien, so dass sie auswischen und von neuem beginnen musste. Ich indes kritzelte an meinem Aufsatz, emsig und stumm. Doch keine Gebärde blieb mir verborgen. Der Streit und die abschliessende Drohung der Feindin musste das kleine Hirn gewaltig beschäftigen. Von Zeit zu Zeit trat sie ans Fenster, spähte eine Weile in die bereits verdunkelte Gasse und kam wieder zum Tisch. Immer eindringlicher fühlte ich das Augenpaar auf mich geheftet. Natürlich, jetzt war ich ihr Bruder; jetzt hätte sie mich gerne und vertraulich angesprochen; jetzt meine Dienste angenommen. Ich aber gedachte des Nachmittags. «Augen hast du keine? Dummkopf!» hatte sie mich angefaucht. «Erst am Wasserspeier bei der Uhr ist die Kugel geplatzt!» Ich vermied also jeden einladenden Blick, flüsterte Wendungen vor mich hin, spielte den Ahnungslosen und blieb hart.

Gewiss, zu Beginn des Mädchenzwistes war sie im Recht gewesen. Der Vorwurf, sie habe den Boden berührt, entstammte dem Neid der Verdammten. Doch der Schlag ins Gesicht, Beissen und Spucken! Das passte zu den Dreistigkeiten, die sich der Frechdachs auch mir gegenüber erlaubt hatte. Jetzt gleich wieder zu Hilfe eilen?

Unterdessen nahm die Unruhe der Kleinen zu. Sie geisterte planlos hin und her, räumte ihr Fach aus, ordnete Spielsachen und vertrödelte auf jede Art Zeit, offenbar nur um abzuwarten, bis ich meine Arbeit vollendet hätte.

Ich blieb hart, und schliesslich riss ihr die Geduld.

Schweigend verliess sie die Stube und trippelte ins elterliche Schlafzimmer. Bald vernahm ich das Knarren der Türe und das Tasten der nackten Füsse auf den obersten Stufen. Dann versank das zarte Geräusch in der Tiefe, und eine Weile war die abendliche Welt so still, dass nichts zu vernehmen war, als das müde Kratzen meines Griffels.

Jetzt! Was war das? Ein feines Simmern von der Küche her? Die Wasserleitung! Schon flog ich weg und glitt auf dem Stiegengeländer lautlos in die Tiefe. Die Tür zum Gemach der Sünde war nur angelehnt. Geräuschlos stiess ich sie auf und neigte meinen Kopf vor: Da stand sie. Sie hatte den Schemel an den Rinnstein vorgeschoben und sich daraufgestellt. So konnte sie den Hahnen erreichen. Das Fenster streute ein karges und gespenstisches Licht in den unheimlichen Raum. Einigermassen deutlich war nur die kleine Hand zu sehen, die den Flaschenhals umfasste, und das Kindergesichtchen, das gespannt auf den verbotenen Strahl blickte, der beinah geräuschlos in das Gefäss sank. Zwei, drei Herzschläge lang beobachtete ich. Dann flüsterte ich beschwörend und vorwurfsvoll: «Du wirst doch nicht das Mundwasser für ihn...»

Klirr! Scherben lagen im Rinnstein, und die Schwester wandte mir ein armes, von Schrecken verzerrtes Kindergesicht zu.

Da packte mich Mitleid. Ich eilte zu ihr hin und fasste sie mit beiden Armen an der Schulter. Ihr Körperchen bebte, und mit einemmal löste sich ein Schluchzen aus der Tiefe.

«Bleib hier», befahl ich und jagte davon.

Wir können den Bericht nicht zu Ende führen, ohne noch etwas ausführlicher als oben des Knaben Fritz Ittig zu gedenken. Ittig! Er wohnte im Viertel jenseits der Brücke, im Quartier der Armen. Dem Bach entlang zogen sich ein paar winzige, windschiefe, fahrlässig abgestützte und halb über dem Wasser schwebende Gebäude. Lauter kleine Leute lebten dort, ehrbare und halbehrbare. Sie hausten in Russküchen, die aus der Steinzeit stammten. Es wohnten da etwa Besenbinder, Korbmacher, Scherschleifer, Schwarzbrenner und anderes meist nur für kurze Zeit angespültes Volk. Katzen wurden da gegessen und Kartoffeln in Hundeschmalz gebraten. Das also war Fritz Ittigs engere Heimat, in der sich seine Familie offenbar heimisch fühlte; denn mitten im Wandel und Wechsel blieben Ittigs sesshaft, eine Art Patriziat inmitten der misera plebs.

Äusserlich war der junge ziemlich missraten. Borstiges braunes Haar drehte sich über einer schmalen Stirn zum Wirbel. Das Gesicht war blass, wie mit Mehl gepudert und, vor allem über dem Nasensattel, von Sommersprossen überstreut. Trübe blickten seine Augen in die Welt und hungrig. Im mageren Hälschen sah man das Blut klopfen. Stets trug er zerschlissene, von geizigen Wohltätern geschenkte Kittel, die ihm zu gross oder zu klein waren. Von der Schneeschmelze bis in den Spätherbst sah man ihn bei jedem Wetter barfuss in den Strassen.

In der dürftigen Gestalt aber hauste ein Geist, rastlos und findig; Überall war Ittig gegenwärtig, flink zum Anfassen bereit. Und überall bedurfte man seiner. War ein Hund entlaufen, setzte man Ittig auf die Spur; entwich ein Vogel, der kleine Ittig kletterte mit dem Lockkäfig ins Geäst; in ein verstopftes Rohr wagte niemand so beherzt hineinzugreifen wie seine schmale Knabenhand.

Fritz Ittig! Wo ist Fritz Ittig?

Ach, die kniemorschen Tanten, sie wären ohne Ittig verhungert. Jede schulfreie Stunde sah man ihn kreuz und quer auf Botengängen, zum Eierfritz, zum Geschirrmüller, zum Käserigert und so fort, abends vor allem, wo er ein Dutzend Küchen mit Milch versorgte. Selbst mitten in der Nacht holte der greise Küster den Knaben aus dem Bett, wenn es galt, der Wegzehrung das zittrige Windlicht in ein fernes Gehöft vorauszutragen.

Ittig war Ittig; einzig unter den Knaben! Nicht dass er für all diese Handreichungen Lohn verlangt hätte. Aber ein Stück Brot, Früchte, Süssigkeiten oder noch lieber eine Münze steckte er stets mit zugriffigen Gebärden ein.

Auch zwischen Fritz Ittig und mir hatte sich im Laufe der Zeit ganz unmerklich eine Art Dienstverhältnis entwickelt. Brauchte ich Hilfe, griff ich auf ihn. Gehorsam, pünktlich, durchaus im Habitus eines Untergebenen und ohne Widerrede kam er meinen Anordnungen nach, liess aber stets durchblicken, dass es sich um Dienstleistungen, nicht um Liebesdienste handle. Die Entlöhnung erfolgte sporadisch; doch nie blieb im Ungewissen, wer wem etwas schuldig blieb. Dieses seltsame Dienstverhältnis brachte es mit sich, dass ich mir ihm gegenüber zuweilen ein Benehmen erlaubte, das der Kameradschaft wenig Rechnung trug.

So rannte ich ihm eines Abends, da er auf einem Botengang zufällig des Weges kam, aus lauter Mutwillen nach, um ihn mit dem Inhalt meiner Flasche zu überschütten. Wie ich ihm den Guss ins Genick jagte, blieb plötzlich nur mehr der Hals der Karaffe in meiner Hand. Bestürzt blieben wir beide stehen. Offenbar las er mir das Entsetzen vom Gesicht. Flink trat er an mich heran. «Hast du Geld?» fragte er. Wie ich ihm schweigend meinen kleinen Geldbeutel in die Hand drückte, befahl er in einem Ton, den ich von ihm noch nie vernommen hatte: «Bleib hier!» Dann rannte er weg und verschwand in der Hintertür des Geschirrmüllers nebenan.

«Brauchst dich nicht aufzuregen», versetzte er, als er mit genau derselben Flasche wiederkehrte. «Sie haben noch eine ganze Menge so zerbrechliches Zeug.» Als ich hernach hinlief, zerknirscht die Scherben sammelte und in den Brunnenschacht warf, sah ich im diffusen Licht der Lampe Glassplitter und zwei Flaschenhälse aus der Tiefe schimmern: bläulichgrün und zart gerillt. Offenbar waren das die Reste von Flaschen, die meinem Bruder in die Brüche gegangen waren. In seiner sanften und bescheidenen Art hatte er sie ohne Aufhebens dort versenkt.

Felix culpa. Diese Erfahrungen kamen mir jetzt zustatten.

«Bleib hier und rühre dich nicht», befahl ich der Kleinen, wie mich Ittig damals angeherrscht hatte. Dann stob ich davon, von der Befürchtung gejagt, der Besuch der Treibhäuser könnte jeden Augenblick zu Ende sein. Ich flog also durch den Garten, übersprang die Mauer und überquerte die Gasse, um durch die kleine Parkanlage zur Hintertür des Geschirrmüllers zu gelangen.

Kinder tappen hinein. Man weiss, plötzlich überfällt sie das Leben mit einer neuen Dimension. Irgendeinmal, wenn sie es am wenigsten erwarten, und vielleicht nur sekundenlang enthüllt ein unbekannter Dämon das Haupt. Ehe das Kind ihn recht wahrnimmt, ist er schon wieder weg. Hinterher allerdings nimmt sich die Erinnerung seiner an und er behält – vielleicht fürs Leben – das Antlitz der ersten Stunde.

Wie ich in grossen Sprüngen in die schon fast verdunkelte Anlage hineinstürzte, schoss ein Paar von einer Bank auf. Den Mann erkannte ich nicht. Die Frau aber verriet der kleine Aufschrei: «Sst! Schorschl! A Bua!»

Im vergangenen Herbst war auf die Kirchweih ein Karussell in den Flecken eingezogen. Lenerl, ein blutjunges, dunkelhaariges ausländisches Wesen hatte die Glocke zu ziehen, wenn eine neue Runde begann. Dann wand sie sich mühelos in sausender Fahrt um Elefanten, Schaukelkutschen und sich wild bäumende Hengste und zog die Karten ein. Anmutig geschnürt und in bedenklich aufgeschürztem Röcklein schwang sie sich über der gaffenden Menge so kühn und elegant um die Messingstangen, dass viele Stutzer und auch ältere Sünder darob den Verstand verloren. Sie warben und drängten. Schliesslich brachten sie es dahin, dass Lenerl den wolfsäugigen, groben Brotherrn verliess und als Schankmaid in der «Ölpresse» blieb. Da trieb sie es nun. Sie war das Gerede des Fleckens.

Bedrohlich kam der gestörte Liebhaber auf mich zu, indes sie hetzte: «So a dumma Bua hat's eh hinta die Ohr'n!»

Ich entschlüpfte.

Mit der neu erstandenen Flasche lief ich gleich zum Brunnen, spülte sie kräftig, um ihr den Kleinladengeruch von Holzwolle, Schmierseife, Tabak und Kaffee auszutreiben, und füllte sie auf.

Wie ich zurückkomme, steht das Menschlein immer noch unbeweglich auf dem Schemel und schluchzt in rhythmischen Stössen. Die Scherben hat sie nicht angerührt. Sobald sie die Flasche in meiner Hand gewahrt, trifft mich ein Blick, wie ihn nur Wundertäter empfangen. Staunen und Dankbarkeit! Ich stelle die Flasche hin, fasse die Kleine unter dem Kinn und hebe ihr Gesicht zu mir auf, nach Vaterart. Die Wangen sind grotesk mit einer Schmiere von Tränen und Strassenschmutz besudelt.

«Das ist doch nicht erlaubt!» belehre ich sie. «Merke dir: Er ist nicht wie andere Menschen. Gemeines Wasser trinkt er nicht. Versprich, willst du das nie wieder tun?»

Sie schüttelt heftig den Kopf.

«Schwör!» versetze ich eindringlich, hebe sie vom Schemel und richte sie auf. Da drückt sie beide Handflächen mit gespreizten Fingern auf ihr Herz und blickt mich unsäglich reumütig an.

«Hinauf jetzt, kleiner Fratz», befahl ich und drückte ihr die Flasche in die Hand. Dann sammelte ich die Scherben in mein Taschentuch, lief zum Brunnen und warf sie ins Senkloch, auf meine Scherben, die auf den Scherben meines Bruders ruhten.

So ist Troja sechs entstanden.

Als ich in die Wohnung zurückkehrte, war die Kleine verschwunden. Leise öffnete ich die Türe zu ihrer Schlafkammer. Wirr waren Schürze, Sommerröckchen und Unterkleider über die Bettvorlage hingestreut. In höchster Eile hatte sie alles von sich gestreift, um rasch ins Land des Vergessens einzutauchen. Sie lag, in ihr blumiges Nachthemdchen gehüllt, beinahe quer in ihrem Bettchen, verrenkt wie eine hingeworfene Puppe. Noch schwebte auf der vorgewölbten und verschmierten Stirn ein Anflug von Kinderkummer. Die mageren, starren Zöpfchen nahmen sich auf dem Kissen aus wie Rattenschwänze. Doch die Fäustchen waren schon im Schlaf gelockert. Das kleine Wesen war im Begriff, in die Welt der Träume zu versinken, wo andere Gewichte gelten.

Wie ich das blaue Zimmerchen betrat, hörte ich vom offenen Fenster her ein gewaltiges Schnarchen durch die Nacht. Im Hause des Juden liess man die Rolladen fallen, allabendlich das Zeichen, dass der Tag zu Ende war.

Erst jetzt, da ich allein war, stiess mir die peinliche Szene in der Anlage ins Bewusstsein auf. Dass Erwachsene es so treiben könnten, hatte ich nicht für denkbar gehalten. Der Leutpriester sprach von diesen Dingen stets, als ob das nur missratene Kinder betreffe.

Welch ein Tag! dachte ich. Was da alles drin war!

Beim Nachtgebet fiel mein Blick auf das Bild über dem Bett. Es stellte einen Felsenabgrund dar, über den ein kaum fussbreiter Steg ohne Lehne führte. Eben hatte ein Kind in weissem Hemdchen den rosigen Fuss auf den Balken gesetzt, während es dem Schutzengel, der über dem Abgrund schwebte, sein Händchen reichte. Der Fels ringsum war mit waghalsigen Blümlein übersät. «Wie kann man mir bloss so ein Bild hinhängen?» dachte ich.

Ich zog die Kleider aus und legte sie ordentlich, Stück für Stück, über die Stuhllehne. Mein Freund, der Fuhrmann, machte es so. Ich hatte ihn einmal beim Auskleiden im hell erleuchteten Zimmer beobachtet.

Schon war ich am Einschlafen, da hörte ich, wie der Riegel der Haustüre vorgeschoben wurde. Er war also heimgekehrt, um den sich, ohne dass er es ahnte, das Treiben der Kinder drehte. Für ihn war der Tag wichtig, wegen der gelbgrünen Zackenbänder in den Flanken der Ophrys fuciflora.

Gleich darauf fielen grosse Tropfen auf das Dach. Es klingelte, als ob man Münzen auf die Ziegel säte.

zwei

Man kennt die Tage ums Neujahr, die beinahe gesetzlose Zeit. Die Regeln auch einer strengen Hausordnung stehen dann fast alle ausser Kraft. Sonst war die kleine Meute streng ins Kinderzimmer gebannt. In den vier Wänden aus bravem Tannenholz mochte sie sich balgen; das strapazierte Täfer wurde jedes Frühjahr wieder mit fleissig geseiften Bürsten reingefegt. Jetzt aber spielte sich das Leben in der schönen Stube ab. Verschwenderisch wurde der mächtige Ofen geheizt, morgens, wenn die Magd das Frühstück kochte, und am späten Nachmittag, noch bevor in den Fenstern der Nachbarn die ersten Lampen brannten. Oh, dieses glanzvolle Reich: Polsterstühle ruhten auf schneeweichen Teppichen neben schmuck eingelegten Kommoden, Ziertischchen und sonstigem Hausrat in Fülle! Auf den Möbeln stand manches Prunkstück erlesener Natur: eine Uhr mit Datum und Glockenspiel, Zinnkannen verschiedener Art, Vitrinen voll Silberzeug, altes schläfriges Porzellan und mächtige Muscheln, aus deren Mund man das Meer rauschen hörte.

Zwar, ehrlich gestanden, sooft ich während des Jahres auf einem Gang ins elterliche Schlafzimmer diese Stube durchquerte, es beschlichen mich stets unbehagliche Gefühle. Nicht bloss wegen der strengen schmalen Gesichter, die von allen Wänden vorwurfsvoll aus der Leinwand blickten. Auch die Möbelstücke trugen sichtlich Griffspuren längst verstorbener Hände an sich. Ja selbst den Prunksachen merkte man an, dass sie Brautstücke verschollener Vormütter waren. Was übrigens den Lehnsessel betraf, entsann ich mich selbst, wie die verstorbene Grosstante die Armlehne mit ihren Gichtfingern umschloss. Daran bloss zu denken, erfüllte mich mit Unbehagen.

Doch jetzt, ums Neujahr, war die Stube verwandelt. Auf dem runden Tisch stand der Baum voller Leckerbissen, Flitterzeug und Engelhaar. Und all die Möbelstücke, Mahnmäler der Vergänglichkeit, waren mit heiterster Tarnung überladen: Kuchen, Nüsse, Orangen, Bilderhefte, Märchenbücher und Spielsachen in Fülle.

Oh, diese Abende! Wenn Eisblumen die Scheiben verhüllten, wenn aus den verschneiten Gassen das weinerliche Gebimmel der Schlittenklingeln, das metallene Scheppern der Milchkannen und das Ächzen der Kufen erscholl! Wie fühlte man sich da bei der Lampe geborgen, wie rüstig rauschte das Blut durch die Glieder und wie heiss schlug das Kinderherz beim Spiel.

Doch halkyonische Tage sind gefährlich. Gern wählt das Verhängnis sie für seine Treffer aus. Irgendwann muss es ja auf das Herz des Knaben zielen. Vielleicht handelt es nach ausgeklügelten, bisher unerforschten Rezepten, wenn es mit Vorliebe solche Feste zu ungewöhnlichen Proben erwählt.

Ein kalter, glanzvoller Wintertag ging zur Neige, der letzte dieser seligen Zeit. Morgen begann die Schule wieder. Stundenlang hatte ich mich im Schnee getummelt, und nun schlich die Dämmerung in die Gassen ein, die Strassenlampen brannten, und das Prasseln im Ofen versprach einen Abend ohne Ende.

Ich spielte mit der Kleinen, leider wieder einmal arg vom Missgeschick verfolgt. Meist glückte es ihr, gleich am Anfang eine Querbank zu besetzen. Da sass sie hartnäckig fest und liess mich nicht weiterziehen. Sie würfelte und würfelte, blickte mich herausfordernd an, fasste die hellroten Figuren und brachte sie – Stück um Stück – kampflos ins Ziel. Ich glühte vor Ärger. Musste sie die Bank endlich räumen, um die letzten einzubringen, blieb mir zum Aufholen keine Zeit.

«Zum dritten Mal», bemerkte sie lakonisch und musterte mich schadenfroh, als sie mich wieder geschlagen hatte. Wortlos begann der Kampf von vorne. Erst waren meine Hellgrünen in Führung. Doch kaum dachte ich an Vergeltung, da wich das Glück neuerdings von mir. Die Kleine machte einen Sechserwurf um den andern, überraschte meine Figuren auf offener Strecke und warf sie alle wieder zurück.

«Viermal», bemerkte sie, als sie wieder gesiegt hatte, und genoss den Zorn, der offenbar auf meiner Stirne glühte. «Noch nicht genug?» fragte sie in einem Ton, der des fünften Sieges sicher war.

«Was bildest du dir eigentlich ein?» versetzte ich gereizt, und wir würfelten wieder. Diesmal nahm das Spiel launenhaftere Formen an. Es herrschte auf beiden Seiten mehr Eifer als Glück. Beide warfen wir uns auf den Anfang zurück. Da begann der Fratz okkulte Mittel in den Kampf zu werfen. Zweimal behauptete sie, ich hätte mich beim Hüpfen überzählt. Einen Zank mit der Wanze hielt ich unter meiner Würde und ging grollend um eins zurück. Das machte ihr Mut. Sie überzählte sich nun selbst nach Belieben, sobald sie sich dadurch, von mir verfolgt, auf einer Querbank sichern konnte. Ich schwieg in kochender Grossmut. Schliesslich gelang es mir aber doch, eine Bank zu sperren und drei Rote auf offener Strecke heimzuschicken. Noch zwei, drei Glückswürfe, und ich war Sieger. Die Zeit der Vergeltung war gekommen.

Da ging die Türe auf. Der Geheimnisvolle trat ein.

Gleich sprang mir der weisse Briefumschlag in die Augen. Er trug ihn in der Rechten und schlenkerte ihn in heftigen Bewegungen hin und her. Oh, ich kannte die Gebärde! Sattsam kannte ich sie: Ungeduld, weil ich mich nicht gleich darauf stürzte und loslief. Ebenso blitzartig hellte sich das verdriessliche Gesicht der Kleinen auf. Auch sie wusste, was das bedeutete.

«Stehenlassen!» befahl ich streng und drohte mit der Faust, als ich mich erhob. «Gleich bin ich wieder da!»

Sie verzog ihr Gesicht. Bösartig blitzten die kleinen Augen mich an. Als ich von der Tür zurückschaute, warf sie eben das Spiel zusammen. «Unentschieden!» bemerkte sie im selben überheblichen Ton. Es spielte Triumph um den bauschigen Mund.

Eilends warf ich mich auf die Stiege und schlüpfte in die noch feuchten Schuhe. Mein Herz stolperte vor Wut. Zur Mühle musste ich den Brief bringen. Ein winziger Auftrag: zwei Gassen, dann den Bach überqueren, den Brief dem staubigen Mann überreichen und wieder zurück! Keine fünf Minuten dauerte die Gnadenfrist der Sünderin. Dann würde ich sie zwingen, die Partie fortzusetzen. Genau hatte ich die Positionen im Kopf, die roten wie die grünen. Es galt den verwöhnten Frechdachs zur Ordnung zu weisen. Wer sollte das tun, wenn nicht ich?

Nach meiner Gewohnheit sauste ich auf dem Geländer die Treppe hinunter. Mantel? Tissaphernesmütze? Wozu? Sogar mein Kittelchen liess ich zurück. Keine Minute war zu verlieren. Kehrten die älteren Geschwister zurück, würden sie auf das Geschrei der Kleinen hin die gerechte Sühne verhindern.

An der Haustür schlug mir eisige Luft ins überhitzte Gesicht. Das kümmerte mich nicht. Anderes hatte ich jetzt zu denken. In gewaltigen Sprüngen jagte ich durch den Garten, flog, um den Zeitverlust am Gartentor zu ersparen, über die niedrige Mauer hinweg, überquerte die Gasse und steuerte auf die kleine Parkanlage zu. Dass die tags von der Sonne beschienene Einfassung vereist war, bedachte ich in der Eile nicht. Doch wie ich auf die Mauer ansetzte, glitt ich aus. Torkelnd suchte ich mich aufzufangen und taumelte ein paar Schritte dahin. Schliesslich stürzte ich kopfüber in den Schnee. Mit vernehmlichem Schwirren entflog mir der Brief, den ich zwischen zwei Fingern trug.

Flugs erhob ich mich, schüttelte den Schnee von den Armen, klopfte Hosen und Strickweste aus und blickte zum Stubenfenster zurück. Diesen Triumph hätte ich der Kleinen nicht gegönnt. Was sah ich? Im hell erleuchteten Viereck stand sie auf einem Stuhl und hantierte am Weihnachtsbaum herum. Offenbar benützte sie die Gelegenheit, sich eine Leckerei wegzustehlen. Mein Sturz hatte also einen Sinn: Auch diese Frechheit würde sie bei meiner Heimkehr büssen.

Schnell wollte ich den Brief aufheben und weiter rennen. Aber wo war der Brief? Vor meinen Augen war alles weiss, ein schmutziges, unklares und gleichförmiges Weiss. Die Gassenlampe streute nur ein trübes und ungewisses Licht durch die Stämme. Wo war der Brief? Den ganzen Platz suchte ich ab. Der Brief fand sich nirgends. Ich kehrte zur Mauer zurück, um den Sturz gleichsam nochmals zu vollziehen. Die Stelle, wo der rechte Schuh auf der Eiskruste ausgeglitten war, ergab sich klar, ebenso die schleifende Spur durch den Schnee. Deutlich zeigte sich auch, wo mein Körper gelegen hatte, vor allem die Vertiefungen meiner Hände im Schnee. Der Brief aber fand sich nirgends. Ich besann mich auf das kurze Schwirren, das ich wahrgenommen hatte und suchte die weitere Umgebung, sogar einen Teil der Gasse ab. Es fand sich nichts. Der Brief war weggezaubert: ein Brief des Geheimnisvollen an den Müller.

Nun verdampften die Gedanken der Rache. Sorgen tauchten auf. Schwere Sorgen. Ich fühlte, wie etwas mein Herz zu umklammern begann. Wo war der Brief? Dem Müller hätte ich ihn überbringen sollen. Gewiss war der Inhalt dringender Natur. Warum hätte er mich sonst noch abends eigens hingeschickt? Es herrschte Krieg. Seit mehr als einem Jahr herrschte Krieg. Das Mehl war knapp, auf jeden Kopf bemessen. Vielleicht enthielt der Brief Mahlkarten, wichtige «Akten für die Ernährung des Volkes». Und ein solches Dokument hatte ich verloren.

Nun tauchte die kräftige Hand vor meinen Augen auf, die Hand mit dem Siegelring, auf dem Rücken fleckig und mit einer hörnigen Schwiele am Schreibfinger; die mächtige weisse Hand, durch die täglich dutzend Briefe gingen; die rastlose, die er abends nie vom Pult nahm, bevor der letzte Frager seine Antwort hatte; die grosse, wunderbar bewusste Hand, die selbst in der Dunkelheit aus den geordneten Regalen unfehlbar jeden Faszikel ergriff. Ein Brief aus dieser Hand, wichtig und dringend, ein Brief an den Müller lag jetzt in der Nacht, irgendwo in Nacht und Schnee. Wenn er das wüsste! Welch eine Enttäuschung für ihn! Was müsste er von mir denken? Mir schlug das Herz im Halse. Um keinen Preis durfte er davon erfahren. Im ersten Schrecken lief ich weg zu meinem Freund, dem Fuhrmann. Hatte ich bei ihm je vergebens um Hilfe gesucht? Immer war er zur Hand! «Dummer Junge» würde er brummen, aber er würde gutmütig lachen, seine Karbidlaterne ergreifen, anzünden, gleich mitkommen und den Brief aufheben. Dessen war ich gewiss.

Ich rannte also los.

Kein Licht! Er war nicht da. Der Stall war leer. Gähnend standen die Türflügel der Remise offen, ein Zeichen, dass er noch in den Wäldern unterwegs war und erst tief in der Nacht heimkehrte.

So blieb nur Ittig. Wenn das findige Bürschchen wollte, schaffte er mir den Brief sogleich zur Stelle, das war sicher. Rasch überschlug ich die Rechnung. Natürlich, Ittig stand in meiner Schuld und zwar gewichtig, vom Herbstmarkt her, als das Karussell spielte.

Kein Kind hielt es damals zu Hause aus. Das blecherne Georgel erfüllte den ganzen Tag Flecken und Hintergassen mit seinem Tingeltangel. Zum wahnsinnig werden, wenn man nicht fuhr. So umstanden die Kinder in dichtem Ring das kreiselnde Wunder. Sie starrten auf die weissen, flattermähnigen, in wilden Luftsprüngen erstarrten Pferdchen, die in endlosem Zug vorüberjagten. Sobald Lenerl mit der Rundenglocke schellte und der Mann im gestreiften Tricot auf den Bremsladen sprang, setzte die vorderste Reihe zum rücksichtslosen Kampf um die freiwerdenden Plätze an. Auch Ittig stand da, barfuss im vordersten Glied. An der Jagd aber beteiligte er sich nicht. Er hatte kein Geld. Immerfort starrten seine trüben Augen in verzückter Melancholie auf die weisse Orgel, auf den goldverbrämten Pfeifenprospekt, vor allem aber auf die nacktbusigen Karyatiden, die in geheimnisvollem Mechanismus die Tamburine schlugen. Ich trat an Ittig heran und drückte ihm gönnerhaft ein Heftchen in die Hand, in dem noch vier Fahrkarten steckten. Gleich bimmelte die Glocke und gleich war Ittig weg. Es hätte meinem grossmütigen Herzen geschmeichelt, wenn mir der Knabe von irgendeinem der begehrten Hengste herab dankbar und glücklich zugewinkt hätte. Doch Ittig war nirgends zu sehn. In einer der Schaukelkutschen waren die goldbedressten Purpurvorhänge so völlig zugezogen, dass Lenerl Mühe hatte, den Fahrgast zu finden. Darin steckte Ittig. So schaukelte er vier Runden nacheinander inkognito dahin. Seither stand er also in meiner Schuld, ohne sie durch irgendwelche Dienstleistung abgetragen zu haben.

Meiner Ansprüche gewiss, eilte ich also zur Brücke, pochte an Ittigs Türe und trat ein. Einen Flur gab es nicht. Gleich stand man in der Küche, das heisst in einer jener armselig beleuchteten, rauchgeschwärzten Höhlen, in denen das dortige Schwemmvolk hauste. Frau Ittig, ein unförmiges Gebilde, war eben im Begriffe, einen Kessel mit Suppe ins offene Feuer zu hängen. «Wo ist Fritz? Wo ist Fritz?» rief sie meine Frage wiederholend und wandte das vergilbte und talgige Drüsengesicht voll Zorn gegen mich. «Tag und Nacht heisst es: Wo ist Fritz? Wo ist Fritz? Aber dass es jemand eingefallen wäre, auf Weihnachten dem Kleinen ein Paar Schuhe zu geben, die dicht halten? Ach woher! Das kommt nicht auf! Bei dieser Kälte geht mir das Mäuschen nicht mehr aus dem Haus.» Erst hatte ich im Sinn, die Sache mit den Karussellkarten vorzubringen. Doch wie sich mir die Frau bedrohlich näherte, wagte ich es nicht. Inzwischen war Fritz in die offene Stubentüre getreten und gab mir durch ein Achselzucken zu verstehen, dass er die Dienstpflicht wohl anerkenne, ihr aber im Augenblick nicht folgen könne. Ich entnahm seinen bekümmerten Augen, dass er sich selbst zu allerhand Schlichen bereit gefunden hätte. Doch der mächtige Leib der Mutter stand wie ein Turm in der Küche, und einen andern Ausgang hatte die halb über dem Bach schwebende Behausung nicht. So schloss ich, meiner sonst nie versagenden Zuflucht beraubt, schweigend und kleinmütig die ächzende Türe.

Nun war ich ganz auf mich gestellt.

In der kindischen Einbildung, es könnte sich in der Zeit meiner Abwesenheit doch irgend etwas geändert haben, lief ich wieder zur Anlage zurück. Nichts hatte sich geändert. Sie lag da wie vorher, im gleichen schmutzigen Zwielicht. Da begann ich von neuem und völlig sinnlos dieselben Stellen abzuwandern, mir ewig misstrauend, mir ständig versichernd, aus der Welt könne der Brief doch nicht verschwunden sein.

Mehrmals gingen Leute vorüber: Frauen und Mägde auf Botengängen; Arbeiter, die aus den Werkstätten heimkehrten; Bürger auf dem Gang zum Abendtrunk; schliesslich auch Bauern, die ihre Milch zur Hütte brachten. Wenn ich sie nahen sah, hielt ich inne und duckte mich in den Schlagschatten eines Baumes. Sie gewahrten mich nicht. In Zipfelmützen und Kopftücher vermummt, achteten sie bloss auf die vereiste Gasse. Zwar eine alte Frau, in langer Pelerine, rief mich an. Offenbar hatte sie von fern mein Wandern bemerkt. Sie stand still, erspähte mich hinter einem Stamm und rief:

«Ohne Mantel? Bei dieser Kälte! Krank wirst du werden und sterben, Kleiner, wenn du dich so herumtreibst.» Wäre die Frau zu mir angetreten, ich hätte ihr meinen Kummer geklagt, und alles hätte sich wohl zum Guten gewendet. Doch weil ich mich nicht rührte und schwieg, kam sie nicht. Eine Weile lauschte sie noch, dann brummte sie unwillig vor sich hin und trippelte weiter. Im Gegenschein der Lampe sah ich ihren Atem wie eine Fahne aus dem Munde flattern.

Erst jetzt spürte ich, wie kalt es war. Ich trug Stubenkleider: Gestricktes, kurze Hosen, die Strümpfe mit Gummibändern gehalten. Die Schuhe, vom Tage her feucht, waren jetzt hart und kalt geworden. Auch die Kleider fühlten sich frostig an. Um Hals und Handgelenke war der Schnee, der vom Sturz hängen geblieben war, geschmolzen. Mich fröstelte.

Die Frau hat recht, dachte ich. Bestimmt werde ich krank werden, schwer krank sogar; genau wie mein Freund, der Knabe des Bäckers im letzten Winter krank geworden war. Vielleicht hatte seine Krankheit ähnlich begonnen. Eines Nachmittags war die Lehrerin vor die Klasse getreten, mit Tränen in den Augen, und hatte erklärt, der Knabe sei gefährdet. Zunächst war ich stolz, dass ich einen Freund hatte, der gefährdet war. Anderntags beteten wir gemeinsam für ihn. Ich war wiederum stolz, dass ich einen Freund hatte, für den man öffentlich betete. Dann durfte ich ihn besuchen. Ich allein. Als ich zur abgemachten Zeit erschien, stand die ganze Klasse vor dem Haus und blickte zum Fenster hinauf, hinter dem der Knabe lag. Das Fenster war verhüllt und nur schwach erleuchtet. Man sah am Vorhang Schatten vorüberhuschen. Nur ich allein durfte also eintreten, weil ich sein bester Freund und er gefährdet war. Die Wangen des sonst bleichen Knaben brannten. Feucht glitzerten die Augen. Die Nase aber war spitz und blass wie bei wächsernen Heiligen. Was mir am merkwürdigsten schien: Rastlos nestelten die schmalen Finger an den Falten der Decke herum.

«Wie geht es dir?» fragte ich schliesslich unbeholfen.

«Gut», würgte er undeutlich hervor.

«Wir beten für dich, weil du gefährdet bist.»

Mehr wusste ich nicht zu sagen, blieb unbeweglich stehn und horchte auf den flachen, keuchenden Atem. Nach einer Weile führte mich die Frau des Bäckers, die verweinte Augen hatte, wieder zur Türe. Noch stand die Klasse unbeweglich da, als ich heraustrat. Dann rannten sie auf mich los.

«Er wird sterben», erklärte ich wichtig. Gleich wischten einige Mädchen Tränen weg. «Natürlich wird er sterben», wiederholte ich grob. «Seine Nase ist schon tot. Da helfen Tränen nichts.» Mehr sagte ich nicht und ging nach Hause, stolz, dass ich der erste war, der den Mut hatte, das entscheidende Wort auszusprechen. Anderntags lief in der Schule das Gerücht um, der Leutpriester habe dem Knaben eine Lebensbeichte abgenommen. Das schien mir vollends abenteuerlich. Konnte ein Mensch so gültig beichten? Liegend, nicht einmal richtig angezogen und ohne das bewusste Gitter?

All das kam mir jetzt in den Sinn. Ich werde also auch krank werden, dachte ich, genau wie der Knabe des Bäckers. Mich schauderte. Unter den Schulterblättern fühlte ich deutliches Stechen. Ich schluckte, um meinen Hals zu prüfen. Er war rauh. Je mehr ich schluckte, umso deutlicher meldeten sich die Schmerzen. Plötzlich auf der Strasse vom Bahnhof her leichtfüssiges Schürfen im Schnee! Wahrhaftig, Rahel trippelte daher, das Judenkind. Sie trug Schneestiefel und ein dickes Mäntelchen. Tief war die Kapuze aus Kaninchenfell ins Gesicht gezogen. Die Hände steckten in einem Muff vom selben Fell. Beinah lautlos wie ein Engel kam sie daher. Nur das Milchkesselchen am Arm scheuerte sich bei jedem Schritt leise an den Hüften und seufzte metallig in den Henkelösen. Ihr Gang zur Sennhütte war kurz und führte gar nicht hier vorbei. Wozu der Umweg? Dazu bei dieser Kälte! Ich traute meinen Augen nicht. Beim Gartentor verstummte das Scheppern des Kesselchens! Sie hielt einen Augenblick inne, schob die Kapuze zurück, reckte sich und spähte zum hellerleuchteten Fenster. Heiss durchschoss es mich, und einen Augenblick vergass mein Herz den Kummer. Ein Ruf hätte genügt. Sie wäre herzugeeilt. Die grossen Judenaugen, von der Wüste her geschärft und an ewiges Einerlei gewöhnt, hätten das Geviert des weissen Briefes auch im Schnee erspäht. Doch, mich ihr so zeigen? Als halberfrorener Knabe? In der kläglichen, ja lächerlichen Lage? Mein Stolz erlaubte es nicht. Den Blick aufs Fenster gerichtet, ging sie hart an mir vorüber. Ich bildete mir sogar ein, ihren Atem zu hören. Dann schwebte sie in den Schatten ein, und das Knirschen im Schnee verstummte. Es wurde wieder still, stiller als zuvor, jetzt erst richtig still. Und diese Stille mahnte mich wieder an mein Elend.

Von neuem nahm ich die verrückte Wanderung auf. Und während des endlosen Auf und Ab jagten sich meine Gedanken schlimmer als zuvor. Sobald ich krank bin, dachte ich, werde ich nach ihr verlangen. Man wird mir den Wunsch nicht abschlagen und ihr allein den Zutritt zum Gefährdeten erlauben. Dann wird sie an mein Krankenlager treten. Das wird anders sein, nicht erniedrigend, nicht lächerlich. Schmerzlich wird das sein, wie beim Knaben des Bäckers. Schön war er gestorben, sagten die Leute. Der Leutpriester drückte sich gewählter aus. «Wie Henoch wurde er weggenommen», erklärte er, «ohne den Tod zu schauen.» Denn man erzählte, die Frau des Bäckers habe im Zimmer des Todgeweihten geschlafen und sei mitten in der Nacht erwacht, wie man etwa aufwacht, wenn eine Uhr stille steht. Die Atemzüge seien einfach weggeblieben. So leise habe er sich davongemacht. Überhaupt, was waren es damals für schöne und ergreifende Tage! Wer hatte vorher den stillen Knaben beachtet? Jetzt galt er alles. Der ganze Flecken legte sich in Trauer um seinetwillen. Auch die Klasse durfte hingehen und bei der Leiche beten. Er war der erste Tote, den ich sah. Nicht eine Sekunde konnte ich die Augen von ihm lassen: Er trug ein schneeweisses Hemd und schwarze Strümpfe, aber keine Schuhe. Erst fiel mir ein, vielleicht hätte es den kinderreichen Bäcker gereut, das tote Männchen fertig anzukleiden. Dann erst fiel mir ein, dass der Junge ja für seine Reise keine Schuhe brauchte. Tote Knaben sind schön. Er war ein Wunder. Das etwas borstige nussbraune Haar lief in helle, fast farblose Spitzen aus, die im Schein der Totenkerzen aufstrahlten und wie ein kristallener Kranz schillerten und sprühten. Eine Einzelheit verfolgte mich jetzt, da ich so verloren im Schnee hin und her stampfte, besonders hartnäckig: Der Mund des toten Knaben stand leicht geöffnet. Zwei Perlenreihen blinkten zwischen den erblassten Lippen hervor. Ich musste immer an die Lämmer denken, die um Ostern in den Schaufenstern der Schlächter hingen und mit verglasten Augen die weissen Zähnchen schimmern liessen. So würde ich auch daliegen und die Zähne blecken. Doch das war nicht lächerlich. Das war schaurig und hatte etwas Heldenhaftes an sich. Genau wie damals würde die kleine Rahel sich neben das Totenbett stellen, mich betrachtend, oben beim Hals ihr Röcklein fassen und es unter einem Segensspruch nach Judenart eine Handbreit einreissen. ; Oh, wie packend war das damals, als sie beim Verlassen des Totenzimmers rief: «Gott tröste euch nebst allen, die um Zion und Jeruschalajim trauern!»...

Wie lange mochte ich so dahingeträumt haben? Die Hände in den Hosentaschen vergraben, stöberte ich dabei fortwährend mit den Schuhspitzen im Schnee, kehrte immer wieder zur Stelle zurück, wo ich den Brief am ehesten vermutete, und suchte mit brennend gewordenen Augen.

Plötzlich schwebte vom Flecken im ungewissen Dämmer eine gewaltige Erscheinung daher, ein Mensch mit Hund und Milchschlitten, an dem ein Windlicht schwankte. Er trug schwere Schneestiefel, einen blauen Soldatenmantel, hatte den Kragen hochgeschlagen und über den Kopf eine mächtige Pelzmütze gestülpt. Im Gesicht glühte ein Stumpen. Wie bisher drückte ich mich und lauschte, bis das Phantom vorüber wäre. Erst als der Hund winselte und unruhig an der Kette riss, erkannte ich den Onkel. Einen Augenblick war ich völlig verwirrt. Pelzmütze, grosse Fausthandschuhe und der unförmige Poncho! In so phantastischer Aufrüstung und bei Nacht hatte ich den Menschen noch nie gesehen. Blitzschnell schoss mir durch den Kopf, ihn anzurufen. Vielleicht würde er den Hund auf die Spur des Briefes setzen, mir wenigstens raten, vielleicht sogar, falls das Dokument verschollen blieb, mit mir nach Hause kommen, und dem Geheimnisvollen, ein Bruder dem Bruder, mein enttäuschendes Benehmen auf schonungsvolle Art verständlich machen. Doch, wie ich eben rufen wollte, versetzte der derbe Schuh dem Hund einen Stoss in die Flanke. Gequält heulte das Tier auf und schoss in die Stränge. Das nahm mir den Mut.

Wieder eine Hoffnung dahin.

Welch ein Elend! Nun war es nicht mehr bloss der verlorene Brief, nun war es vor allem mein Unglück selbst, das mich bedrückte: die Verlassenheit, die verhängnisvolle Unfähigkeit, im entscheidenden Augenblick irgendeine Rettung zu ergreifen.

Von der Kirche schwebten sieben schwere Doppelschläge, hart und gläsern durch die gefrorene Luft. Essenszeit! Die Gassen wurden vollends menschenleer. Aus allen Schornsteinen kräuselte sich Rauch in den vermummten Himmel, und an den Stubenfenstern flammten Lichter auf. Nun dampfte auf allen Tischen heisser Kaffee. Nun setzten sie sich überall zum Mahl. Allein und draussen war jetzt ausser mir kein Mensch. Ich trat etwas vor und spähte auf unser Haus. Pünktlich, mit dem Stundenschlag erlosch das Licht in der schönen Stube. Mir wurde elend zumute. Durch die Mauern sah ich, was vorging. Welch ein vertrautes Bild! Nun sassen auch sie zu Tisch, er an der Wand beim Fenster, die Mutter obenan, dann die Geschwister im gewohnten Rund. Die Lampe war tief herabgezogen. Sie beschien bloss die Teller und die Hände, die die Speisen zu den Gesichtern hoben. Nur der Platz neben ihm, mein Platz, blieb leer. Wer weiss, leer vielleicht für immer! Vor allem sein Bild tauchte lebendig vor meiner frierenden Seele auf: wie er ahnungslos dasass, mit grossen heiteren Gebärden die Schöpfgeräte fasste, die Teller empfing, die Speisen verteilte, dabei unbekümmert plauderte, lachte, zur Ordnung rief und immerfort mit seinen kleinen flinken Augen den Tisch verwaltete. Auch jetzt? Ahnte er nichts von meinem Vergehen? Was mochte er denken? Was zu den andern sagen? Mit welchen Gefühlen den leeren Platz neben sich betrachten? War es denkbar, dass er auch jetzt, wie gewöhnlich, die Tischschublade zog, den elfenbeinernen Würfel fasste, die Geschwister schalkhaft musterte, den Würfel mit wichtiger Langsamkeit in den hohlen Händen tanzen liess und ihn schliesslich mit dem kleinen Aufschrei der Überraschung auf die Schieferplatte warf? Gab es diese Welt ohne mich? War sie ohne mich überhaupt denkbar? Was, wenn Nummer drei fiel? Der Fratz wird jubeln. «Nicht da!» wird sie rufen und statt meiner den Eierteller auslecken. So war die Welt!

Von allen fühlte ich mich verlassen, lehnte mich an den Ahornstamm in der Mitte der Anlage und grübelte.

Und der Müller? Was tat der Müller jetzt? Er wusste, dass der Geheimnisvolle jeden Brief spätestens am Abend desselben Tages beantwortete. Und jetzt war der Tag vorüber. Sass der Müller in seiner Stube, die mehligen Hände im Schoss und wartete geduldig auf Antwort? So sah er nicht aus! Übrigens war morgen vielleicht ein Termin fällig. In Kriegszeiten ging ja alles auf Termine! Vielleicht hatte der Müller bereits sein Mahl verzehrt, wechselte schon die Kleider und rüstete sich zum Gang auf die Kanzlei, um sich zu beschweren. Dann bekam der Unergründliche alles zu wissen. Auf die schlimmste Art. Nicht auszudenken!

Die Angst vor diesem Gegenzug schreckte mich auf. Was tun? Nochmals suchen? War nicht jede Handbreite Boden abmarschiert, endlos abgepilgert und hoffnungslos zerstampft? Was sonst unternehmen, jetzt bei völliger Winternacht? Hilfe suchen? Bei wem? Bei den Verwandten?

Schon tauchten sie auf! Allen voran das Löwenhaupt des alten Sippenzeus, des Grossvaters. Er residierte mitten im Flecken im stattlichsten Bau. Jetzt sass er gewiss in blumenbestickter Mütze und grauem Hausrock zur Tafel, bei Wein und geräuchertem Fleisch. Auch sie tauchte auf, Grossmutters Schwester, schneeweiss, schmächtig und von Gicht gekrümmt, die sich von Möbelstück zu Möbelstück durch die Stube tastete. Hilfe suchen? Ja. Bei wem? Bei der Kohorte der Tanten? Ach, diese alten Sibyllen, die – von einer vergesslichen Instanz des Jenseits übersehen – in den ausgeräumten Stammsitzen hausten und in einer Art Versteinerung den Rest ihres abgewelkten Daseins verzehrten! Sie um Hilfe angehen, die alten Basen in Lila, diese ewigen Herbstzeitlosen mit dem misstrauischen Blick durch die schmalen Nickelbrillen? Hingehen, den Messingglockenzug fassen, die Steingräber in Alarm versetzen und die Verschollenen aus den Hinterstuben locken, wo sie winters um die überhitzten Öfen schwärmten? Welch ein Gang! Erst bittend zum Türspiegel aufblicken, dann über die ausgetretenen Fliese in die eisige Gruft eindringen, die aus Pulswärmern entgegengestreckte Hand anfassen und erst das Entsetzen über den nächtlichen Einbruch entgegennehmen? Unmöglich! Ich kannte die bösen buschigen Brauen, schmalen Lippen und lehrhaft erhobenen Finger! Sie alle hatten sich schon mehrmals um meine Erziehung bemüht und sich mir durch irgendeine zornige Rüge unvergesslich verbunden. Wirklich, jetzt hingehen, halbverschüttete Beziehungen anrufen und sie um Hilfe angehen? Unmöglich! Von hier kam kein Hoffnungsstrahl.

Warum fiel mir erst jetzt der kleine Vetter ein? Ein schrulliger und gütiger Mensch, der am Ende der Hauptgasse zu ebener Erde eine winzige Schneiderbude betrieb! Er vielleicht! Er war ehelos und liebte die Kinder. Wie erlöst rannte ich von der Stätte meines Elendes weg. Schon von ferne sah ich das helle Geviert, das sein Fenster auf den Schnee warf. Freudig pochte mein Herz. Der Frühaufsteher hatte also sein Nachtmahl schon beendet und sass wieder an der Arbeit. Flugs raste ich hinzu und spähte durch den leichten Vorhang. Welch warmes und friedliches Bild! Auf dem Tisch am Fenster strahlte die mit Blumen bemalte Lampe. Freundlich warf sie ihren Schein auf ein Stück Brokat, an dem das Männchen stichelte. Er hielt den Kopf so tief gesenkt, dass ich nur ein krauses, graumeliertes Nest erblickte. Läuten? Dann würden die Basen im obern Stockwerk munter. Welch endloses Wo und Wie und Warum und Wenn und Aber würde das absetzen! Rasch und ohne Belehrung zu helfen, würden sie dem Bruder niemals erlauben. So kratzte ich leise am Fenster, wie ein Hund Einlass begehrt. Von Überraschung keine Spur! Diese Art schien dem Vetter vertraut. Gemächlich hob er sein Haupt, schob die Brille auf die Stirne, lüftete den Vorhang und spähte einen Augenblick durchs Fenster. Er erkannte mich, stand auf und öffnete lautlos die

Türe. Ein Geruch von verbrauchtem Öl, warm und vertraut, schlug mir ins Gesicht. Hastig, vermutlich völlig verhaspelt, brachte ich mein Anliegen vor. Bekümmert hörte der Alte zu, stutzte eine Weile, runzelte die Stirn, zog die Uhr aus der Westentasche, hielt sie nahe an die Augen und flüsterte besorgt:

«Ums Himmels willen! Viertel vor acht. Und so ein Knirps noch in den Gassen.»

«Nur wegen des Briefes!» wandte ich ein.

«Ein Brief? Was für ein Brief? Ein Brief an mich?» fragte er zerstreut und wärmte seine Finger in den Achselhöhlen.

«An den Müller» korrigierte ich.

«Was habe denn ich mit dem Müller...»

«Verloren habe ich den Brief.»

«Ach so, jetzt verstehe ich. Du hast einen Brief verloren. Bei dieser Kälte und Finsternis!» seufzte er und spähte durchs Fenster. «Wer ums Himmels willen soll jetzt einen Brief finden?»

Er machte eine Pause, lauschte ängstlich auf das Knarren der Diele über uns und erwiderte gedämpft: «Man wird morgen früh...!»

«Dann ist es zu spät» fiel ich ihm ins Wort und fasste den Türgriff. Mir war klar, dass der Kauz niemals die warmgefütterten Pantoffeln ausziehen und mit mir in die Winternacht treten würde. Wieder war eine der kurzlebigen Hoffnungen dahin.

Ich schlich zur Anlage zurück. Die Strasse war noch immer verlassen, breit wie ein Acker, der Schnee von

Radspuren im Schattenwurf der Lampen wie aufgepflügt. Die Heiligen auf den Brunnen standen frierend im Wind, der hoch aus der Leere der Welt über die Dächer fiel. Und in dieser Einsamkeit tausend Menschen, die seit einer Stunde gemütlich bei Tisch sassen, vergnügt schmausten und nichts von dem Knaben ahnten, der draussen war und fror. Ach diese schmatzende und kauende Legion! Waren das Menschen? Hätten sie die Bedrängnis des kleinen Herzens nicht spüren müssen, das, bloss durch eine Mauer getrennt, an ihrer Stube vorüberschwebte?

Zur Rechten: das Haus des Büchsers! Protzig strahlten die Schaufenster in die Nacht. War all das, was er feilbot, nicht bezeichnend? Karabiner, Stutzer, Jagdflinten und Handfeuerwaffen; ferner Reusen, Netze und Angelgeräte jeglicher Art. Was er, wie jeder wusste, drinnen hinter dem Vorhang verwahrte, war schlimmer: Fuchsfallen, Hasendrähte, Rehschlingen und sonst allerhand Machwerk, mit dem eine gesetzlose Jagd Tiere verfolgt. War es ein Wunder, dass aus diesen Mauern ein solcher Spross entstammte? Der Sohn des Büchsers! Wie würde er sich jetzt über mein Elend freuen! Triumphieren würde er, wenn er wüsste, wie mir zumute war; triumphieren vor allem, wenn ich erkrankte und stürbe. Dann würde mein Platz in der Klasse leer, wie der Platz des Bäckerknaben leer geworden war. Es würde sich niemand mehr umdrehen und den Dummkopf fixieren, wenn er dastand, von einem Fuss auf den andern trat, stotterte und nicht zu antworten wusste ...

Als ich die Anlage betrat, winkte ein neuer Hoffnungsschimmer! In der hintern Stube des Leutpriesters brannte Licht! Zwar konnte ich Fenster und Lampe nicht sehen, aber den hellen Schein, der wie ein kleiner Nebel davor schwebte. Der Leutpriester, ein paar Sprünge von mir entfernt! Seltsam! Warum hatte ich nicht schon längst an ihn gedacht? Er war mein Beichtvater. Wie manches Geheimnis hatte ich ihm schon durch die Gitterstäbe zugeflüstert! Niemals auch nur der leiseste Anflug von Ärger! Lautlos schwebte Sünde um Sünde ins nahe, mächtig geformte Ohr und versank. Es war, als lebte der Mann von den Sünden. Wie sollte er also das Unglück mit dem Brief nicht verstehen? Endlich ein Mensch! Schon wollte ich den Rain hinaneilen. Doch da trat mir wieder das verhängnisvolle Etwas in den Weg, an dem bisher alle Entschlüsse gescheitert waren. Was für bedenkliche Dinge hatte mir neulich der Sohn des Wirtes erzählt! Schon lange hatte er dem friedlichen Priester misstraut, an ihm den gerechten Zorn vermisst und sein mildes Wesen als Lauheit gedeutet, doch neulich hatte er sich nun in kühnem Handstreich eindeutige Beweise für seine Vermutung verschafft! Wie hämisch hatte er mir davon erzählt! Abends spät war er auf die Umfassungsmauer geklettert, hatte eine ganze Weile in die hell erleuchtete Stube gespäht und den ahnungslosen Gottesmann bei seinem Treiben bespitzelt. Ohne Talar oder Priesterkragen, in brauner Weste sass der Mensch am Tisch, rauchte Pfeife, trank Wein und ass Nüsse. Nicht zu beschreiben! In den gefalteten Händen knackte er die Schalen auf, verzog dabei sein Gesicht und stopfte die Kerne in den Mund. Alles, ohne vorher die Heiligenbilder zu verhüllen! Der Pfeifenrauch hatte sich gegen die ernsten Gesichter hingekringelt und eine Weile sogar das dornengekrönte Flammenherz bestrichen.

Das alles hatte mir der Sohn des Wirtes im Ton erzählt, in dem man schwere Sünden kolportiert! Nun, ich hielt es für kaum glaublich, doch machte ich mir wenig Gedanken. Jetzt aber, da nur unerschüttertes Vertrauen helfen konnte, zeigte sich, wie entscheidend das Wort des Knaben mein Herz getroffen hatte. Jetzt wird er also Wein trinken, dachte ich, ohne Talar und Priesterkragen. Ihm jetzt den Kummer mit dem Brief anvertrauen? Ohne die Kraft seines Amtes war der alternde Mann nicht besser als Vettern und Basen. Böse Brauen und Drohfinger! Schon war der Mut, den Weg fortzusetzen, dahin.

Wie ich unentschlossen wieder in die Anlage zurückkehrte, vernahm ich plötzlich ein wildes Rascheln und Fauchen. Angewurzelt starrte ich ins Dunkel. Da kam es auf mich los, gross, schwarz, struppig, keuchend und fiel mich an: der Hund des Onkels! Er hatte mich also nicht vergessen. Sobald man ihm die Halsung löste, kam er gelaufen, mich zu suchen. Das gute Tier! Es sprang an mir hoch, legte mir seine Pfoten auf die Schultern. Ach das gefrorene Fell, der warme Atem und das Freudengewinsel in meinen Armen! «Such! Such Brief», flehte ich das Tier in meiner Einfalt an und lief auf den Boden weisend ein paar Schritte voran, um es auf Spur zu locken. Der Hund begann auch wirklich geschäftig herumzulaufen, zu schnuppern und zu schnüffeln. Doch was sollte er suchen? War nicht jeder Fussbreit von meiner Witterung voll? Immer wieder kam er treuherzig zurück, sprang an mir hoch, leckte mein eisiges Gesicht und lief wieder weg auf die Suche nach dem Unbekannten. Voll Begeisterung hob er fast bei jedem Baum den Fuss und brachte seine innigen Markierungen an. Verlorene Mühe! Schliesslich kam er zu mir zurück, liess sich auf den Steiss nieder, blickte mir lange mit verständnisloser Treue in die Augen, schnappte seitlings in die Luft und kratzte sich schliesslich müde und gelangweilt die Ohren. Dann trottelte er davon.

Welch eine Welt! Wie widrig hatten sich alle Reiche gegen mich verschworen!

Ratlos stolperte ich wieder zur Mauer, neigte mich vor und spähte zum Haus. Die Stube war wieder erleuchtet, ein Zeichen, dass die Mahlzeit zu Ende war. Auch zwei Fenster zu ebener Erde waren erhellt. Natürlich, nun hauste er wieder in seinem Bezirk und las «seinen Plutarch». Plutarch? Wer war dieser Plutarch, dass sich das Treiben lohnte? Auch jetzt! Auch diesen Abend sass er da, genau wie sonst, hatte den dickwandigen silbernen Becher neben sich und las. War das möglich? Der Platz am Tisch war doch leer geblieben. Machte er sich keine Gedanken? Ahnte er nicht, dass ich seit zwei Stunden mich ängstigte und fror, nur weil ich noch immer hoffte, das Dokument zu finden und ihm Kummer zu sparen?

Nun sass er da, trank Wein wie jeden Abend und las. Galt ein Knabe so wenig in der Welt? Ein Rädchen, das am Rand mitläuft, um das sich niemand kümmert, wenn es stille steht. Nun war der letzte Impuls verbraucht. Planlos stolperte ich zur Bank zurück, die in der Mitte der Anlage stand. Darauf hatte ich im Sommer Lenerl und den Menschen überrascht. Was hatte sie gerufen? «Sst! Schorschl! Lass'mi aussi! A Bua!» Übrigens jetzt wusste man, wer es war. Der Geschirrmüller selbst. Mit dem trieb sie es. Wie war das überhaupt? Was trieben sie? Ich war zu müde, um nachzudenken.

Erschöpft warf ich mich hin, vergrub die Hände in den Taschen und zog die Beine an. Jetzt erst, da alles ausgespielt und ich völlig leer war, wurde mir mein Zustand bewusst. Die Füsse waren nicht mehr da. Bis zu den Knien regte sich kaum mehr ein Gefühl. Ohren und Nase schmerzten in der gläsernen Luft. Der ganze Körper bebte, und das bedenkliche Stechen in Rücken und Hals nahm überhand. Nun, da ich stille sass und mich ergab, fielen Schlaf und Gleichgültigkeit erlösend über mich...

Vielleicht war all das nur ein langer und böser Traum! Ein Angsttraum, wie sie alle Kinder schreckten. Vielleicht lag ich zu Hause im Bett und all das gaukelte bloss durch meinen Kopf: der Brief an den Müller, die warnende Frau, Rahel im Kaninchenpelz, der vermummte Onkel, der Vetter mit der Taschenuhr, Hund, Schnee, Nacht und Kälte. So konnte ja nur im Traum alles durcheinandergehen. Ein Traum also wie hundert Träume! Plötzlich würde die Magd kommen, mich mit dem gewohnten Griff wachrütteln und alles war vorüber, wie schon oft. Doch konnte man träumen, dass man träume? Und konnte man sich im Traum fragen, ob man träumen könne, dass man träume? Dann und wann wachte ich auf, hob die schwer gewordenen Lider und sah Passanten über den Schnee vorüberschweben, geräuschlos und gespenstisch wie Seelen auf Wanderung. War ich schon gestorben, wie damals der Knabe des Bäckers gestorben war? Oh! Wie schön war es damals! Wie ehrten sie den toten Knaben! Er war kein verlorenes Rädchen am Rand. Der Leutpriester liess ihn in einen weissen Sarg legen, weil er noch nicht gesündigt habe. Nun, er konnte das wissen. Er war sein Beichtvater. Bei mir allerdings würde er einen schwarzen Sarg verordnen. Ich war älter, und der Leutpriester wusste von den entwendeten Eiern. Doch durfte er deshalb einen schwarzen Sarg verordnen? Brach er nicht das Geheimnis? Konnte so nicht jedermann errechnen, dass ich gesündigt hatte? Nun, schwarz oder weiss, viel macht das nicht aus. Jedenfalls wird die Klasse dasselbe Lied singen, das wir dem Knaben ins Grab gesungen hatten. Ohne mich, ohne meine metallene Stimme. Die Leute werden sagen: Der Beste fehlt! Der Sopran klingt nicht. Die Stelle «von den seligen Gefilden» schwingt sich nicht mehr so klar in den Himmel!

Was war das für ein schöner und ergreifender Morgen! Alle Kinder des Bäckers waren schwarz gekleidet. Sogar die Kleine, die sich fortwährend stolz umschaute und plauderte. Sie sah komisch zugleich und gespenstisch aus, als wäre sie aus der Vorhölle zur Bestattung des Bruders gekommen. So wird man auch meine Geschwister zurüsten. Nächte durch werden die Nachbarn Trauerkleider nähen um meinetwillen. Auch den Fratz wird man in schwarze Stoffe stecken. «Unentschieden!» hatte sie gerufen und das Spiel umgeworfen. Nun wurde sie gebüsst, hart aber gerecht.

Wie ergreifend ging alles vor sich. Es war kalt, aber etwas wie Vorfrühling in der Luft. Da und dort pfiff ein Vogel von den Bäumen. Ein Heer von entblössten Häuptern, bleiche Gesichter, trübsinnig gefaltete Stirnen. Der Wind nahm dürre Blätter auf und wirbelte sie über die Köpfe hin. Das Haar der Männer flatterte. Kokett hielten die Frauen ihre verschleierten Hüte fest. Und ich, der Freund des Frühverstorbenen, musste ans Grab treten und im Namen der Klasse mit wohl einstudierter Verneigung Nelken auf den Sarg hinunterwerfen. Und dann die magische Ovation des Schweigens für den stillen Knaben! Männer, Frauen und Kinder ohne Zahl, alles schob sich, drängte und brandete zum Grab hin. Nichts wurde gehört als das fortwährende Knirschen von tausend schweigenden Füssen im Kies, das rhythmische Scheppern des metallenen Sprengwedels, den jeder in den Kessel fallen liess, und das leicht klingende Geräusch, wenn der nächste ihn ergriff. Wie ehrte sie den toten Knaben, die ganze Gemeinde! Still und gewaltig. Sobald man tot ist, ist man mehr als bloss ein verlorenes Rädchen am Rand.

Und Rahel? Das Judenkind wird in ihrem zerrissenen Kleidchen weitab vom Grabe stehen, wenn die andern Wasser sprengen. Doch nachher wird sie heimlich hintreten, wie damals, einen Stein auf den Grabhügel legen und nach Jeruschalajim gerichtet flüstern: «Möge er seine Stätte des Friedens finden!» Sie wird an mich denken, wie sie an den Knaben des Bäckers gedacht hatte, und ihrem Glauben gemäss während sieben Tagen niemand grüssen, sich weder baden noch salben, keine neuen Kleider anziehen, sich auf keine Stühle setzen, vielleicht an der Bruchsteinmauer der alten Scheune, wo wir uns jeweils trafen, für mich die Gebeine des Mosche anrufen oder mit gelöstem Haar unbekannte Gebräuche der Klage verrichten...

Welch selige Gleichgültigkeit hielt mich eingehüllt! Halb Schlaf, halb Wachen. Schlug ich die Augen auf, sah ich in weiter Ferne und von den Lampen nur spärlich beschienen das Schulhaus. Mächtige, kahle, schwarze, vor Langweile gähnende Fenster! Vorbei! Dorthin gehen werde ich niemals mehr müssen. Die Lehrerin! Auch sie wurde gebüsst. Vor der ganzen Klasse werden ihr die Tränen in die Augen steigen, wie beim Tod des Bäckerknaben. Späte Reue! Zu oft hatte sie mir die grosse ziegelrote Filzzunge umgehängt! Und die kurzen bissigen Streiche auf die flache Hand, indes der Zorn auf ihren Wangen blühte! Geht man so mit Kindern um? Ihr gehörte die Busse, weil sie an einem Frühverstorbenen so gehandelt hatte.

Inzwischen war der Rain, der an der Anlage vorbeiführte, lebendig geworden. Pfeifen, Kreischen und Obachtrufe mischten sich in meine Träume und, wie ferner Donner, das Poltern und Rattern beladener Kufen, die auf dem blanken Eis vorüber schossen. Die Saturnalien der Nacht! Fest griffen die halbwüchsigen Jungen zu und hielten in rasender Fahrt ihre Mädchen umklammert. Diese quietschten vor Entzücken. Was mochte der Leutpriester denken, an dessen Haus diese Bahn der Lust vorüberführte? Ach, der Leutpriester! Abends, wenn er ausser der Gnade stand, war ihm all das nicht gleichgültig?

Plötzlich stand ich auf den Beinen. Wie von fremder Kraft getrieben, torkelte ich vor mich hin! Die Sprungglocke unserer Haustüre hatte angeschlagen, und gleich darauf war die Klinke ins Schloss gefallen! War der Müller gekommen, seine Beschwerde anzubringen? Auf fühllosen Beinen taumelte ich zur Mauer hin. Da kam mein Bruder daher gerannt. Im Flug strich er über die Gartenmauer weg und war eben im Begriff, in die Anlage hineinzuhüpfen, als er mich gewahrte. «Du? Was ist mit dir los?» fuhr er mich an. «Längst haben wir gegessen und du noch nicht da!» Ich stotterte. Kein Wort brachte ich hervor. Seit wie langer Zeit hatte ich mit keinem Menschen mehr gesprochen? Da fasste er mich entschlossen an der Hand und zog mich fort.

Es dauerte eine Weile, bis ich die Wärme seiner Finger spürte. «Herrgott! Bist du kalt! Eisig bist du!» rief er. «Wo bist du denn geblieben? Wir dachten alle, du sässest beim Müller und stopftest dich mit Kuchen voll.» Energisch zog er mich durch den Garten. Ich folgte ihm willenlos und auf gläsernen Füssen. Als wir die Stiege erreichten, begann ich zu schluchzen.

Die Worte des Bruders mussten ins Haus gedrungen sein. Als wir den Flur betraten, stand der Geheimnisvolle schon unter der Tür. «Keinen Kuchen hat er gekriegt?» fragte er enttäuscht. «Wirklich? Deshalb habe ich den Kleinen doch eigens mit dem Brief hingeschickt! Ich dachte, auch im Krieg haben Müller immer Mehl, um auf die Festtage ein paar Kuchen zu backen. Nun entlässt der Schinder das Kind mit leeren Händen.»

Rasch huschten wir vorüber. Ich selbst drängte den Bruder voran. Vorbei und hinauf! Jetzt nur keine Fragen! Ihm jetzt bloss nicht ins Gesicht blicken!

Wie wir die Treppe hinan stiegen, streifte mich ein ganzer Schwarm vertrauter Gerüche an: von warmer Holzasche, frischer Teigrinde und schmorenden Äpfeln. Auf dem kleinen Kehrplatz vor der Stube standen sie da und blickten mich an: die Mutter, die Schwester und die Kleine. Auch die Magd kam zur Küchentüre und schaute nach mir. Vielleicht hatten sie sich doch um mich gesorgt. Nur im Gesicht der Kleinen stand Schadenfreude: «Wer nicht kommt zur rechten Zeit, muss nehmen, was übrig ...», trompetete sie. Doch die

Schwester zog den Fratz an sich und schloss ihm den Mund.

Auf dem Tisch stand das Kuchenblech mit einem in gebrannten Teig gehüllten Apfel, daneben der Milchkrug unter der Haube. «Völlig erfroren ist der Mensch! Greift nur die eisigen Hände an!» rief mein Bruder, schob mich mit kräftigem Drängen an meinen Platz und hob den gebratenen Apfel in meinen Teller. Ich hielt die Augen verhüllt, schluchzte und schüttelte den Kopf. «Heisse Milch muss er aber trinken!» rief er gebieterisch. Da wies die Mutter die Kinder in die schöne Stube hinüber, die ihnen diesen Abend zum letzten Mal offenstand, setzte sich zu mir und legte mir den Arm über die Schulter. Nach einer Weile ergriff sie die Tasse und hob die Milch an meine Lippen. «Trink!» flüsterte sie. Ich schlürfte und spürte augenblicklich, wie mir aus der heissen Tasse Ermunterung in den erschöpften Körper floss. Zugleich aber begann mir die Stubenwärme Hände und Füsse aufzutauen. Mit einem Schmerz, wie ich ihn im Leben noch nie erlitten hatte, kehrte das Leben in die Glieder zurück. Ich jammerte und stöhnte, indes mir die Mutter die Hände rieb. Den gebratenen Apfel rührte ich nicht an. Jetzt nur weg! Der Frage entrinnen, die ich in den Augen der Mutter sah. Was hätte ich antworten sollen? Gab es ein Wort, das nicht alles verriet?

Sonst war ich immer allein zu Bett gegangen. Jetzt begleitete sie mich ins blaue Zimmerchen. Während sie mich auszog, machte sie mir Vorhalte, dass ich ohne Mantel und Tissaphernesmütze fortgegangen war. Doch nach meinem Verbleiben fragte sie nicht. Sie fühlte, dass mein Herz sein Geheimnis nicht preisgeben konnte. Nachdem sie mich sorgsam eingehüllt und meine Stirn mit dem Kreuzzeichen versehen hatte, löschte sie das Licht und trug die feuchten Kleider in die Stube.

Kaum war die Türe geschlossen, stieg die Angst wieder mächtig in mir auf. Der Brief! Jetzt lag das wichtige Dokument für die Ernährung der Gemeinde irgendwo, draussen in der Nacht. Vielleicht wurde es bis zum Morgen mit Schnee zugedeckt. Und morgen kam der Müller. Morgen wurde alles offenbar: das Missgeschick und, was schlimmer war, die Bosheit, mit der ich es hernach verschwiegen hatte. Mich dann bei nüchternem Tageslicht den Tatsachen stellen? Vor dem Müller zugeben, dass ich sein Haus überhaupt nie betreten hatte. Alles eingestehen? Nicht auszudenken! Warum war ich nicht in der Anlage gestorben? Es war zuletzt alles so traumhaft, so wunderbar gleichgültig und schön gewesen. Auch ich hätte mich, wie Henoch, ganz leicht und leise davon gemacht! Und jetzt? War es überhaupt sicher, dass ich krank wurde und starb? Wie warm war ich wieder und durchblutet! Kein Stechen mehr, weder im Hals noch im Rücken. Sterben? Wenigstens krank musste ich morgen sein. Schwer krank und gefährdet! Dann würde das andere nicht so schwer genommen!

Ich erhob mich, tastete mich vorsichtig, ohne dass der Boden knarrte, zum Fenster und sperrte lautlos beide Flügel auf. Eisig strömte die Nachtluft ein. Mein Blick fiel auf die Anlage, diese verrückte, verstampfte Stätte meiner Ängste. Wahrhaftig, es schneite! Ein feiner Schleier winziger Schneekörnchen fiel senkrecht und mit vernehmlichem Knistern aus dem Himmel in die kahlen Bäume und Büsche nieder. Ich legte mich wieder hin, rollte die Decke zurück und blieb bis zu den Hüften unbedeckt. So waren Fieber und Krankheit für morgen gesichert. Eine Weile vernahm ich noch das Rattern der Kufen über dem Eis und das lüsterne Kreischen der Mädchen, wenn die jungen einen Schlitten zum Kippen brachten ...

Als mich die derbe Hand am Morgen wachrüttelte, lag ich bis über die Ohren in die Decken eingemummt. Die Natur hatte selber vorgesorgt. Ich fühlte mich wohl, frisch und gut ausgeschlafen. Von Fieber keine Spur. Erst als ich die ordentlich auf den Stuhl hingelegten Kleider sah, die die Magd gebracht hatte, wurde mir bewusst, dass der Morgen nicht war, wie ein anderer. Auch brachte mir plötzlich ein leichter Schmerz an Ohren und Händen den Abend in Erinnerung.

Der Brief! Mit einemmal wurde mein Herz wie Stein. Der Brief! Vielleicht in einer Stunde schon, bevor er die mehligen Arbeitskleider anzog, kam der Müller, um sich zu beschweren. Dann kam alles an den Tag. Und ich hatte kein Fieber. Ich war nicht krank. Ich würde nicht sterben. Weiterleben musste ich, der Lage ins Auge sehen, Antwort stehen und erklären, warum ich nicht wenigstens den Verlust des Dokumentes gemeldet hatte.

Auf! Jetzt war der letzte Augenblick für ein Wunder!

Flink zog ich die Kleider an, schüttete ein wenig Wasser ins Becken, warf den Waschlappen hinein, eilte in die Stube und goss, bevor meine Geschwister sich gerüstet hätten, meine Tasse Milch hinunter. Hastig stopfte ich Bücher und Schiefertafel in die Schultheke und stob, ohne dass ein Mensch mich bemerkte, durch den Garten davon. Noch bevor ich die kleine Mauer der Anlage übersprang, gewahrte ich das Unbegreifliche!

Gleich neben der Mauer, ins feine Geäst einer Kornelkirsche verfangen, ziemlich hoch über dem Boden schwebte der Brief, von einem Schneesaum wie mit Zuckerguss garniert! Ich traute den Augen kaum. Rasch warf ich einen Blick auf unser Haus zurück und stürzte mich, als ob das Wunder mir entschlüpfen könnte, auf das Dokument. Erst als ich das kalte Papier in Händen spürte, wurde mir bewusst, was geschehen war. Eine mächtige Freude durchströmte mein Herz! Alles vorbei! Ich gesund und am Leben! In übermütigen Sprüngen überquerte ich die Gassen und den Bach und eilte zum Müller. Im Lauf kam mir das Spiel von gestern in den Sinn. Genau sah ich das Brett mit der letzten Partie vor mir. Die zweite Bank hielt ich gesperrt, drei rote hatte ich eben eingeholt und zurückgeworfen und einen der grünen ins Ziel gebracht. Auch die Position der übrigen Figuren sass mir noch genau im Kopf. Heute Abend, dachte ich, wird die Partie zu Ende gespielt.

«Herein! Herein!» schrie der Müller, als ich, offenbar etwas energisch, an seine Türe klopfte. Breitspurig schon in seine mehligen Kleider gehüllt, sass er ganz allein an einem mächtigen runden Tisch und verzehrte sein Frühstück: Kaffee, Milch, Brot, Käse, Butter und Marmelade. Überdies lag in einem Teller eine ganze Menge kleiner Fladen aufgeschichtet. «So zeitig, Kleiner? Was ist denn los?» brachte der grobschlächtige Weissling mühsam hervor; denn er hatte eben einen Bissen in den Mund gehoben. Energisch winkte er mich an den Tisch heran, blickte neugierig auf den Brief, riss den Umschlag mit dem Finger auf und entnahm ihm ein Bündel Scheine. «Du lieber Himmel!» rief er lachend, als er den Brocken verschlungen hatte. «Die paar Quittungen! Schon am Morgen früh? Das hätte doch nicht so geeilt! Aber natürlich! Man kennt ihn ja. Nur keine unerledigten Geschäfte!» Dabei schob er mir mit verschwenderischer Gebärde die Fladen hin. Beherzt griff ich zu, steckte zwei ein, und schon war ich weg. «Etwas höflicher, Bürschchen!» hörte ich ihn nachrufen, als ich mich durch den Gang der Haustür zutastete.

Die Fenster des Schulhauses waren hell erleuchtet. Der Unterricht hatte begonnen. Was das bedeutete, war mir klar: eine Weile in die Ecke stehen und so viele Finger erheben als ich Minuten zu spät gekommen war. Vor den Augen Rahels. Als ich ins Zimmer trat und mit dem ersten Blick die voll beschriebenen Schiefertafeln der andern sah, fiel mir überdies ein, dass ich die Rechnungen, die über die Ferien aufgegeben waren, nicht gemacht hatte. Das bedeutete drei Streiche mit dem Rohr auf die flache Hand. Kurz und giftig. Auch das vor den Augen Rahels. Übrigens, es stimmte gar nicht, dass der

Platz, den früher der Knabe des Bäckers eingenommen hatte, leer geblieben war. Das hatte ich gestern nacht phantasiert. Kurz nach dessen Tod hatte die Lehrerin die Knaben neu nummeriert. Jetzt sass mein Peiniger, der Sohn des Büchsers, an dessen Platz. Seine lauernden Augen blitzten mich schadenfroh an. Er freute sich auf die Exekution, die nun unverzüglich folgen würde.

Pfui! Wie nüchtern sah im Tageslicht alles aus. Wie lächerlich war das Ende!

Mittags traf ich die Kleine im Garten, wie sie an ihrem Schlitten hantierte. Ich eilte auf sie zu, fasste sie an der Schulter und bog den kleinen Körper zurück, dass sie mir in die Augen schauen musste. «Gestern Abend! Hast du den Christbaum geplündert? Ja oder nein?» Eine tiefe Röte stieg aus ihrem Hals auf und überflutete das Gesicht. «Aha!» rief ich. «Du hast gedacht, das bliebe verborgen, Fratz du! Nichts bleibt verborgen. Gott sieht alles. Und heute Abend, dass du's weisst, wird das Spiel von gestern hergestellt und beendet.»

Schuldbewusst starrten mich die kleinen Augen an. Schon sammelte sich am Rand der Lider ein schmaler, heller Wasserstreifen. Kummervoll zogen sich die Brauen zusammen, das Kinn zitterte, und die Lippen bebten. Da liess ich sie los und steckte ihr zu ihrem grenzenlosen Staunen einen der Fladen zu, die ich vom Müller erhalten hatte.

Irgendwo in der Ferne krähte ein Hahn. Das ist selten zur Mittagszeit.

drei

Erinnerungen? Ach, was entschwebt nicht alles! Selbst im Allerinnersten bröckelt es fortwährend ab und rieselt in die Tiefen, spurlos weg und davon! Einst heftig Erkämpftes, einst schmerzlich Erlittenes, Tag für Tag verliert es an Gewicht, verwittert, zerfällt und sinkt Stück um Stück geräuschlos in die undurchsichtige Flut des Vergessens. Es liesse sich also denken, dass eines Tages selbst das Herzstück verblasste und ins Nichts entwiche, das blaue Zimmerchen meine ich, mit dem Engelbild über dem Knabenbett. Es könnte sein, dass man sich in fernen Jahren überhaupt nicht mehr auf die einst so bedeutungsvollen Gegenstände besänne, zum Beispiel auf die mächtigen Schränke der Kinderstube, in denen man Abend für Abend die Siebensachen verstaute; auch nicht auf den unergründlichen Kasten im Estrich, der Masken, Perücken, Handschuhe, Fächer, Zylinder, Krinolinen, Fräcke und allerhand andern Fastnachtstand verwahrte, dem das ahnungsschwere Arom von Schminke, Tanzschweiss und unbekannten Sünden entstieg. Vielleicht könnte man all das wirklich vergessen. Auch den Bogen mit Kletterrosen, auch den von Ringelblumen gesäumten Weg, auch den Quittenbaum bei der Stiege und die kleine Linde beim Gartentor. Es liesse sich denken, dass man sich einst nicht einmal mehr an den Spielplatz in der Gasse erinnerte, wo sich jahrein jahraus das lärmende Gewimmel tummelte. Das eindrückliche Bild des

Brunnens sogar könnte eines Tages entschwinden, um den man vom Morgen bis zum Abend mit viel Streit das feuchte Gewerbe betrieb. Vielleicht könnte die mächtige Flut immer neuer Erlebnisse dereinst das Gedächtnis so völlig überschwemmen und die Erinnerung an die Schauplätze zahlreicher Kindertragödien so überdecken, dass kein Wille mehr die hundertfach überlagerten Schichten freizulegen vermöchte.

Doch eines, so glaube ich, könnte niemals entschwinden. Eines müsste noch zu aller letzt wie eine Insel aus der Überschwemmung der Zeit ragen, weiss umbrandet von der Flut des Vergessens, aber standhaft und untilgbar: jene verwirrende, fremde, von rätselhaften Mächten verwaltete Welt, die jenseits der letzten Häuserzeile begann und dem Knaben beinah den Atem raubte, sooft ihn die unbewusste Hand der Magd aus dem vertrauten Gefüge der Gassen führte. Könnte er sie je im Leben loswerden, die unheimliche Magie, die dort das unbewehrte Herz befiel? Beim ersten Schritt ins Freie lag es vor seinen Füssen, das weite, nur leicht gewellte, beinahe baumlose und von fernen Hügelzügen flankierte Feld, das südwärts in einer Flut von Fluren und Wäldern ertrank, die sich schliesslich im gespenstischen Glanz der Firne verloren. Und über dem Feld stand ein Himmel, ein endloser Himmel, nicht mehr von Giebeln und Dächern zerstückelt, ein Himmel, gewaltig und weit, der seine unerklärlichen Launen in mächtigen Gebärden über der Erde austobte. Bald strich sein Atem schwül und flau und mit gefährlicher Sanftmut über die silbrigen Wogen der Saatfelder hin; bald schnaubte er aus unerklärlicher Verstimmung stosshaft und ächzend durch die Gebüsche und sang einen verärgerten, im Schutz der Mauern niemals gehörten Choral. Und der Knabe? Was sollte er davon halten? Was sollte er sich denken, wenn dieser Himmel plötzlich die heiter gefegte Bläue verlor, sein Licht filterte und in föhnigem Zorn aufzubrennen begann? Warum quollen plötzlich dampfige Dünste wie Pilze aus dem Nichts empor? Wer schob mit einemmal die flaumig hingepinselten Wolkenbänke so hastig zu einer geriefelten Decke zusammen? Wer warf so heimtückisch einen Schwung Regen über die dutzend Rücken aus, die sich in arglosem Fleiss über Feld und Hänge krümmten? Wie sollte das unerfahrene Herz nicht erbeben unter der heidnischen Magie, die hier triumphierte? Wie konnte der Himmel monatelang der verstaubten und verlechzten Erde jeden Tropfen verweigern, trotzdem die Glocke jeden Abend um Regen bat? Wie derselbe Himmel übers Jahr dem Segen des Leutpriesters zum Trotz jeden zweiten Tag Heu und Garben durchtränken, wenn sie endlich leicht zu rauschen und aufzuduften begannen? Ein böses Stück Erde, auf dem sich alle Dinge verkehrten! Wie soll ein kleines Herz all dem gewachsen sein? Und könnte der Bub das Staunen je vergessen, das ihn ergriff, wenn er abends an derselben achtlosen Hand dahinstolperte, sein Gesicht zum weiten Gewölbe erhoben, auf dem eine rätselvolle Hand eben die ersten heimtückisch blinzelnden Lichter auslegte?

Oh, dieses Feld, schwer von erster Welterfahrung! Schwände es aus der Erinnerung, es risse die seligsten und beklemmensten Abenteuer des Lebens mit sich in die Tiefe!

Der Magie des Feldes war schon der Grossvater erlegen, auf verhängnisvolle Art und in einem Alter, da sonst der Mensch bösem Zauber widersteht. Von einer unbegreiflichen Schwärmerei gepackt, hatte er das Landstück samt einer alten, muffigen und windschiefen Scheune erworben und darauf mit dem zeitlebens geizig gehorteten Geld ein Haus gebaut: behäbig gewölbte Keller, eichene Stiegen und geräumige Stuben. Doch leider waren die mühsam zusammengescharrten Münzen nicht so unermesslich wie der Drang des Greises. Jedenfalls blieb das oberste Stockwerk, solange der Grossvater lebte, unausgebaut. Tür und Fensterrahmen bezeugen noch heute den verbissenen Kampf um die billigste Lösung, der zum Schluss zwischen dem Alten und seinem Baumeister tobte.

Bedenklicher fiel ins Gewicht, dass die beiden Söhne den arkadischen Rausch ihres Vaters nicht teilten. Nüchtern sahen sie dem Treiben des selbstherrlichen Schwärmers zu. Der einzige Impuls ihrer Betätigung in Feld und Scheune war der Zwang, wir dürfen hoffen, dann und wann mit etwas Pietät gegen den eigensinnigen Träumer vermischt. Doch kaum war das wachsame Auge eine Weile weg, brach die wahre Natur der Jungen durch. Die Razzien, die der Zornige wöchentlich zu unberechenbaren Zeiten vornahm, förderten immer dasselbe zutage: Bücher. Bücher und nochmals Bücher. Bücher unter der Stallbank, Bücher in den Futterluken, Bücher im Wagenschuppen und Bücher im Heustock. Überall Bücher. Bücher über Astronomie, über Pflanzenkunde, Lateinbücher, Gedichtbände und Convolute über Kriegsgeschichte. Schliesslich war der ältere Bruder des mühseligen Kampfes müde. Er liess sich in kleine Beamtungen wählen, planmässig, und Schritt für Schritt. Sobald aber die Kanzleigebühren zu Wasser, Brot und einem Dach über dem Kopf ausreichten, entfloh er dem unbehaglichen Idyll. Der jüngere blieb. Ihm reichte die Kraft aus, das Widrige zu ertragen, nicht aber, es abzuwerfen. Als der Grossvater schliesslich starb, war er für den Auszug aus Arkadien zu alt. Übrigens gab es jetzt keine Razzien mehr. Die Bücher in Stall und Tenn blieben unbehelligt. So lebte er, wie tausend Menschen leben, statt seiner Bestimmung dem Kompromiss: halb bukolisch, halb bibliophil.

Entscheidend blieb, dass sein weites Feld südwärts der letzten Häuserzeile für uns Kinder eine Freizone bildete. Unsere Magd kannte kaum einen andern Weg als dorthin. Zum Vorwand dienten die Küchenabfälle, die sie jeweils im Gestänge des Kinderwagens mit sich führte. In Wirklichkeit bot ihr das Feld Befreiung vom Frondienst. Sorglos wie nirgends konnte sie sich dort hinlegen und sich in ihre rührseligen Romane vertiefen. Stundenlang. Völlig unbewacht tummelten sich die Kinder. Lautlos fielen sie ins Gras. Sie schrien nicht. Im flachen Land ging weder Ball noch Spielreif verloren. Auch der

Drache verfing sich nicht im Gezweig. Überdies war der Onkel, der Herr des Bodens, vom Wert eines unberührten Bewuchses nicht hinreichend überzeugt, um sich zu Scheltworten aufzuraffen.

Und für uns: Das Feld lag fern, fern wie eine Insel. Es lag nicht wie Garten, Gasse und Brunnen im Blickfeld strenger Mutteraugen und war auch dem kurzen Pfiff aus der Kanzlei nicht erreichbar.

Denkt man nun an jene späteren Tage, da unbekannte Mächte das Herz eines Knaben zu bedrängen beginnen, wird sich da jemand wundern, dass sich vor allem das magische Feld dem Schicksal als Schauplatz anerbot?

Der Winter hatte lange gezögert. Erst Ende Januar war er ins Hochtal eingezogen, auch da noch immer unschlüssig und nur halb bei der Sache. Böige Winde, Schneestürme, Tauwetter, Sonnentage und eisige Nächte hatten sich wochenlang gegenseitig aus dem Feld geschlagen. Das willwankische Treiben hatte Dächer und Fluren mit einem derart dichten und verharsteten Schneebalg überzogen, dass man glauben mochte, der Panzer würde in Ewigkeit nicht aufgebrochen.

So reifte der Tag, an dem die Magie des Feldes das wehrlose Herz von unvermuteter Seite überfiel.

Der Nachmittag war mürrisch, der Himmel bleifarben, als ich die Gassen verliess und mit dem Abfallkesselchen ahnungslos zum schläfrigen Gehöft des Onkels schlenderte. Ahnungslos? Man weiss ja, wie bedrängend das Divinatorische die Knabenjahre erfüllt. Um es genauer zu sagen: Geheimen Anrufen war das Herz schon seit einigen Tagen ausgesetzt. Mehrmals schon hatten die schweren und grobschlächtigen Schneeschollen, die den ausgehobenen Weg umsäumten, mein Staunen beschäftigt. Doch, wie das oft geschieht, der Appell zur Tat kam erst jetzt, aus der bleiernen Stille. Kein Mensch war zugegen. Das Gehöft lag wie im Traum. Der Onkel war in den Wald gefahren, seine Magd vermutlich irgendwo in einer Hinterstube vergraben. Tatenlos lehnte die blanke, mächtige, gevierte Schaufel an der Hauswand. Und vor mir lag das gewaltige freie Feld, unberührt und mit einer dichten Masse bezogen, die unter dem betrübten Himmel von innen zu leuchten schien.

Aufs Geratewohl begann ich von der harstigen Decke einige Würfel wegzustechen: schwer, scharfkantig, am Grunde vereist, in wochenlanger Verharstung gehärtet und solid wie Quadersteine. Hatte man je Ähnliches gesehen? Ein Baustoff aus Märchenbüchern! Mit drei beherzt geführten Stichen trennte ich die saubersten Blöcke los. Kinderspiele? Man sollte das Wort mit Vorsicht brauchen. Ist irgendwo in der Welt so viel Nötigung, wie in der schmalen Hand eines Knaben? Ein solcher Drang nach Ernst und Tat und Tüchtigkeit?

Die Macht des Feldes fiel also über mich her, wie ein Fieber den Menschen anspringt: plötzlich, heftig und ohne Gnadenfrist. Kaum war am Weg zur alten Scheune, wo das Gelände sich völlig verflachte, der Platz für das Bauwerk bestimmt, waren auch schon die Quader im Umfang des Grundrisses weggestochen. Wie stattlich und präzis nahm sich das flink aufgeschichtete Gefüge aus! Der Anblick weckte kühnste Hoffnungen und spornte zu einer wilden Betriebsamkeit an. Rastlos knirschte die Schaufel im Schnee. Rastlos schleppte sie die gevierten Blöcke heran. Rastlos wuchs das Mauerwerk aus dem Boden. Längst war zum Herbeiführen ein kleiner Handschlitten und zum Aufschichten der Quader ein Gerüst von Kisten und Brettern nötig. Längst lagen Mantel, Tissaphernesmütze und Kittelchen irgendwo hingeworfen. Stirne und Wangen glühten, und aus der geöffneten Strickweste dampfte die kleine überforderte Brust.

Was ging hier vor? Wurden derart schwierige Unternehmen sonst nicht in lärmender Betriebsamkeit von einem ganzen Rudel von Kindern bestritten? Die Schneehütten zum Beispiel, die jeden Winter auf den Spielplätzen standen und sich oft zu kleinen Dörfern zusammenschlossen. Stets boten die Bauplätze ein wahres Termitengewimmel. Doch hier, warum machte sich ein Knabe ganz allein an das Werk? Bloss weil er allein war, als ihn die Magie des Schneefeldes überfiel? Es wäre für ihn ein leichtes gewesen, in die Gasse zu laufen, den Bruder und mit ihm einen ganzen Harst von Buben aufzubieten. Im Nu hätten sie sich eingefunden. Für kühne Pläne waren sie jederzeit zur Hand. Warum das alles allein? Fürchtete er, Gehilfen würden die Konzeption missbilligen und sich den getroffenen Anordnungen widersetzen? Trug er Bedenken, bei so viel Mitwissern könnte der Peiniger Kenntnis erhalten?

Der Sohn des Büchsers! Er allerdings hätte, seine Macht zu zeigen, nicht versäumt. Gleich wäre er herbeigeeilt, hätte die Mauern gerammt und alles zum Einsturz gebracht. Doch eben daran würden ihn doch Arbeitskameraden gehindert haben.

Warum nicht Ittig? Wortlos hätte Fritz Ittig seine alte Schuld abgetragen, hätte in stummem Eifer gestochen, geschleppt, aufgeschichtet, mit keinem Wort widersprochen und auf Befehl hin geschwiegen wie ein Grab. Warum wurde nicht einmal Ittig aufgeboten?

Wozu also das solitäre Treiben? Wer kann das wissen? Ich entsinne mich bloss, dass im Alleinsein der Reiz des Abenteuers bestand: allein planen, allein wegstechen, allein hinschleppen, allein auftürmen, allein schuften, allein bangen und hoffen. Erstmals sich ganz allein den Elementen stellen! Darin bestand die Versuchung, der Zwang der Magie, darin auch die Macht des Erlebnisses, das heut noch wie ein Monument aus dem Kleinkram der Vorzeit ragt.

Jedenfalls hetzte ich mich durch den ganzen Nachmittag rastlos und wie besessen. Mein Eifer hörte die Betglocke nicht. Nicht einmal die Heimkehr des Holzschlittens bemerkte ich, der doch meinen Bauplatz ziemlich nah passieren musste. Erst als das Zwielicht dermassen überhand genommen hatte, dass präzise Schaufelstiche und ein genaues Einfügen der Quader unmöglich wurden, liess ich die Geräte fallen. Und nun erst gewahrte ich auch die Lampe im Stall, sah den frisch ausgebrachten Mist im Lichtschein über dem Dunghaufen dampfen und hörte, wie der Onkel dem Tier, das er molk, Ruhe befahl, indes der Doppelstrahl fern und hell im blechernen Eimergrunde klingelte.

Abend! Beinahe Nacht. Bestürzt raffte ich Kittelchen, Mütze und Mantel zusammen und wandte mich heimwärts. Doch bevor ich in die Gasse eintauchte, blieb ich stehen und warf einen Blick zurück. Schon hatte die Dämmerung das Feld überlagert. Aber zart, überirdisch, beinah etwas gespenstisch schwebte der Aufriss meines Tempels vor der Schwärze des Waldes: energisch aufstrebend, verheissungsvoll, ein Sinnbild erhabenster Theologie. Merklich hatten die Mauern schon da und dort die Fensterbrüstung überstiegen und liessen Aufschwung und edlen Wuchs des ganzen Werkes ahnen. Mein Herz jubelte. Morgen schon? Ja, vielleicht könnte ich morgen Abend schon Rahel herbeiholen und in den sakralen Raum geleiten. Welch eine Apologie! Wie würden ihre runden Judenaugen sich mit Staunen füllen, wenn sie betroffen den mächtigen Altarblock im Lichtspiel der Vierung erblickte! Das verächtliche Lächeln, das ihren Mund umspielte, sooft von Christlichem die Rede war, vor diesem Sinnbild von Grösse und Licht sollte es ersterben.

Schon war es in den Gassen Nacht. Die Lampen warfen ihr helles Geviert schachbrettartig in den Schnee. Hastig zog ich vor der Haustür die Schuhe aus, drückte geräuschlos die Klinke nieder, reckte mich, schob die schmale Hand hinein und hielt mit geübtem Griff die

Sprungfeder fest, dass die Glocke nicht anschlug. Dann stahl ich mich mit verhaltenem Atem an der Kanzleitüre vorbei. Pochenden Herzens hörte ich, wie er sich räusperte und irgend etwas in den Schrank einschloss.

Die Geschwister sassen über den Schularbeiten, als ich die Stube betrat. Sie warfen einen flüchtigen Blick nach mir. Wie sie die erhitzten Wangen gewahrten, senkten sie diskret die Köpfe. Vielleicht dass die ältere Schwester lächelte, doch keine Frage wurde laut. In Ordnung, dachte ich. Schon seit einiger Zeit bestand dieses Einvernehmen. Wir alle standen im Alter, da jeder seine Heimlichkeiten hat. Noch blieb mir eben Zeit, den Katechismus auf den Tisch zu legen und mich darüber zu beugen. Da erschien die Magd: in der Linken den Milchkrug, das Brot im Arm eingeklemmt und über die Finger der Rechten gestülpt eine ganze Traube von Henkeltassen.

Sieben Uhr! Mit dem Schlag erschien der Unergründliche und setzte sich zu Tisch. Mit kräftigem Griff fuhr mir die weisse Hand in den Schopf und kraulte mich einen Augenblick, wie man ein vertrautes Tierchen liebkost. Gut, er hat mein Ausbleiben nicht bemerkt, dachte ich, nahm das gleich als ein Zeichen, dass der Himmel mit meinem Werk im Einklang stand, und schon begannen sich in meinem Kopf wieder allerhand Pläne zu drängen. Morgen? Wie würde ich den Raum oben abschliessen? Daran hatte ich noch gar nicht gedacht. Mit Brettern? Holzbretter über dem makellosen Weiss, sah das nicht lächerlich aus? Ein Gewölbe aus Schnee, hell und in Kristallen funkelnd, musste her. Kirchen hatten Gewölbe. Also die ganze Halle mit Schnee überwölben? Wie war das möglich? Wie abstützen, bis die Schlusssteine sassen? Und all das allein? Zudem: Ertrugen die Quader den Druck? Ich musste an die Schneehütten in den Gassen denken. Da machte man's einfach. Man stampfte einen Berg von Schnee fest und höhlte die Räume aus: Maulwurfstechnik. Statische Probleme kannten sie nicht. Doch was kam heraus? Spelunken, Wohnhöhlen im besten Fall, aber nicht Kirchen! Mein Bauwerk war anders, edel im Wuchs und in der Technik sauber. Die schönen Quader hatten mich zu dieser Bauart verlockt. Nun allerdings erhoben sich Probleme, die vulgäre Wühler nicht kannten.

Ich blieb in meinen Reflexionen nicht unbehelligt. Wie stets nach Kanzleischluss, wenn die Stunden der Selbsteinkehr winkten, war der Geheimnisvolle sehr aufgeräumt. Er ass und trank unbekümmert und überwachte mit seinen kleinen flinken Augen in gewohnter Art das Mahl. So blieb ihm mein abwesendes Benehmen nicht verborgen. Das lockte den Scherzer. Zur Belustigung der Geschwister trieb er mit mir allerhand Schabernack: Er trank, ohne dass ich es merkte, aus meiner Tasse und stahl mir dies und jenes aus dem Teller weg. Doch selbst das schadenfrohe Kichern der Geschwister vermochte mich nicht vom Schwarm der Gedanken zu befreien, die mich bedrängten.

Nach dem Essen kramte ich den Katechismus wieder hervor und verzog mich pflichtbewusst in den Winkel beim Ofen, um die Antworten für den Leutpriester auswendig zu lernen, pfiffige Antworten auf eine ärgerliche Menge dummer Fragen. Warum muss man beten? Wann beten wir andächtig? Wann beten wir demütig? Wann beten wir vertrauensvoll? Wann beten wir beharrlich? Wann beten wir gottergeben? Wann sollen wir beten? Einfältiges Zeug! Hier war der Zweifel am Werk! Nur mangelnder Glaube konnte so etwas fragen. Wozu die Dutzend Wenn und Aber? War ein Unternehmen gut und das Menschenherz tapfer, trat dann der Himmel nicht von selbst ins Spiel? Dafür war mein Bau zur Ehre des neutestamentlichen Gottes ein schlagender Beweis! Wie präzis sprangen die Quader weg und wie leicht, vom Himmel selbst bemessen, passten sie sich ins Gefüge! Als hätten ein Dutzend unsichtbare Engelshände mitgehoben ... Vom Ofen her strömte wohlige Wärme in meinen müden Rücken ein und begann die Überanstrengten Glieder mit so süsser Schwere zu füllen, als flösse Honig durch die Adern. Mit jedem Atemzug gewannen die Augäpfel an Gewicht, drehten sich immer mühsamer in den Höhlen und versuchten sich schliesslich umsonst an die tanzenden Zeilen zu klammern. Da wurde mir das Buch unsanft aus der Hand genommen. Die Magd weckte mich auf und schickte mich ins Bett.

Die Träume allerdings waren nicht so lichtvoll wie meine vom Erfolg betörte Theologie. Düster und ahnungsschwer warfen sie alles durcheinander: die gewölbten Keller des Onkels, erstickende Maulwurfsgänge, die gewaltige, weissgetünchte Remise des Fuhrmanns, den engen Bogen der Brücke, die zum Müller führte, und schliesslich aus der Kirche Kuppel, Rundfenster, Pfeiler und Säulen. Und aus all den Bauelementen wuchs immer wieder in Granit gemeisselt das Cäsarenhaupt des Leutpriesters empor, derb, schwerfällig und auf den Wangen dicke Zornfalten aufgetragen.

Jedenfalls am Morgen, als mich der gewohnte Zugriff aus dem Schlafe riss, stand es eben vor mir, das massive Gesicht, nah, überlebensgross, mich bös fixierend und verdriesslich auf eine Antwort wartend, die ich nicht zu geben vermochte. Ich fühlte mich schwer, an Leib und Seele gerädert. Katechismusstunde, von den sieben Fragen keine bereit! Wie der Klemme entrinnen? Mich krank stellen, plötzlich, rätselvoll und fieberlos krank? Da fiel mir die weisse Kirche ein, und gleich erstarkte mein Mut. Das Werk war erhaben, und der Einklang des Himmels erwiesen. Nun galt es geraden Weges voranzugehen. Dass mein kühner, auf sieghaftem Glauben begründeter Sakralbau in den Augen Gottes wohlgefälliger sei als das Daherleiern spitzfindiger Antworten auf kleingläubige Fragen, das musste sich jetzt erweisen. Stand der Himmel im Einvernehmen, wer sollte dann das gesalbte Haupt des Leutpriesters fürchten? Jetzt musste sich die Solidarität der Gnadenordnung zeigen, wenn der Heilsplan stimmte.

Eilends goss ich die Tasse Milch, die mir die Magd vorsorglich eingeschenkt hatte, hinunter, stopfte einen Brocken Brot in den Mund, ergriff den Katechismus und stürmte los, frei von Bedenken. Doch schon als ich mich dem Schulhaus näherte, wurde meine Zuversicht einer argen Probe unterworfen. Der Platz bot das gewohnte Bild: An den Gartenmauern, beim Brunnen, auf den Stiegen, überall steckten Kinder nervös die Köpfe zusammen und fragten sich gegenseitig die Antworten aus. Ein vielstimmiger Singsang erfüllte den Platz. Die Mädchen vor allem suchten sich in gedankenlosem Daherleiern zu überbieten. Dumme Gänse, dachte ich voll Verachtung, doch die suggestive Macht des krankhaften Wetteifers liess mich nicht unberührt. Noch vor einer Woche hatte ich das ängstliche Treiben selber mitgemacht, und jetzt sass kein Wort von alldem in meinem Kopf. Mein Herz erbebte. Gewiss, ich stand mit dem Himmel im Einklang, das war erwiesen. Aber wenn der Leutpriester nicht unter der Gnade stand? War das denkbar? Wenn er mich also dennoch aufrief? Was dann? Mich erheben, stotternd und stammelnd dastehen wie der Sohn des Büchsers, schamübergossen, und schliesslich alles bekennen? Immerhin, Rahel war Jüdin. Rahel sass nicht da. Aber die Klasse, würde ich den Hohn überleben? Und welch ein Auftrieb müsste das dem Feinde bringen! Musste ihn das nicht zu neuen Ausfällen reizen?

Meine Erregung schwoll. Beklemmung jagte mich, und so setzte ich noch flink zu einer Befragung an! Stets trug der Leutpriester über der Brust zwei oder drei Knöpfe des Talars geöffnet. So hielt er sich den Griff nach der Uhr in seiner Weste frei. Der Mensch war zeitlos. Ein Gefühl für das Kleinmass der Minuten besass er nicht. Dutzendmal in der Stunde, ohne je den Wortstrom zu unterbrechen, fuhr er nach der Kette, die in einem Knopfloch ihr Gold blinken liess, riss die Uhr heraus und hob sie an die Augen. Doch kaum lag sie wieder in der Weste, war die Zeit vergessen, die Unsicherheit wuchs und machte einen neuen Zugriff fällig. Begreiflich, dass er die Knöpfe nicht schloss. Er selbst, dachte ich, soll mir das Zeichen liefern! Drei ist gut. Drei Knöpfe offen, dann glückt mir alles. Nur zwei, soll als schlecht gelten. Dann sieh dich vor! Kaum hatte ich die Bedingung festgelegt, da stolperte der Verkünder leicht verspätet mit heftig flatternden Schössen über den Rain daher. Schon von ferne erhaschte ich den Entscheid: Vier Knöpfe standen offen. Vier! Vier? Was hatte das zu bedeuten? War die Fügung noch nicht getroffen? Durfte man logisch folgern? Galt im Reich der Divination das Gesetz der Steigerung?

Es blieb keine Zeit zum Überlegen. Schon strömte die Klasse ins Zimmer ein, jeder den offenen Katechismus in der Hand, um noch eine schwache Stelle zu sichern. Ich wurde in der Masse mitgeschoben, mit Gefühlen, wie sie offenbar ein Mörder oder Heiliger empfindet, der in einer ahnungslosen Menge treibt.

Eben in diesem letzten verwirrenden Augenblick bot mir das Numinose eine Lösung an. Im Gedränge der sich schiebenden Körper fühlte ich plötzlich etwas Hartes in meiner Tasche, die Rauchwurst, die ich gestern Morgen vom Sohn des Wirtes für ein paar Rechnungen eingehandelt und im Eifer des Nachmittags zu verzehren vergessen hatte. Blitzschnell wurden mir die Möglichkeiten klar. In meine Bank geschlüpft, zog ich sie flink hervor und wies sie meinem Nachbar Fritz Ittig hin. Man kennt den Hunger, der stets in seinen Augen wohnte. Gierig blickte er auf die bräunliche Haut, durch die kleine Speckbröcklein schimmerten. Gib her, sagte sein Blick. «Die Hälfte?» flüsterte ich, um ihn zu locken. Er nickte ungeduldig und hielt schon die schmale Hand hin.

«Nur, wenn du mir die Antworten flüsterst.»
Er nickte, treu und zuversichtlich.
Um uns nahm alles den gewohnten Gang. Schon war das Gebet gesprochen, die Lehrbücher wurden am Rand jeder Bank aufgeschichtet, und es breitete sich bereits jenes vibrierende Schweigen aus, das beginnende Glücksspiele umwittert.

«Einschlagen» drängte Ittig.
«Nicht nötig», flüsterte ich.
«Doch! Einschlagen», versetzte er hartnäckig. «Nur der Handschlag gilt.» Ich stutze einen Augenblick. Was war das für ein Ton? Ittig stand noch vom Karussell her in meiner Schuld und jetzt bot ich ihm überdies die halbe Wurst! Trotzdem plötzlich so arrogant? Nun, wer konnte das bestreiten, das Unternehmen war gefährlich. Wir schlugen also ein.

Der Leutpriester begann der Reihe nach Frage um Frage zu stellen. Eilig hatte er es diesmal nicht. War die Antwort hergeschnattert, liess er sich Zeit, forschte nach allem Drum und Dran, um dem Sprecher den Zahn zu fühlen. Langfädige Theologie um Dinge, die sich von selbst verstanden! Was war mit dem Menschen los? Die plumpe Gemächlichkeit erfüllte mich mit Erbitterung. Endlich waren sechs Fragen abgetan, eine blieb noch übrig. Da wurde Ittig unruhig. Offenbar regten sich Zweifel. Wie, wenn ich gar nicht aufgerufen wurde? War der Anteil dann auch verfallen? Er stiess mich also an und verlangte mit unmissverständlicher Gebärde den Preis heraus.

«Nachher», tuschelte ich.

«Nein. Jetzt», versetzte er hartnäckig.

«Unmöglich», zischte ich, «jetzt zu teilen.»

«Dann die ganze als Pfand», versetzte er und hielt die Hand hin.

Inzwischen hatte sich der Leutpriester in endlose Erklärungen über das gottergebene Gebet verwickelt; ein frommes Beispiel zog das andere nach. Noch immer blieb eine Frage, und das Ende meiner Bedrohung war noch nicht abzusehen. Ittig nützte die Lage. «Her! Oder ich werde dir kein Wort zuflüstern» drohte er, und die gierige Gebärde liess ahnen, dass er Ernst machen würde. So zog ich denn das Taschenmesser, um unter der Bank die fatale Teilung zu vollziehen, obschon ich ahnte, dass das verrückte Wagnis wenig Aussicht auf ein Gelingen hatte.

Die ganze Aktion war ein Irrweg, Verrat an der Sendung. Nun hatte ich mich auf irdische Hilfe eingelassen; so fühlte ich den Himmel nicht mehr im Rücken.

Das nahm meiner Handlung die Sicherheit. Vermutlich waren nicht bloss meine heimtückischen Gebärden, sondern vor allem die starren Blicke, mit denen ich das mächtige, rote, gesalbte Haupt fixierte, daran schuld, dass der Leutpriester plötzlich im Ton sanfter Rüge meinen Namen rief. Augenblicklich war mir klar, dass er, hätte ich ihn nicht herausgefordert, mich nicht gerufen hätte. Doch Einklang des Himmels? Ich schoss empor.

«Wann sollen wir beten?»

In der Eile hatte ich Messer und Rauchwurst Ittig in den Schoss geworfen. Im Besitz der Unterpfänder, bewies er nun eine rührende Treue.

«Erstens... am Morgen..., am Abend..., vor und nach dem Essen..., und in ... der Kirche. Zweitens... in jeder Not... des Leibes und der Seele.»

Schwerfällig, zähflüssig, mit peinlichen Pausen, wirklich als wäre der Sohn des Büchsers aufgerufen! Überdies hörte die Klasse das Geflüster. Alle drehten sich nach mir, um den Leutpriester auf den Betrug hinzuweisen. Doch zum Ärger der Neider nickte das gewaltige Haupt freundlich und verständnisinnig zu jedem geborgten Bruchstück, das ich ihm zuwarf. Keinen Blick liess der Priester von mir. Ein seltsames Zucken um den schweren Mund und um die spärlichen Brauen bewies mir, dass er das Spiel durchschaute. «Ganz recht, Kleiner», sagte er, «etwas bedächtig zwar, aber das gehört sich in so wichtiger Sache!» Dann ging er unverzüglich zur Erklärung der neuen Fragen über.

Ich setzte mich. Mir hämmerte das Blut in den Schläfen: vor Triumph! Jetzt war alles klar. Hätte ich den Leutpriester nicht herausgefordert, er hätte mich überhaupt nicht aufgerufen. Und nun, da ich ihn gezwungen hatte, liess er mir wider Gewohnheit und Recht den skandalösen Schwindel durch. Der Leutpriester war also von oben informiert! Das hätte ich mir ja denken können. Woher der Kleinmut und wozu die klägliche Zuflucht zu irdischen Kniffen? Die geistliche Welt stand im Einvernehmen, das war gewiss.

Nun waren meine Gedanken nicht mehr zu halten. Wild schossen sie mir durch den Kopf. Das Dach, nur noch das Dach! Übrigens die Remise des Fuhrmanns! Hatte ich nicht nachts davon geträumt? Da standen zwei mächtige Säulen in der Mitte, auf die sich die Gewölbe von allen Seiten stützten. Natürlich Säulen, Säulen musste das Bauwerk haben, Säulen! Gab es überhaupt Kirchen ohne Säulen? Genügten sechs? Brauchte es acht? Rund oder eckig? Meine Gedanken jagten sich. Ich verging vor Ungeduld.

Unterdessen verzehrte Ittig neben mir Bissen um Bissen seinen Sünderlohn. Er schnitt kleine Rädchen, weg und schob sie, indem er sich räusperte und die Hand zum Munde hob, verstohlen zwischen sein Mäusegebiss. Als er mir abmachungsgemäss die Hälfte rückerstatten wollte, winkte ich grosszügig ab, und er machte sich unverzüglich daran, auch sie zu verzehren. So fand schliesslich gleichzeitig mit den Erklärungen des Leutpriesters auch die Rauchwurst ihr Ende.

Kaum war das Amen des Gebetes verklungen, drängte ich mich aus der Bank und huschte davon, hinaus auf das Feld der Ehre. Auf Umwegen natürlich. Der Sohn des Büchsers brannte gewiss darauf, den Ärger über den geglückten Betrug zu kühlen. Ich segelte also das enge Gässchen hinunter, schlüpfte durch die Hintertür, warf den Katechismus in meinen Schaft, tastete mich auf den Zehenspitzen an der Kanzlei vorüber und entwich durch die vordere Tür. Als ich das letzte Haus passierte, spähte ich südwärts. Wilde Freude durchschoss mein Herz. Zwar erschien das Bauwerk von ferne nicht so monumental, wie ich es in Erinnerung hatte. Doch ungemein rüstig, schlank und edel wuchs es aus der Ebene in die Silhouette der Wälder empor.

Verlassen stand die Scheune da. Leer hing die Hundekette am Laufdraht. Der Holzschlitten war weg. Also war der Onkel schon wieder in den Wald gefahren. Gut, das passte mir. Er brauchte nicht Zeuge meiner tektonischen Versuche zu sein. Vollendet und wie im Spiel hingezaubert sollte ihm das Kunstwerk erscheinen.

Nun los, an die Säulen! Flugs eilte ich ins Innere. Eine leichte Enttäuschung blieb nicht aus. Meine Phantasie hatte auch den Raum überschätzt. Vier Säulen genügten vollauf. Sie lösten das Problem. Voll Tatendrang stürzte ich hinaus, warf Mantel und Tissaphernesmütze weg, ergriff die Schaufel und machte mich ans Ausstechen der Trommeln: erst viereckig und genau im Mass der Quader. Waren sie aufgetürmt, brauchte ich sie nur mit einem kräftigen Kapitell abzuschliessen, die obersten Blöcke der Seitenwände etwas vorzukragen und dazwischen ein kleines Querstück einzukeilen. So schloss sich der Raum. Dann genügten ein paar Schaufelstiche, um den wohl verstrebten Säulen die Kanten zu nehmen und sie in die schlanksten achteckigen Schäfte der Welt zu verwandeln. Die Erfindung machte mich närrisch. Pausenlos stach ich aus, schleppte heran, bestieg mit den Lasten die Kisten und setzte auf.

Freilich ganz ohne ärgerliche Zwischenfälle ging es nicht ab. Nun rächte es sich, dass ich mir das Werk allein zu vollenden in den Kopf gesetzt hatte. Zweimal brachen mir die Säulen ein, als ich mich eben anschickte, das Querstück einzufügen. Doch das Lehrgeld war nicht gross. Flink schleppte ich von der Scheune Bretter herbei, stützte die Trommeln ab, bis sich die Lasten im Gleichgewicht hielten, und hob dann die Streben weg. So ging alles hurtig voran.

Wie gross mein Bauwerk war, lässt sich das nach so vielen Jahren ermitteln? Die Erinnerung bezeugt gewaltige Ausmasse, doch wird man sie auf die Proportion eines Knabenkörpers reduzieren. Immerhin entsinne ich mich, dass ich zur Arbeit an den Lichtgaden auf drei Kisten klettern musste.

Stunden flogen über dem erregenden Geschäft dahin. Bald war ein beträchtlicher Teil der Bedachung geschlossen. Es blieb noch die Apsis. Die Apsis allerdings machte mir Sorgen. Rundungen sind immer tückisch. Immerhin, auch dieses Problem würde sich lösen ...

Da schlug die grosse Glocke an. Mittag? War das möglich? Ein Blick zum Turm, und schon warf ich die Schaufel hin, fasste Mütze und Mantel und raste davon. Dass ich zu spät kam, war gewiss.

Oh, dieser Mensch der ausregulierten Uhren! Überall Uhren im Haus: in den Stuben, in jedem Zimmer, in der Küche, im Gang, überall Uhren. Die Uhren tyrannisierten das Haus. Schon dem Kleinen in der Wiege hielt er die Taschenuhr ans Ohr und lachte, wenn das Würmchen im Weinen innehielt und verzückt auf das Ticken lauschte. Kaum waren die Kinder flügge, lernten sie schon den Blick nach dem Zifferblatt an der Wand. Und er selbst, der sie doch alle in Gang hielt, war ihr gehorsamster Diener. Mit dem Stundenschlag legte er die Feder hin, schloss die Kanzlei, schwang sich – zwei Tritte auf einmal – mit einem Pfiff auf den Lippen die Stiege hinauf, trat in die Stube und war gewohnt, alle um die dampfende Suppe bereit zu finden.

Also, ich kam zu spät. Trotzdem, beim ersten Haus, bevor ich in die Gasse untertauchte, wandte ich mich nochmals um. Welch ein Bild! Über der Linie des weiten Feldes schwebte das stolze Bauwerk, eine Fata Morgana, licht und geistig wie der christliche Glaube selbst. Dahinter die Berge, zum Greifen nah und wie aus dem Innern leuchtend; über ihnen ein Gewölk, als würde Silber ausgeglüht. Rüstete sich selbst der Himmel zur Verklärung?

Sie sassen schon bei Tisch, als ich den Hausflur erreichte. Vermutlich hatten sie eine Weile auf mich gewartet. Wie ich ausser Atem die Treppe empor flog, schwebte mir der leiernde Singsang des Tischgebetes entgegen. «Amen!» rief ich und schlüpfte an meinen Platz. Wirklich kein Wort der Rüge? Nicht einmal ein strafender Blick? Dieser Uhrenanbeter, der alte Soldat, er tat, als beachte er die Verspätung nicht. Triumphierend mass ich die Geschwister. Natürlich, nur mit dem Himmel musste man im Einklang stehen, dann war die ganze Welt im Einvernehmen.

Festlich war er aufgelegt, ungewöhnlich heiter, so gelöst wie sonst nur abends, wenn ihm die Bücher winkten. Er plauderte und scherzte und war regelrecht aufgedreht. Seine Stimmung steckte die Kinder an. Alle plapperten und plauschten unbekümmert drauflos. Kurz, etwas Unerklärliches schwebte in der Luft.

Dieses Etwas sollte sich bald genug enthüllen.

Gegen Ende des Essens neigte er sich mit einemmal zum Fenster, schob den Vorhang zurück und spähte hinaus. Ich beobachtete ihn genau. Soweit ihm das Geviert den Ausblick erlaubte, wanderten die kleinen Augen prüfend den Himmel ab. Wie sie sich auf die Wälder senkten, die man über die Dächer hin sah, begann er zu lachen. Endlich sei es so weit, sagte er und liess den Vorhang fallen. Den Winter habe nun jedermann satt. Jetzt sei's um ihn geschehen. Noch ein paar Stunden, und dann habe der Föhn das verhockte Zeug samt und sonders aufgeräumt.

Mich trafen die Worte wie Schläge. Natürlich, ihm war der Schnee zuwider. Das wusste ich. Er war ein Sonnennarr. Das kam von seiner Jugend. Wie musste damals der Winter gewütet haben! Immer wieder erzählte er von den Schneemauern, die ihm als Jungen vom Vaterhaus bis zum Schulbrunnen keinen Blick freigaben, und von der eisigen Kette der zwanzig Wochen, in denen die Glocke vom Postschlitten Abend für Abend durch die Gassen wimmerte. «Fürs ganze Leben Winter genug!», fügte er jeweilen hinzu, wenn er aus diesen Tagen erzählte. Daher jetzt die Festlaune, da er das Winterende ahnte. Wie Schläge trafen mich die Worte. Aufräumen? Wirklich? jetzt? In ein paar Stunden? Mir war die Vergänglichkeit meines Baumaterials bisher überhaupt nicht eingefallen! Und der Himmel? Das war doch unmöglich! Jetzt, da das Werk zu seiner Ehre der Vollendung nahe war, konnte doch derselbe Himmel nicht ...

Zum Glück war ich turnusgemäss verpflichtet, die Küchenabfälle fortzuschaffen. So konnte ich ohne Erklärung entweichen. Ich raste aufs Feld, voll Hoffnung, dort dutzend Zeichen zu finden, die der fatalen Prognose widersprächen. Wirklich, von Abräumen noch keine Spur! Klar und fest wie Marmor stand das Bauwerk im Feld. Die Umrisse allerdings, es war nicht zu leugnen, flimmerten in seltsamem Licht, und der Silberstreifen, der vor Mittag noch über den Alpen lag, war schon etwas in den Himmel vorgerückt. Die Tannenspitzen tief im Süden? Standen sie nicht schon im Sonnenlicht?

Wer will hier bloss von Ahnungen sprechen? Von der Gewissheit war ich gejagt, nicht dass der Himmel mich verliess, sondern dass er auf diese Weise von mir den letzten Einsatz verlangte. Eifriger noch als bisher nahm das Stechen, Schleppen, Heben und Aufsetzen seinen Fortgang. Der Atem flog, flach und keuchend, und mein Herz hämmerte. Im Nu war ich erhitzt. Schweiss trat mir auf die Stirn, Schweiss brach aus meinem ganzen Körper. Ich spürte, wie mir die Tropfen über die Wangen rannen. Überall sickerte mir das Wasser mit leichtem Krabbeln vom Leib, in der Brustrinne und zwischen den Schulterblättern. Nicht bloss Mantel, Tissaphernesmütze und Kittelchen, nun warf ich auch die Strickweste weg, öffnete das Hemd und stülpte die Ärmel zurück. Das Abdecken der Apsis ging wider Erwarten voran. Noch reichlicher als bisher nahm ich Bretter zu Hilfe. Alles lief bewusster, erfahrener und gewandter, mit sichtlichem Glück. Einstürze ereigneten sich keine mehr. Natürlich lief ich dann und wann aus dem Bau und warf einen Blick nach oben. Dabei blieb mir nicht verborgen, dass der wolkenlose Streifen ständig wuchs und sich gegen mich vorschob. Doch die Gewissheit, dass mein frommes Werk im Dienste des Höchsten stand, liess mich noch keinen Augenblick am Einklang des Himmels zweifeln. Da, ich entsinne mich genau der schrecklichen Verklärung, plötzlich fiel ein blendender Strahl durchs Chorfenster und übergoss das Innere mit einer Flut von Licht. Entsetzt stürzte ich ins Freie und blickte über mich. Der Himmel, fast bis zum Scheitel aufgeklärt, war nur noch von ein paar hauchdünnen Schleiern überweht: Siegesfahnen! Davor erhob sich, in tausend Kristallen glitzernd, der bestrahlte

Marmor in die Bläue. Jetzt erst überfiel mich die lähmende Gewissheit, dass das All gegen mich antrat. Wie gebannt stand ich da und staunte in die feindselige Pracht. Da, was hörte ich? Ein leises Knistern, silbriges Rieseln und Sickern. War das möglich? Schon kollerten da und dort Kristalle über die Wand zu Boden. Winzige Wassertropfen glitzerten auf, schossen zusammen und tropften ab.

Dass sich der Himmel doch ernstlich gegen mich verschwor, machte mich völlig verwirrt. Wie sollte das kleine Herz all das deuten? Wo blieb die göttliche Ordnung? An welchen Himmel sollte man glauben, wenn der eine gegen den andern focht? Unmöglich! Das alles war nur als Ansporn verständlich, Ansporn und Prüfung!

Ich lief zur Scheune, um nach einer Blahe zu fahnden. Wild durchstöberte ich jeden Winkel in Stall, Tenne, Futterkammer und Schopf. Ausser zwei löchrigen Pferdedecken, einigen Getreidesäcken und dem Tuch, in das man bei der Heuernte die Resten einschlug, fand sich nichts. Flüchtig bündelte ich das kleinliche Deckwerk zusammen und eilte zum Bau zurück. Mit hundert gleissenden Diamanten übersät, strahlte er in magischer Schönheit. Doch am Fuss der Südwand hatten sich bereits kleine Schuttkegel angesammelt, auf die unausgesetzt und mit leisem Knistern Kristalle hernieder rieselten. Nun, da ich mich anschickte, mit aller Hast das Tuchzeug überzuwerfen, zeigte sich, wie morsch bereits und locker die äusserste Schicht geworden war. Sobald der Drilch die Wand nur streifte, ging ein Rieseln, Rascheln und Rauschen los, das mir übel machte. Zudem zeigte der Bau jetzt erst seine wahren Dimensionen. Die Decken erwiesen sich als viel zu klein. Bloss Dach und Lichtgaden vermochten sie einigermassen abzuschirmen. Die Gesimse der Apsis deckte ich mit Mantel, Kittelchen, Strickweste und Mütze notdürftig zu. Aber die Südmauer selbst blieb in ihrer ganzen Breite dem strahlenden Beschuss preisgegeben. Ich entsinne mich genau, wie ich mich hinstellte und die Arme ausbreitete, um wenigstens etwas mit meinem Schatten abzuschirmen. Welch ärmliches Kreuz!

Verzweifelt blickte ich mich um, über das weite, baumlose Feld. Ringsum eine einzige, gleissende Flut von Licht. Überall Blinken, Knistern, Glitzern und Sickern.

Das Haus des Onkels! War von dort Hilfe zu erhoffen? Im Stubenfenster waren jetzt die Vorhänge weit zurückgeschlagen. Gross, nackt und schwarz stand das weissumrahmte Geviert in der beschienenen Wand, und mitten im Geviert der gelbe und ältliche Schädel der Magd. Sie hatte sich mit der Näharbeit in die Sonne gesetzt. Dann und wann hob sie den Kopf vom farbigen Flickzeug zu einem verdriesslichen Blick in den Himmel, wenn nur ein flaumiger Wolkenzipfel im Vorbeisegeln die Scheiben verschleierte. Meiner achtete die Alte nicht.

Wie sollte ein Knabe das alles fassen? Wie plötzlich ein so heimtückisches Wüten des Himmels verstehen? Hatte er nicht alles zu Gottes Ehre unternommen?

Hatte er nicht geplant, heute noch das Judenkind hineinzuführen und ihm das weite, klare und erhabene Sinnbild christlicher Frömmigkeit zu zeigen? Wozu nun das Toben? Warum das Verhöhnen eines arglosen Gemütes? Achtete der Himmel die Verwirrung des Buben nicht, der verzweifelt in das kleine Heiligtum hineinstürzte und betete? Andächtig? Das könnte man von Erwachsenen sagen. Empört rief er Ihn an, entrüstet, wie man an Türen rüttelt, hinter denen ein Pflichtvergessener schläft. Was sollte der Knabe denken, als nun über dem verzweifelten Drängen das Rieseln und Rascheln auch im Innern losging, zuerst um die Fensterrahmen, dann von der morschen Decke her? Als Tropfen wie zum Hohn von allen Seiten den Beter überspritzten?

Wieder eilte ich zur Scheune, um die muffigen Winkel abermals nach Deckwerk zu durchstöbern. Oder war es Flucht? Entsetzen vor der magisch anschwellenden Zerstörungsmusik: Knistern, Rieseln, Tropfen, Sickern, Rinnen ... Ich warf die Türe ins Schloss, kauerte mich auf eine umgestürzte Stande und legte den Kopf in die Hände. Die Welt und ich! Vom Stall her gelangweiltes Schnauben der feuchten Tiermäuler; durch die Futterluken sinnloses Klirren der Halsung; Klauen, die im Fell kratzten und dann und wann das Rauschen eines Harnstrahls, der im angehäuften Dung aufkochte. Sprach all das nicht von derselben brutalen Gleichgültigkeit der Dinge?

Da fiel mir unvermittelt der Fuhrmann ein. Ein Wink der Gnade? Der Fuhrmann! Er hatte mich stets angehört, wenn ich etwas brauchte! Irgendeine wirksame Hilfe war bei ihm immer zur Hand. Gewiss auch jetzt! Hingen an der Rückwand der Remise nicht zwei, drei grosse, undurchlässige Blahen, mit denen er die Wagen deckte? Ich stürzte also hinaus und eilte, nur in Hose und Hemd, in den Flecken. Auf Umwegen natürlich. Es war nicht einfach, alles zu vermeiden: das Haus des Büchsers, die Fenster der Tanten und das Blickfeld der Kanzlei. Zwei Frauen schauten mir verdutzt nach. Ein Junge rief mich an. Ich flog vorüber.

Wie ich zur Remise kam, fand ich die Pferde vor dem Stall festgebunden. Der Fuhrmann war, wie meist um diese Zeit, mit dem Bürsten der Tiere beschäftigt. Mehr Bestürzung als Freude las ich von seinem Gesicht. «Eine Blahe!» rief ich, lief hinein zur Rückwand der Remise und riss die grösste vom Pflock. Schon stand er neben mir.

«Was willst du damit, Kleiner?»

«Abschirmen muss ich, gegen die Sonne. Meine Schneekirche abschirmen», versetzte ich und blickte zu ihm auf. Eine Welle des Mitleids lief über sein Gesicht. Mitleid ist vielleicht nicht das richtige Wort. Eher Schwermut.

«Mit dem Himmel also willst du es aufnehmen?» sagte er lächelnd. «Glaubst du, junge, du kommst gegen ihn auf?»

Er rollte das Zelttuch ein, legte es mir sorgsam über die Schulter, und ich keuchte unter meiner Last davon. Mir hämmerte das Blut in den Schläfen. Doch mit einemmal spürte ich, dass jemand hinter mir die Blahe hob und mittrug. Ittig? Natürlich! Ittig war immer irgendwo unterwegs. Und er stand noch in meiner Schuld, vom Karussell her. Für den Dienst von heute morgen hatte er den doppelten Lohn empfangen. Vielleicht hatte er überdies ein schlechtes Gewissen, weil er mich unter Druck gesetzt und die sofortige Aushändigung der Entschädigung verlangt hatte. Jedenfalls trug Ittig stumm und kräftig mit.

Als wir auf dem Feld der Ehre erschienen, war die Sonne merklich vorgerückt und hatte bereits die ganze Apsis in den Beschuss ihres Strahlenbündels genommen. Ohne Erbarmen sengte sie drauflos. Vor allem die Ecken der Quader, die überall aus der Rundung vorsprangen, zeigten sich dem Angriff von zwei Seiten nicht gewachsen. Die Kanten troffen, sanken ein, stürzten in die Tiefe und rissen andere mit. Gewiss, die harstigen Schichten leisteten der Auflösung kräftig Widerstand. Doch die flaumigen Lager, das Werk unentschlossener Wetterlaunen, zerflossen wie Butter. So vereinigte sich das Knirschen, Rieseln, Tropfen, Rinnen und Sickern bald zu einer so bedrängenden Symphonie der Zerstörung, dass ich am Sinn meiner Rettungsarbeit zu verzweifeln begann. Zudem: Wie die Blahe überziehen, ohne das morsche Gemäuer gänzlich einzureissen? Kiste um Kiste türmten wir auf, um die Decke möglichst sanft und sorgsam aufzulegen. Sorgsam und sanft? Die kleinste Berührung war vom bekannten unausstehlichen Rascheln begleitet. Wie ein Affe kletterte Ittig auf und ab. Er dehnte, reckte, streckte sich, stellte mir Kisten zurecht, las mir auf hündische Art jeden Wunsch vom verdriesslichen Gesicht, schwieg und zitterte, wenn ich ihn, vor Ärger halbverrückt, anherrschte.

Erst als wir die aufregende Arbeit beendet hatten und vom Gerüst stiegen, merkte ich, dass die Sonne verschwunden war. Nur die Wälder auf den Höhenkämmen und die Alpen lagen noch in bösartiger Verklärung. Auf dem Feld und im Gemäuer des Baues war jede Glut erloschen und einem fahlen Bleigrau gewichen. Erlöst blieb ich stehen. Ich lauschte. Welche Stille unter der reinen Himmelskuppel über mir! Kein Hauch in der Welt. Eine Stimmung, wie man sie sich friedlicher und heiliger nicht denken konnte. Nur vom Rücken her, unter den Decken, war noch immer, jetzt heimtückischer und boshafter als vorher, ein Fliessen und Sickern zu vernehmen. Natürlich, die Wärme hatte sich in den Tüchern eingenistet und setzte darunter ihr Zerstörungswerk fort.

Wiederum bestieg ich die Kisten, und wortlos folgte mir Ittig. Wiederum reckten und streckten wir uns und zogen mühsam, unausgesetzt vom raschelnden Zerfall begleitet, das Deckzeug weg und warfen es zu Boden. Dann stieg ich von den Gerüsten und liess mich auf einen Harass fallen.

Als wäre es gestern gewesen, so lebhaft erinnere ich mich noch, wie ich dasass: im blossen Hemd, leicht fröstelnd, elend, von der unausgesetzten Hetze am ganzen Körper erschöpft und mit Haaren, die an Stirn und

Schläfen klebten. Daneben Ittig dienstbereit; er blickte auf mich und wagte sich nicht zu setzen. Um uns lagen die traurigen Zeugen des Ringens: mitten im weissen Feld der grosse Platz, wo der Schnee weggestochen war; das Gras, gelb, zerschlissen und zerstampft vom ewigen Hin und Her, vom Schleppen und Schleifen; darüberhin in wilder Hetze zerstreut Schlitten, Schaufeln, Spaten, Bretter, Kisten, Blahe, Säcke, Tücher, Mäntelchen, Kittel, Strickweste und Tissaphernesmütze. Im müden Herzen aber nagten die ersten schweren Zweifel an der Ordnung der Welt! Wie liess sich das zusammenreimen: hier mein Werk, zu Seinen Ehren erdacht und erlitten, darüber der sinnlos fiebernde Himmel und hinter ihm die völlige Gleichgültigkeit dessen, der nach den Worten des Leutpriesters «nur mit den Brauen zu winken» brauchte? Oder nahm sich das nur so absurd aus? War etwa doch alles eine wohl geplante Prüfung, vielleicht nur auf Stunden oder auf einen Tag befristet? Vielleicht war schon morgen früh der Himmel überzogen, abends waren die Mauern wieder zu Eis erstarrt und die Quader durch das gefrorene Schmelzwasser um so kompakter verzahnt. Vielleicht war das ganze Phänomen des warm gewordenen Himmels nur auf mein Herz gezielt, auf meine Tragkraft berechnet, und ich wurde erstmals auf Beharrlichkeit geeicht.

Morgen war Freitag, Rüsttag der Juden. Ich hatte gehofft, Rahel im schlimmsten Fall noch eine Stunde vor Schabbatbegrüssung in das Glanzstück werktätiger Apologie einzuführen. Doch daran war jetzt nicht mehr zu denken; morgen sass ich den ganzen Vormittag im Unterricht. Übrigens, wenn morgen die Sonne wieder kam? Dann erfolgte der Angriff von Osten! Also blieb nichts anderes übrig: Nochmals mussten Kisten und Harasse aufgetürmt und das Schutzmaterial sorgsam über Dach, Gesimse und Wand der Ostseite gezogen werden. Also nochmals hinaufsteigen, auf die Zehen stehen, sich recken, sich strecken, ohne sich aufzustützen, bis beinahe die Sehnen rissen. Wortlos folgte mir Ittig. Das Rieseln war weniger arg, und ich gab ihm freundlichere Worte: «Gut so ... das genügt ... Neig dich nicht zu heftig vor ... gib acht, Fritz, du könntest überkippen!» Wahrscheinlich entnahm er dem kameradschaftlichen Ton, dass seine Schuld getilgt und wir wieder quitt waren.

Über der mühseligen Arbeit brach die Dämmerung herein. Rasch und zudringlich trat sie aus den Waldrändern und glitt in die Talsohle hinab. Schon flackerten an den Stallfenstern der fernen Gehöfte die Lampen. Tief über dem Waldsaum aber stand der erste Stern, strahlend, als müsste sein Gold in den Weltraum tropfen, ein fremdes und böswilliges Gold.

Es wurde dunkel bevor der Onkel aus dem Wald heimkehrte. Bereits sah man am Küchenfenster den roten Schein des Holzfeuers, über dem die mürrische Alte ihrem Herrn die Mahlzeit kochte. Als wir am Haus vorübergingen, blieb ich eine Weile stehen und spähte durch die Scheiben. Ihr Gesicht schien weniger verdrossen als sonst. Sie hat vielleicht keinen schlechten Tag gehabt, dachte ich, als ich sie so rüstig hantieren sah. Jedenfalls hat der Tag ihren ewig frostigen Fingern ein paar Sonnenstunden gebracht. Nun, zu wem hielt Er? Vielleicht galten Ihm diese knöchernen, vom Altersgeiz gekrümmten Finger mehr als mein Werk zu Seinen Ehren...

Beim grossen Brunnen blieb Ittig zögernd stehen und blickte mich an. In seinen trüben Augen stand: Nun sind wir, denke ich, quitt. Ich nickte ihm zu. Damit war alles klar: die einfachste Buchführung der Welt.

Wie ich auf das Gartentor zuging, bemerkte ich im letzten Augenblick den Geheimnisvollen vor dem Haus, in Hut und Mantel. Offenbar war er, wie meist um diese Zeit, von den Treibhäusern des Gärtners heimgekehrt. Er stand beim Blumenbeet an der Hauswand und scheuerte mit der Schuhspitze vorsichtig die Schneekruste weg. Vermutlich wollte der Frühlingsnarr wissen, ob darunter Winterling und Krokus schon ihre Köpfe aus dem Boden streckten. Als er endlich ins Haus trat, wartete ich noch eine Weile, bis er die Kleider gewechselt und sich hinter die Arbeit gesetzt hätte. Schliesslich zog ich wie gewohnt die Schuhe aus, um mich an der Kanzlei vorbeizustehlen. Doch diesmal beherrschte die müde Hand den Griff nach der Türglocke offenbar nicht mehr virtuos genug. Kaum war ich in die Mitte des Flures vorgeschlichen, öffnete sich die Türe. Ich stand, die Schuhe im Arm, im Lichtschein der Lampe.

«Ertappt!» rief er, lachte, fasste mich am Schopf, schob mich hinein vors Pult und verlangte eine Erklärung.

«So? Eine Kirche? Ein regelrechtes Gotteshaus also?» sagte er mit wichtiger Miene, nachdem er mich Kindlich ausgenommen hatte. «Und zu beten hast du veressen, als die Sonne durchs Chorfenster fiel? Beten hättest du doch in deiner Kirche sollen!»

Ich stutzte. Was war das für ein Ton? Wie wenn er aus Eulenspiegel erzählte! Märchenton! Es war ihm nicht ernst! Er glaubte nicht, dass der Himmel mir geholfen hätte. Oh, in den Registern dieser Stimme kannte ich mich aus! Zum Beispiel als sein Vater, der eigensinnige Alte, im Sterben lag und man ihm von der Kirche mit ein paar Schlägen das Endzeichen läutete, da kam er zu uns in die hintere Stube geeilt und sagte auch, wir sollten beten, es werde jetzt über die Seele seines Vaters entschieden. Das gleiche Wort also, doch das klang ganz anders. Übrigens, auch als der Krieg ausbrach, als an allen Mauern rote Plakate klebten, als die Postboten stündlich eine Handvoll Telegramme durch den Garten trugen und die ersten Uniformen zum Bahnhof eilten, damals kam er zu mir ins Zimmer – ich lag schon im Bett – und sagte, jetzt blicke Gott auf die Unschuldigen. Ich sollte beten. Das gleiche Wort also, doch wie warm war damals seine Stimme! Aber jetzt! «Beten hättest du in deiner Kirche sollen!» Märchenton! Kein Zweifel, er glaubte nicht, dass der Himmel half.

Ein trauriger Auftakt zur Nacht, die folgen sollte! Welch eine Nacht! So lange hinterher wird es der Feder kaum mehr gelingen, ihre schwarze Magie auf das Papier zu bannen. Vielleicht war überhaupt nur das Gemüt eines Buben hellhörig genug, den bösen Zauber einer solchen Nacht zu empfinden, und mit den Knabenjahren ging auch der Sinn für die teuflische Dimension verloren.

Nun, ich stieg hinauf. Als ich das blaue Zimmerchen betrat, fühlte ich gleich, dass etwas verändert war. Ich selbst. Ich selbst war nicht mehr der gleiche. Seit Jahren hatte ich Abend für Abend zum Schutzengelbild aufgeblickt, die Gebete mechanisch zusammengestapelt, dabei die Kleider vom Leibe gestreift, auf den Boden hingeworfen und mich dann gleichsam mit einem Tauchsprung in die Tiefen des Schlafes versenkt. Immer war der Tag zu Ende, wenn ich das Kämmerchen betrat, und alles hinter mir. Jetzt aber fühlte ich erstmals, dass nichts zu Ende war und dass die entscheidenden Dinge auch in der Nacht nicht ruhten. Jetzt zog mich die Welt zum Fenster. Ich stiess die Flügel auf und spähte hinaus. Zuerst an den Himmel. Die wollige Schwärze war mit unzählbaren heimtückisch blinzelnden Sternen beschlagen. Unentschieden, dachte ich. Dann lehnte ich mich vor und blickte in die Tiefe. Welch eine wildzerklüftete Welt! Zwischen den schneebedeckten Dächern und Gartenmauern lagen gewaltige Schattenfelder, von den niedrig brennenden Lampen ausgelegt, abgründige Schluchten, klippig und scharfkantig wie Felsbrüche! Daraus stieg regloses Schweigen. Nur von der Wirtschaft «Zur Ölpresse» hörte man Handharmonikaspiel, Gelächter, Lärm und fideles Gejohle. Sonst war im nächtigen Flecken weder Laut noch Bewegung. Auch kein Fliessen und Tropfen, überhaupt kein Zeichen mehr, dass das Zerstörungswerk der Sonne noch irgendwo wirksam wäre. Das erleichterte mich, und mit einemmal überströmte mich ein Frieden, den nur überstandene Drangsal schenkt. An die Brüstung gelehnt, flüsterte ich mein Nachtgebet, erstmals nicht vor dem Bett, erstmals durchs Fenster, erstmals in die Stille der Welt hinaus, an den Irgendwo zwischen den verschiedenen Himmeln.

Den einen Fensterflügel liess ich offen. Wenn ich erwachte, konnte ich vom Bett aus beobachten, wie sich der Himmel überzog ... Ich sank nicht gleich in Schlaf. Eine lange Weile warf ich mich hin und her. Die überforderten Glieder waren zu schwer. Vor den geschlossenen Augen rollte unaufhaltsam derselbe Film: Schaufel, Quader, Schlitten, Fugen, Kisten und Tücher! Und auch das Gehirn war trotz des empfundenen Friedens mit dem Tag noch nicht zu Ende. Beständig ging mir das seltsame Schriftwort vom Haar und vom Haupt durch den Kopf, das der Leutpriester neulich, um das Gebet zu begründen, erklärt hatte. Erklärt? Behauptet hatte er es. Vielleicht konnte man sagen erläutert, aber nicht erklärt. Wer soll überhaupt so etwas erklären? Haar ... Haupt, Haupt ... Haar. Haupthaar ...

Mitternacht mochte vorüber sein; da reisst mich ein derber Schlag gegen das Fenster aus dem Schlaf. Ich fahre empor. Mein Herz hämmert gegen die Rippen. Ein leises Ächzen und wieder ein Schlag, heftiger als zuvor! Entsetzt springe ich aus den Decken und will vorsichtig zum Fenster schleichen. Da reisst die Nacht den Flügel wieder auf und faucht mir ihren Atem ins Gesicht, lau wie Stubenluft. Ich eile hin und spähe hinaus. Mein erster Blick fällt in die Gasse. Welch ein Höllenbild! Im Licht der schwankenden Lampen funkelt Rinnsal an Rinnsal auf, wie glühende Schlangen. Schon tief haben sie sich in die Eisdecke eingefressen, eilen abwärts und suchen den Weg zur Gosse. Erst jetzt wird mir auch das Tropfen von den Ziegeln bewusst, das Tingeltangel in der überfüllten Dachrinne und das schludrige Glucksen und Orgeln des Schmelzwassers im Kennel. Im Geäst des Quittenbaumes raschelt der Schnee brockenweise in die Tiefe und klatscht plump im Garten auf. Die kleine Linde ist schon völlig nackt. Äste und Stamm glänzen dunkel und gespenstisch im schwankenden Licht. Nun weiss ich, die Welt schmilzt. Alles sickert, rinnt und schmatzt, alles fliesst, rauscht und strömt und singt in die Tiefe: eine teuflische Orchestrierung. Mit einemmal fährt es über das mächtige Dach des Wirtshauses dahin, als kollerten sämtliche Ziegel übereinander. Eine Pause, dann poltern Eisstücke und nasser Schnee auf der Strasse auf. Der stosshafte Wind tobt senkrecht aus dem Himmel. Er fegt durch die Gassen, wirbelt in den Höfen, faucht in den Dachstühlen und fingert über die Ziegelreihen dahin, wie ein überdrüssiger Spieler über die Tasten fährt. Fernher hört man Läden in den Angelfängen seufzen und Fenster klirren. Schaurig ächzt die Windfahne auf dem Dachreiter der Kirche. Offenbar tanzt sie wie närrisch um sich selbst. Im gleichen Augenblick faucht derselbe schwarze Wind ganz nahe bei mir am Vordach, zupft meinen Vorhang wie eine Fahne aus dem Fenster und schluchzt wieder an der Rinne. Aber er schluchzt, wie vielleicht ein Mörder schluchzt, aus Lust an der Zerstörung.

Das war also der Föhn, von dem er am Mittag verkündet hatte, er werde das Zeug wegräumen!

Und er, was machte der Unergründliche jetzt? Ich neigte mich vor. Kein Lichtschein vor seinem Zimmer! Er schlief also. Er hörte nicht, wie es in der Welt zuging. Und hätte er es gehört, er hätte gelacht! Würde er immer noch sagen, ich solle beten? Pfui! Betete überhaupt jemand in einer solchen Nacht? Wer? Zu wem? War jemand da, zu hören? Nun verstand ich den Märchenton seiner Frage. Was war er überhaupt für ein Mensch? Wenn ich an ihn dachte, fielen mir immer die Sterne ein. Nicht bloss wegen der Sternkarten, Ferngläser, Sextanten und des andern astronomischen Krams, der seine Bibliothek bestückte. Er selbst war ein Siderier, in seinem Wesen offensichtlich, wenn auch nicht recht bestimmbar, dem Himmel verwandt. Er kannte geheime Bezüge, die anderen entgingen. Das wurde jetzt wieder klar; denn mein erster Blick nach oben traf den Orion. Das Geviert war genau vor mir im Süden mächtig ausgelegt: Jakobsstab, Gürtelsterne und etwas tiefer, knapp über den Giebeln das giftige Blinzeln des Sirius. Wie oft hatte er schon vom Orion geredet? Orion war das erste Sternbild, das er mich lehrte. Immer Orion, Orion. Warum sprach er stets vom Orion? Es musste damit seine besondere Bewandtnis haben. Niemals unterliess er beizufügen, der wilde Jäger stehe zur Fasnachtszeit in Himmelsmitte. Etwas hatte dieser Orion mit dem Bösen zu tun. Mit Tanzschweiss und Sünde. Das fühlte ich, sooft er von ihm sprach. Er vergass nämlich auch nie, ihn den «Jäger voll Leidenschaft» zu nennen. Und mehrmals fügte er hinzu, er sei der gewaltsame Eroberer, der keine Gegenwehr dulde. Dessen entsann ich mich nun, und jetzt erst gewannen die seltsamen Redensarten ihr volles Gewicht. Die Nacht stand im Zeichen des Bösen. Das war gewiss. Der Leutpriester hätte gesagt, unter dem Fürsten der Welt.

Darauf deuteten auch andere Zeichen hin: Hatte das rote Licht am Chorfenster der Kirche je so angstvoll gezittert? Sonst strahlte es unbewegt, wie sich für Ewiges ziemt, und trostvoll durch die runden Scheibchen. Und jetzt ein Auf und Ab, ein Flammen und Flackern. Unglaublich, musste selbst das Heiligste um sein Leben kämpfen? Auch der Nagelschmied nebenan, der seit sieben Jahren litt und gefesselt im Bett lag, schlief nicht. Zwar stand das Haus dunkel. Alle Fenster waren geschlossen. Doch dann und wann hörte man sein Schreien, schaurig wie aus einer fernen Hölle, wo Unvorstellbares gebüsst wird. Und warum schimmerte im Schlafzimmerfenster des Geschirrmüllers Licht? Dann und wann sah man deutlich, wie am Vorhang ein Schatten hochsprang. Natürlich der Geschirrmüller! Stets war er ans Fenster geeilt, wenn Lenerl im kurzen, roten Seidenrock vorüberschaukelte, um einem Gast frisches

Fleisch oder Backwerk zuzutragen. Später hatte er das anstössige Ding als Dienstmagd in sein Haus genommen und, erst als die Zungen zu eifrig liefen, geheiratet. Und nun brannte dort im Schlafzimmer zu dieser unheimlichen Stunde Licht. War nicht all das in geheimer Korrespondenz...?

Welch eine verrückte Nacht! Ich stand da, hielt das Fensterkreuz mit blossen Armen umschlungen, drückte die Lippen an den Riegel und staunte in die unlösbaren Zeichen einer verworrenen Welt. Über all dem Rätseln waren die nackten Füsse kühl geworden. Auch den Rücken überlief ein Frösteln. Da raffte ich mich endlich auf, band die Fensterflügel fest, schlüpfte ins Bett und hüllte mich wieder in die verkalteten Decken. Doch kein Schlaf wollte her. An Wangen und Haaren fühlte ich die Stösse, wenn der Vorhang durchs Zimmer flatterte. Auch das Gieren der Windfahne und das Simmern in der Dachrinne drang zu mir vor, dann und wann sogar das Rauschen der Gosse.

Ich wälzte mich, und es wälzten sich meine Gedanken: Wie konnte der Leutpriester nur behaupten, nichts geschehe ohne Seinen Willen? Bei allem verfolge Er bestimmte, nur uns verhüllte Ziele? Welch billige Erklärung! Wer konnte das prüfen? Schon damals hatte sich in mir der Widerspruch geregt. Was Er denn mit dem Hagelwetter bezwecke, das Fruchtbäume und Saatfelder klein schlage, fragte ich.

«Busse und Besserung der Landleute» hatte der muskulöse Priester schlagfertig erwidert.

«Mit allen Hagelwettern?»
«Natürlich.»
«Auch mit jenen, die auf den Ozean herniederprasseln, ohne dass überhaupt ein Mensch sie sieht?»
«Sie schaden nicht!» hatte er pfiffig entgegnet.
Doch ich beharrte: «Und ihr geheimer, aber bestimmter Zweck?»
Darauf war die Ader quer über seine Stirn angeschwollen, und er hatte sehr verdriesslich nach mir geblickt ... Kein Haar vom Haupt. Kein Haar vom Haupt. Haar und Haupt. Haupt und Haar, Haupthaar ...
Plötzlich riss mich ein Fauchen und Stöhnen aus dem kaum begonnenen Schlaf. Flugs eilte ich wieder ans Fenster und spähte in die Tiefe. Aus den Stachelbeersträuchern stieg es auf, das langgezogene Wimmern, das dem Jammern eines Kindes glich. Angestrengt blickte ich hin. Der Garten war bereits gefleckt. Von der Mauer liefen weisse Zungen in die dunkle Mitte. Etwas Sicheres im Wirrwarr war nicht zu ermitteln. Da plötzlich ein Aufschrei, Fauchen, Rascheln durch die Stauden hin, Wälzen, Würgen und sich Wehren. Dann wurde es still, ohne dass ich etwas aus dem Gebüsch entweichen sah. Auch das war des Teufels.
Im Fenster des Geschirrmüllers schimmerte noch immer Licht.
Was war das für ein seltsamer Duft? Seidelbast? Natürlich, am Stock, den der Spitzbart vor Jahren in den Garten eingepflanzt hatte, wartete das Lila in den Ritzen der Deckblätter schon seit Wochen auf den Aus-

sprung. Und nun im warmen Wind mussten die Blüten vorgetreten sein. Ich roch den Duft, süss und ein wenig giftig.

Wiederum legte ich mich hin, ohne gleich Schlaf zu finden. Das Fauchen des Windes hatte etwas nachgelassen, und sich etwas wie Frieden in die Welt eingeschlichen. Irgendwo in der Nähe krähte ein Hahn, aufdringlich und pausenlos. Aus der Ferne hörte man andere seinem Ruf antworten. Hatte ihn das Tosen der Winde aus dem Schlaf geweckt? Er glaubte, es sei Morgen, und die andern, schuldbewusst, als hätten sie sich verschlafen, folgten seinem Beispiel...

Die Magd hatte es eilig, fuhr mir nur flüchtig über das Haar und war weg. Schlaftrunken und gedankenleer starrte ich eine Weile vor mich hin, in das widerwärtige Grau, das durch das Fenster kroch. Da blähte ein milder und warmer Atem den Vorhang und strich mir ins Gesicht. Jetzt erst kam ich zu mir: Hammerschläge von der Schmiede; das Scheppern von Milchkannen, die man zur Hütte fuhr; das Singen der Säge in der Schreinerstube, alles gewohnte Signale eines neuen Tages!

Ich trat ans Fenster und warf einen Blick in die Tiefe. Die Strasse war ohne Schnee. In den Gärten lag noch da und dort eine weisse Zunge. Aber auch Dächer und Bäume waren geräumt. Hitzig schmetterte in den Zweigen des Quittenbaumes ein Buchfink seinen Schlag in die laue Luft. Eine Lücke in der Giebelreihe gab einen schmalen Blick auf den Alpenkranz frei. Auf den Firnen lag schon Sonne, mild und rötlich, ohne das bösartige Gleissen vom Tag zuvor.

Freitag. Tag der Schulmesse! Das Frühstück der Kinder war vorverlegt.

An der Türe des Badezimmers vernahm ich mächtiges Fliessen und Fluten. Oh, ich kannte seine Wasserspiele zu Ehren des Poseidon matutinus! Heute aber plätscherte, puddelte und planschte er offensichtlich besonders munter. Man konnte aus dem vielfältigen Glucksen und Sprudeln ein vergnügtes Pfeifen hören. Das verdross mich. Hatte er vorher gebetet? Würde er hernach beten?

Die älteren Geschwister sassen schon zu Tisch. Die Schwester zeigte sich angeregt. Redselig schwärmte sie davon, dass sie heute Abend Rollschuhe und Sprungseil mit in die Gasse nähme. Auch sprach sie von Leberblümchen und Windröschen, die nun am Sonnenhang der Schanz zum Vorschein kämen. Wer wohl dem Lehrer den ersten Strauss brächte? Und so fort! Der Bruder sprach wenig. Er trug sein Reich in sich. Frühling, was hiess das schon? Veränderungen dieser Art bewegten ihn nicht. Ich aber stürzte voll Zorn zwei Tassen in mich hinein. Dann lief ich dem naiven Geplauder davon.

Zur Kirche? Jetzt beten? Zum Beispiel das übliche «O Gott, du hast in dieser Nacht so väterlich für mich gewacht» und so weiter?

In der Mitte der Gasse schwenkte ich gegen die Remise ab und rannte quer durch den Flecken auf das Feld.

Ich entsinne mich genau, wie die Schiefertafel in meiner Theke auf und nieder tanzte; wild wie mein Herz. Erstmals, dass ich die Schulmesse schwänzte, grundsätzlich und ohne Gewissensbisse. Was zog mich auf das Feld? Doch noch die alberne Hoffnung, das Revier des Bösen sei begrenzt und der Widersacher könnte dort vielleicht nicht über dieselben Mächte verfügt haben, wie in den Gassen? Eine unsinnige Illusion, als wäre dort noch etwas zu retten? Vielleicht eher Trotz, mit eigenen Augen den unwiderleglichen Beweis zu sehen, wie unsäglich gleichgültig der Himmel seine Ehre verwalte.

Das Feld war noch durchwegs mit der weissen Decke verhüllt, mit Ausnahmen des weiten Rundes, wo ich den Schnee weggestochen und abgeschleppt hatte. Dieses Rund schimmelte faul und gelb wie eine kranke Insel. In ihrer Mitte lag die traurige Ruine meines Werkes. Die Südwestseite, von der Sonne am schlimmsten mitgenommen, war zuerst eingestürzt und hatte den ganzen Oberbau über sich hergezogen. So war die Blahe des Fuhrmanns über alles hingefallen, wie man das Bahrtuch über einen Verunfallten wirft.

Von der Scheune ertönten Geräusche. Die Dunggrube rauchte, und die Stalltüre stand offen. Der Onkel schüttete Stroh auf und brummelte mit den Tieren. Dann begann er ein Lied zu summen, das er aus dem Felddienst heimgebracht hatte. «Mein Herz, das ist ein Bienenhaus. Die Mädel sind darin die Bienen...» Zorn und Verachtung erfüllten mich. Wie konnte er nur so aufgeräumt sein? Er musste doch die Reste meines Bauwerkes bemerkt haben. Aber natürlich! Sie hatten ihn nicht im geringsten bewegt: Kinderspiele!

Ich lief hin, um die beschämenden Spuren meiner Rettungsversuche zu entfernen und den Rest der Baumassen einer möglichst raschen Vernichtung preiszugeben. Während ich mühsam Säcke und Tücher aus den Trümmern zog, schlug von der Kirche die Wandlungsglocke an. Ich horchte auf. Jetzt betete der Priester den Kindern vor: «Jesus, Dir leb ich. Jesus, Dir sterb ich. Jesus, Dein bin ich ...» An die Brust klopfen? Ich bekreuzte mich nicht. Andere bekreuzten sich auch nicht und lebten gleichwohl. Zum Beispiel der Onkel, der seinen Gesang nicht unterbrach. Übrigens, auch der Jude bekreuzte sich nicht. Jetzt zog er vielleicht, wie Rahel erzählte, seinen Gebetsmantel an, band sich die Gebetsriemen um, prüfte die Schaufäden und betete zu Ehren des Rüsttages, nach Jeruschalajim gerichtet, zu seinem Gott Zebaot. Wer hatte den richtigen Gott? Den Gott des wirklichen Himmels?

Erst als ich die grosse Blahe vollkommen weggezogen und gebündelt hatte, bemerkte ich da und dort an den Quadertrümmern gelbe Markierungen. Offenbar hatte der Hund des Onkels, aus dem Wald heimgekehrt, meine Witterung aufgenommen und das Heiligtum nach Spuren von mir umschnüffelt. Er wenigstens hatte in seiner intimen und herzlichen Art mehrmals meiner gedacht.

Als ich beim grossen Brunnen den Flecken wieder betrat, sah ich am andern Ende Lehrer und Kinder aus der

Kirche strömen. Wie oft war ich in diesem geschwätzigen Strom schon mitgetrottet? Heute war ich ein Fremdling; mein Tag hatte mit Hahnenschrei begonnen; mit dieser frommen Herde hatte ich heute nichts zu tun. Weit lief ich dem Zug voraus zum Schulhaus.

Auf dem Platz stand der Sohn des Büchsers, ganz allein an die Gartenmauer gelehnt. Auch er hatte die Schulmesse geschwänzt. Ich sah, wie er mich von weitem fixierte. Doch hielt ich es unter meiner Würde und überdies für ein Zeichen der Schwäche, bei seinem Anblick die Schritte zu verzögern. Ein andermal hätte der Peiniger dieses Zusammentreffen ohne Zeugen bestimmt benützt, um sich auf mich zu stürzen. Jetzt aber gaben mir die kleinen Augen einen Blick, in dem etwas Solidarisches, beinah Brüderliches lag. Mit Recht! Heute morgen hätten wir Freunde werden können! Indes, zu ihm zu treten, brachte ich nicht über mich. Trotz bitterer Erfahrung, das Daimonion war noch unverletzt. Es warnte mich.

vier

Er war das Ärgernis des Fleckens, ein wirkliches, ein schweres Ärgernis. Natürlich, es gab eine Reihe Männer, die sich ebenso wenig um das kümmerten, was den Frommen als das einzig Notwendige erschien. Bei den andern aber liess sich das Gewicht der Schuld so leicht nicht bestimmen. Wer konnte wissen, ihre Sünde war vielleicht eher eine Art Schwäche, die schon morgen mit leichter Wendung ins Gute umschlug. Sein Ärgernis aber, das war schwer. Es war grundsätzlicher Natur. Denn er war Jude. Den Messias hatte er verworfen, das Evangelium abgelehnt, auf Erlösung verzichtet. Darin bestand seine Schuld; eine Sünde mit erhobener Hand und himmelschreiend, wenn man sie an der Sprache des Neuen Testamentes mass.

Der Jude hiess Jecheskeel Braun.

Vor mehr als einem Dutzend Jahren war er zugereist. Trotzdem blieb er ein Fremdling. Er blieb verfemt und gemieden; denn jeder bezog die Wehrufe der Schrift, die alljährlich durch die Kirche hallten, ganz persönlich auf den Juden Jecheskeel. Selbst die Lauen, wenig um ihr eigenes Heil bekümmert, sie schauderten, wenn sie an die ihm zugesicherte Verwerfung dachten.

Gewiss hatte Jecheskeel Braun das vorausgeahnt und darum seinen Wohnsitz nicht in den alten Gassen aufgeschlagen. Er wohnte abseits, fern vom Genist der Giebel, auf einem Gebiet, das den Eingesessenen nicht als Heimatboden galt. Beim Bau der Bahn hatte man nämlich seinerzeit gewaltige Dämme aufgeschüttet: für Geleiserampen, Dienstgebäude, Schuppen, Wirtschaft und Zufahrtsstrassen. Auf diesem künstlich aufgeführten Grund hatte der Jude Braun sein Haus gebaut. Uns Kindern war die Gegend unvertraut, ein erstes Stück Ausland im Leben. Es wimmelte dort von Unbekannten; es wimmelte von ewig reisendem Gelichter, das von den Zügen sprang und zu den Zügen eilte. Wer sollte dort sich heimisch fühlen? Dort draussen war jedermann fremd und darum der Jude zuhause. Selbst abends, wenn es in den engen Gassen stille wurde, wenn jede Tür verriegelt war und in den Fenstern friedlich Licht um Licht erlosch, draussen kehrte die Ruhe lange nicht ein. Beim grellen Schein der Bogenlampen war der Himmel erfüllt von Hornsignalen, Rangierrufen, vom Klingeln der Puffer und vom Pfiff der müden Lokomotiven, die abermals auf Fahrt befohlen wurden. Auch das mochte dem Juden gefallen! Uralte Erinnerungen: Feuerschein, Auszug und Fahrt bei Nacht!

Sein Gebiet verliess der Jude kaum. Jedenfalls erblickte man ihn nie in den Gassen. Vielleicht hielten ihn die geschnitzten Bilder fern, die vielen Zeichen und Zeugen der Erlösung, die hier an Häusern, Kreuzwegen und auf Brunnenstöcken prangten.

Übrigens nicht bloss Jecheskeel Braun, auch sein neues, aufdringlich gelb verputztes Haus erweckte Ärgernis. Solche Bauten gab es in den Gassen nicht. Hier waren die Behausungen klein, geduckt und in strenger Zucht aufeinander abgestimmt. Sie alle hatten steile Giebel, schmale Türen, niedrige Fenster und dieselben grünen Läden vorgehängt. Das Haus des Juden aber stand gewaltig und ohne Vergleich in der Welt. Weit war die Doppeltür, mächtig waren die Fenster. Sie wurden mit Rollladen verschlossen, die man spät am Abend bis in die Gassen rasseln hörte.

Doch ist all das nebensächlich. Immerhin, es deutet an, dass die nahe Gegenwart des Fremdlings das hergebrachte Gleichgewicht verschoben hatte. Wie abgestuft und wohlgeordnet liefen Kauf und Handel, ehe der Jude erschien! Eng und friedlich schmiegten sie sich in den Erdgeschossen aneinander: die Stübchen der Näherinnen und Hutmacherinnen, die kleinen Backhäuser, Werkstätten, Kaufläden und Krämerbuden. Winzige Schaufenster boten bescheiden und gewissenhaft gesondert ihre Ware an: hier Tuch, dort Leder, die einen Eisenwaren, die andern Geschirr, hier Brot oder Fleisch, dort Spezereien oder Gemüse. Und hinter jedem Ladentisch harrte eine Seele. Sie harrte mit der sanften Geduld einer Spinne. Jahraus, jahrein harrte sie auf die spärlichen Kunden. Und doch lebte ein jeder. Jeder lebte von allen, und alle lebten von ihm. Anderes kannte man nicht. Doch nun war der Jude da, fremd und verfemt und scherte sich wenig um das hergebrachte Gleichgewicht. In seinen Fenstern lag, was immer sich ein kauflustiger Beutel wünschte, in verschwenderischer Fülle aufgeschichtet. Hier in der geräumigen Halle war alles zugleich zum Kaufe bereit und, was schlimmer war, wohlfeiler als in den Gassen. Auch das war ein Ärgernis, ein greifbares Ärgernis, täglich sichtbar und unausweichlich.

Doch nur das Ärgernis der Kinder war rein und in den Augen Gottes wohlgefällig. Sie blieben bei der Theologie. Sie grämten sich um seiner Seele willen, weil er ein Jude war, ungetauft und dem Messias feind. Sooft im Unterricht von der Erlösung die Rede war, fiel der Name Jecheskeel, heftig, und voll Ungestüm. Die Eiferer nahmen den Leutpriester beim Wort und verlangten eine beherzte Tat, um den Alten dem angedrohten Strafgericht zu entreissen. Doch der Seelenhirt hielt dem Drängen stand. Er wies die Kinder auf die Unerforschlichkeit der Gnadenwege hin und versicherte, sofern der Jude guten Glaubens sei und den wahren Gott anbete, erlange auch er sein Heil. Die Worte fielen nicht auf guten Grund. Der Knabe des Wirtes vor allem war entrüstet. Ihm schien die Antwort schwächlich, mit der Bibel im Widerspruch und bezeichnend für das weiche Herz des korpulenten Priesters. Der Junge war hitzig wie der Wein seines Vaters, und er hasste Kompromisse! So erging er sich trotz Mahnung zur Vernunft rastlos in allerlei Plänen, wie man dem Ungetauften den «guten Glauben» rauben und ihn zu Himmel oder Hölle zwingen könnte.

Gelegenheit zu solchen Versuchen bot sich reichlich an. Sooft das Wetter es erlaubte und ihn die Thora nicht gerade zum Gebet verpflichtete, sass der Jude im gelben Schaukelstuhl vor dem Geschäft, stundenlang in die

Zeitung vertieft. Nicht dass er geschaukelt hätte! Doch der Stuhl war dem alten Mann dienlich. Mit beiden Händen zog er das Rohrgeflecht rücklings an sich heran und liess vertrauensvoll den morschen Körper fallen. Dann freilich schaukelte der Jude mehrmals und offensichtlich mit Vergnügen hin und her, bis der Stuhl zur Ruhe kam. Auch das verdross den Knaben des Wirtes. Er legte es als Zeichen aus, dass ihn die ungetaufte Seele keineswegs bedrücke.

Wenn der Jude Jecheskeel also dort in der Sonne sass, trug er gestreifte Hosen, einen Khaki-Kittel, eine fein karierte Schildmütze und immerfort die Tabakdose in der Hand. Das Haar war völlig weiss, sein Gesicht rot überlaufen, die Nase borkig, blau geädert und etwas aufgedunsen: für die Jugend des Fleckens ein erregendes Schaustück.

Die Eiferer gingen von der Meinung aus, der Irrglaube des Juden beruhe nur auf Unwissenheit. Gelänge es, ihm klar und unausweichlich mitzuteilen, wie offensichtlich sich der Alte Bund im Neuen Testament erfülle, gleich würde er kippen, gleich sich bekehren und gleich sich taufen lassen. Kurz: Die Hitzköpfe liessen sich durch die versöhnlichen Mahnungen des Leutpriesters keineswegs beirren. Sie schritten zur Tat.

Von den ersten Versuchen ist nur einer im Gedächtnis geblieben, zaghaft und schlecht durchgespielt: Sie setzten sich eines Nachmittags wie zufällig auf die kleine Terrasse vor dem Laden nieder, etwas abseits natürlich, doch in Hörweite des bewussten Schaukelstuhls. Hier begannen sie in eifrigem Wortgefecht über die siebzig Jahrwochen des Propheten Daniel zu streiten, die sie eben im Unterricht behandelt hatten. Ich war jünger, gänzlich unerfahren, der tückischen Rechnung überhaupt nicht gewachsen, und wurde bloss zur Feuertaufe mitgeschleppt. Nun, sie sprachen also umständlich, nach vorher verteilten Rollen vom König Artaxerxes, von der Erlaubnis zum Tempelbau, von den sieben Jahrwochen der Errichtung und, was weiss ich, von den restlichen zweiundsechzig Wochen. Dann und wann spähten sie vielsagend nach Jecheskeel. Doch Jecheskeel blieb ruhig. Jecheskeel blieb reglos hinter die Zeitung verschanzt. Wer konnte wissen, ob er lauschte oder las? Dieses Zögern der Gnade versetzte den Sohn des Wirtes in Zorn. Langsam und nachdrücklich liess er sich vernehmen: «Dann wird zwar der Gesalbte getötet. In einer Woche aber wird er mit vielen einen Bund schliessen. In der Mitte werden Schlacht- und Speiseopfer aufhören, und im Tempel wird der Greuel der Verwüstung...»

Nun wurde der Jude in seinem Schaukelstuhl lebendig. Unwirsch fuchtelte er mit der Zeitung herum, die Adern an den Schläfen schwollen, die Augen blitzten böse, und verärgert wies er uns vom Platz. Hatte er überhaupt hingehört? War er bloss verdriesslich, weil ihn das Geschwätz in der Lesung störte? Mir war das keineswegs klar. Der Sohn des Wirtes aber wusste Bescheid. Jetzt sei der Beweis erbracht, prahlte er, dass das Herz des Juden verhärtet sei. Wäre ihm die Sache gleichgültig, brauchte er sich nicht dermassen zu erregen, und so fort.

Die Eiferer fühlten sich also durch den Misserfolg bestärkt und beschlossen, dem Juden schärfer zuzusetzen. Der Sohn des Wirtes bildete eine Gruppe von einem halben Dutzend Knaben aus, straff und ihm ergeben. In genau bemessenen Abständen hatten die einzelnen den Schaukelstuhl zu passieren, um dem unbeholfenen Hebräer knapp und treffsicher Prophetenworte hinzuschleudern. Wie sollte er sich so der Wahrheit erwehren? Wie verhindern, dass sie ihn in so wohl gezielten Schlägen mit den eignen Waffen schlugen? Allerdings sei das, so gestand der Führer zu, ein Kampf auf Tod und Leben. Es stehe sogar zu erwarten, dass sich zunächst der Groll des Verstockten mit jedem Hieb, der ihn treffe, vermehre. Ein neues Zeichen übrigens, dass die Aktion ins Zentrum treffe. Schliesslich aber obsiege die Beharrlichkeit.

Mich, den Ahnungslosen, stellten sie stets an das Ende der Reihe und legten mir die entscheidensten Worte in den Mund. Bloss unklar verstand ich die Zitate, die ich herzusagen hatte. Sie wurden mir tags zuvor nicht ohne Drohungen auf einem Zettelchen überreicht. Mühsam genug musste ich sie in mein Gedächtnis prägen, um sie im Augenblick der Tat nicht zu verhaspeln. Vor Beginn der Aktion nahmen mich die Knaben her, unnachsichtlich. Selbst der Tonfall wichtiger Wörter wurde eingedrillt. Welch eine beschwerliche Frohbotschaft! Nicht immer. Dann und wann war meine Rolle leicht. Zum

Beispiel «Eine Jungfrau wird empfangen und einen Sohn gebären» ging spielend ins Gedächtnis und leicht von den Lippen. Nicht schwierig war auch «Ein Reis wird aus der Wurzel Jesse sprossen» oder «Wie ein Schaf wird er zur Schlachtbank geführt.» Mühsamer aber und recht zaghaft liefen Zitate dieser Art: «Das Szepter wird nicht von Juda weichen und der Heerfürst nicht von seinem Stamme, bis der kommt, auf den die Völker harren.» Überdies stellten sich andere Nöte ein. Sie waren seelischer Natur. Oft besass ich, wenn die Stelle lang und schwierig war, nicht den Mut, gelassen vor dem Ungetauften auszuharren, bis der Satz zu Ende war. Bei den Worten zum Beispiel «auf den die Völker harren» hatte ich die Ecke des Kaufladens schon hinter mir. Das trug mir von Seiten der Eiferer strenge Rügen ein. «Gerade die Hauptsache hat er nicht gehört» herrschte mich der Knabe des Wirtes an. «Was stellst du dir eigentlich vor? Glaubst du, wir täten das zum Vergnügen?»

Schliesslich verlor ich aus Gründen, die später klar werden, das Zutrauen der Glaubenskämpfer. Ich wurde kurzerhand aus der Arbeitsgruppe entlassen und durch Fritz Ittig ersetzt. Ittig war tüchtig, sein Gedächtnis treu und sein schmächtiges Herz, wenn es einmal einen Dienst übernommen hatte, durch nichts zu erschüttern. Überdies, um Lohn vertrat Ittig jede Theologie. So hatte der Knabe des Wirtes mit den Wurstzipfeln und Küchenresten, die die Gäste in den Tellern liegen liessen, den schmalen Jungen fest in seiner Hand. Wenn Ittig richtig Hunger verspürte und ihm die frommen Auftraggeber den saftigen Bissen kalten Bratens vorwiesen, den sie ihm als Lohn bereithielten, dann mochte Jecheskeel wie von Sinnen toben, Ittig blickte dem Juden mit kaum glaubhafter Hartnäckigkeit ins zornige Gesicht und sprach den ausgedehntesten Schrifttext wortgetreu, beharrlich, gelassen und mit einer Furchtlosigkeit ohne Beispiel zu Ende.

«... Hörst du nicht auf die Stimme des Herrn deines Gottes, so bist du verflucht in der Stadt und auf dem Feld. Verflucht ist dein Korb und deine Backschüssel verflucht. Verflucht bist du bei der Ankunft und beim Weggang. Der Himmel zu deinen Häupten wird Erz und zu Eisen der Boden unter deinen Füssen. Auf einem Weg ziehst du gegen die Feinde und auf sieben fliehst du vor ihnen. So wirst du allen Völkern der Erde zum Entsetzen. Der Herr heftet die Pest an dich, bis sie dich aus dem Lande vertilgt. Mit Ägyptens Geschwüren schlägt er dich, mit Beule, Krätze und Grind. So tappst du am Mittag wie der Blinde im Dunkel. Du baust dir ein Haus und wohnst nicht darin. Du nimmst dir ein Weib, das ein anderer beschläft. Vor deinen Augen wird dein Ochse geschlachtet. Du aber wirst herausgerissen aus dem Land, und der Herr zerstreut dich unter die Völker von einem Ende der Erde zum andern, Und du wirst keine Ruhestätte finden für deine Fusssohle. Immer wird dir das Leben in ferner Schwebe sein. In deiner Herzensangst denkst du am Morgen, Wär's doch Abend und am Abend denkst du, Wär's doch Morgen! Und so wirst du irrsinnig von dem, was deine Augen sehen. Und alle diese Flüche jagen dich, bis du vertilgt bist, weil du der Stimme des Herrn deines Gottes nicht gehorchst...»

Je kühner die Eiferer ihr Bekehrungswerk betrieben, umso weniger stand es unter dem Stern der Gnade. Je länger sie, auf Ittigs Hunger und gescheiten Kopf vertrauend, die Texte ausdehnten, umso mehr verstockte Jecheskeel. Es blieb natürlich nicht aus, dass sich, wenn der Knabe den fauchenden Juden hartnäckig zu übertönen suchte, Leute ansammelten, die die ärgerliche Szene genossen. «Du alter Bösewicht, Same Kanaans und nicht Judas», hatte Ittig ihn schliesslich angesprochen. Das setzte dem Bekehrungswerk ein Ende.

Es war der Leutpriester, der uns eines Tages einberief. Auf dem Ziegelboden im muffigen Flur seines Hauses liess er uns stehen und legte uns eindringlich auseinander, wie ungehörig und überdies zwecklos es sei, der Gnade Gottes mit derart derben Mitteln vorzugreifen. Dabei ruhten seine kleinen lebhaften Augen vornehmlich auf mir. Hatte man ihm mitgeteilt, dass ich es war, der die entscheidenden Stellen der Schrift missbrauchte? Oder sind Priester ahnungsvoll? Wusste er bereits, was kommen würde?

Hier findet sich in den Erinnerungen ein leeres, von schwer fassbaren Nebelgebilden bestrichenes Feld. Vermutlich waren die Tage mit jener ereignislosen und trägen Stille angefüllt, die das Schicksal benötigt, um entscheidende Wendungen vorzubereiten.

Da tauchte mit einemmal Rahel in der Klasse auf.

Ach, die andern Mädchen! Sie glichen sich alle, alemannisches Geblüt: rote Wangen, die spitzen Zähnchen von Puppen, blaue Augen und ein hausbackenes Gesicht. Brav in der Mitte gescheitelt und straff gekämmt trugen sie ihr nussbraunes Haar in zwei Zöpfe geflochten. Kurz, sie waren ungefähr alle gleich: gesund, alltäglich und neutrum. Rahel war anders. Ihre Haut war gelblich überhaucht, gleichmässig und makellos, von jenem elfenbeinernen Ton, in dem die Wüste Juda auf den Karten prangte. Das Haar, schwarz wie Kohle, die im Bruche glänzt, duftig und dicht zugleich, fiel ihr in Zapfenlocken in den Nacken. Ihre Augen, dunkel wie Samt, blickten feucht unter schweren Lidern hervor, als würden sie eben aus unergründlichen Träumen aufgeweckt. Wenn Rahel sprach, blähte sie die gewölbten Judennüstern und liess im Eifer ein leises Schnauben hören, ein Schnauben, das mich entzückte, ein, wie mir schien, ungemein beseeltes Geräusch. Dabei blitzte hinter den etwas aufgeworfenen Lippen ein Gebiss, kräftig und weiss, wie jene es brauchten, die jahrelang Manna verzehrten. Ihre Hände von derselben zarten Wüstenfarbe, waren mollig und eher kurz und breit, daher ihrem Wesen, wie es sich später zeigen wird, nicht unangemessen.

Mit einemmal war Rahel da, plötzlich und unerwartet, mit der unberechenbaren Selbstverständlichkeit, mit der sich Wunder ereignen. Ob sie wirklich erst jetzt in der Klasse auftauchte? Oder sass sie von Anfang da?

Ich entsinne mich bloss des Abends, als das Karussell spielte. Der schrille Ton der Orgel wehte im Wind durch alle Gassen. Spiegel, Messinggestänge und all das Flitterzeug blitzten märchenhaft im Glanz der bunten Lampen. Dicht hielt die Menge die gleissende Kreisel umstellt, der Ort war voll taumelnder Lustbarkeit, und die Kinder balgten sich nach den Plätzen. Plötzlich gewahrte ich das Judenkind. Rahel sass im Damensitz, die Beine übereinander geschlagen, kokett den Gaffern zugekehrt auf einem der wild gewordenen Hengste, hielt sich leicht in den Mähnenhaaren fest und blickte mit verächtlichem Stolz in die Menge. Die Zapfenlocken wiegten auf den Schultern, und ihr rotes Röcklein flatterte lustig im Fahrwind. So etwas an triumphaler Kühnheit hatte ich noch nie gesehen. Rasch steckte ich Ittig den Rest meiner Fahrkarten zu, blieb wie angewurzelt stehen und genoss das Wunder. Am andern Morgen jedenfalls sass Rahel in der Klasse. Sie war da und von nun an eindringlich vorhanden.

Der Tag begann mit dem Augenblick, da sie am Morgen sichtbar wurde. Überall bestimmte sie Mass und Gewicht. Wenn sie dabei war, gewann das Alltäglichste Bedeutung, den Rang des Ereignisses. Und abends wusste ich genau, wie oft der Lehrer sie aufgerufen, wonach er sie gefragt und was sie erwidert hatte. Selbst von den Antworten der übrigen Schüler blieben beim abendlichen Überschlag nur jene lebendig, die ein Zwischenruf oder das scherzhafte Lachen Rahels in die Sphäre des Unvergesslichen erhoben hatten.

Rahel war die jüngste von drei Enkelinnen des alten Juden Braun. Sein Sohn, ihr Vater, war verschollen, und ihre Mutter betrieb für die drei Kinder das Geschäft, vor dem Jecheskeel im Schaukelstuhle sass. Alle waren sie, wie jeder wusste, fromme Juden, den Gott Zebaot fürchtend und den Satzungen der Thora ergeben. Täglich gedachten sie nach Vorschrift des Auszuges ihrer Väter aus Mizrajim. Sie verrichteten zu verordneter Stunde, das Angesicht nach Jeruschalajim gerichtet, ihre Gebete, hofften, dass dereinst neues Licht über Zion leuchte, und harrten aller Welt zum Trotz auf das Erscheinen des Maschiach, sobald man vom Ölberg her das ersehnte Schofarblasen vernehme.

Jeden Freitagnachmittag, kurz vor Einbruch der Dunkelheit, kam, oft von andern Juden begleitet, der Rabbi Mordekai auf der Bahn daher gefahren. Gleich war er als Mann der Fremde erkenntlich: Ein dunkler bis tief über die Knie herab fallender Mantel, ein schwarzer breitrandiger, merkwürdig gewölbter Hut, im Gesicht die uns bekannte Wüstenfarbe, und von den Wangen wehte ein langer, graumelierter Bart. Flugs, ehe der Zug ganz anhielt, sprang er vom Trittbrett, überquerte mit fliegenden Mantelschössen, die langen Arme nach Judenart ausschwingend, den Platz und verschwand wie ein Arzt, der zu Schwerkranken eilt, im gelben Haus. Dann flammten an den Fenstern die Schabbatlichter auf.

Schon früher hatte ich den Rabbi beobachtet. Doch damals galt ihm bloss jene gleichgültige Neugierde, mit der ich all das fremde Gelichter um den Bahnhof bedachte. Doch vom Tage an, da Rahel in der Klasse sass, beobachtete ich den Hebräer mit besonderem Misstrauen. Erst konnte ich nicht verstehen, was der Mensch jede Woche mit den Judenmädchen trieb.

Am Schabbatmorgen trat die Tochter des erwählten Volkes gemessenen Schrittes und ohne Schultasche an. Eine christliche Magd trug ihr die Bücher nach. In feierlicher Miene und im Festtagsgewand sass Rahel da, lachte kaum und hörte zu. Doch sie meldete sich nicht. Weder Feder noch Griffel rührte sie an. Wenn wir schrieben oder zeichneten, war ihre Miene mit Verachtung auf uns gerichtet. Selbst der Lehrer wagte sie am Schabbat nicht auszufragen. Dieses Schweigen und Ruhen einem fremden Gott zu Ehren vollendete in meinen Augen das unchristliche Wunder.

Ob ich damals je ein Wort mit dem Judenkind wechselte, ist aus dem Gedächtnis nicht mehr herauszulocken. Vermutlich nicht. Woher soll ein schüchterner und schmal gebauter Knabe Kraft und Mut beziehen, ein Wunder, überdies ein ungetauftes, anzusprechen?

Doch endlich zurück zu den erwähnten Tagen, da sich das Schicksal zum Angriff auf das Herz des Knaben entschloss! Den Ort dazu hatte es wie gewohnt von langer Hand vorbereitet. Vom Spielplatz vor dem Haus führte ein winziger Durchgang am Nachbarhaus und an den Gärten vorbei zu einer von allerhand Bauhütten und Werkstätten fast eingeschlossenen Wiese. Sie war eine Art Niemandsland zwischen Flecken und Fremde. Auf, ihrem Grund stand eine Scheune, die dem Wirt noch zum Unterschlupf für seine Wagen diente, sonst aber ausser Gebrauch war, verjährt und voller Geheimnisse, verlockend also für Streifzüge eines einsamen Buben.

Eines Nachmittags – entsinne ich mich recht, war es im ersten Vorfrühling, jedenfalls war die Linde noch kahl, aber die Knospen der Rosskastanien glänzten leimig, die Sonne lag warm auf dem braunen Gebälk, und die feuchte Erde dampfte – da machte ich mir völlig ahnungslos um die Scheune zu schaffen. Schon vor etlicher Zeit hatte ich dort alte Leitungsrohre aufgestöbert. Diese schleppte ich nun ins Freie, fügte sie, so gut es ging, zusammen, fing damit das Abwasser des Brunnens auf und lenkte es so den kleinen Hang hinunter, dass es am Leitungsende als kräftiger Springbrunnen aufsprudelte. An die zwei Stunden mochte ich so gearbeitet haben. Da fühlte ich mich mit einemmal beobachtet. Ich blickte zu den Häusern auf und musterte die Fenster. Es zeigte sich niemand. Wie ich das Gefühl nicht los wurde, wandte ich mich um. Da stand sie, Rahel, an die Ecke der Scheune gelehnt, die Arme gemütlich verschränkt und schaute meinem Treiben zu. Ihre Miene bewegte sich kaum, als sie sich ertappt sah. Nur um den Mund lief ein flüchtiges Kräuseln. Ich aber war verwirrt und fühlte, wie mich eine Röte überlief. Die lächerliche Arbeit! Ich schämte mich des kindischen Spiels. Da trat das Judenkind langsam zum Brunnen vor. Sobald sie die Fontäne in der Tiefe sah, lachte sie, nicht ganz ohne Spott. Verlegen stand ich da und machte keine Miene, meine Arbeit fortzusetzen. Da sagte sie:

«Wolltest du nicht eben das Rohr am Ausguss festbinden? Und nun? Warum gibst du die Arbeit auf?»

Verlegen nahm ich den Eisendraht vom Boden, den ich hatte fallen lassen.

«Soll ich dir helfen?» fragte sie energisch und liess dabei ganz leicht das bewusste Schnauben hören. Schon hatte sie das Rohr in den breiten zugriffigen Händen und drückte es fest an den Ausguss heran. Schweigend und umständlicher als nötig knotete ich den Draht fest. Meine Verwirrung wusste nicht, was sie sprechen sollte. Nach Vollendung der Arbeit bedankte ich mich verlegen, trat zur Brunnenröhre und trank. Ich trank wiederholt. Ich trank umständlich. Aus Verlegenheit, nicht aus Durst, trank ich. Ich trank bloss, um Zeit zu gewinnen.

Was sollte ich nur mit dem Judenkind anfangen?

«Brausepulver hätte ich zuhause, das herrlich aufschäumt und auf der Zunge kitzelt», versetzte das Mädchen und blähte energisch die Nüstern. «Morgen? Bist du um diese Zeit wieder hier? Ja? Dann werden wir uns Limonade brauen. Blosses Wasser ist fade.»

Was ich darauf antwortete, ist meinem Gedächtnis entschlüpft. Gewicht hatten nur Rahels Worte, so sehr Gewicht, dass sie noch heute in Abfolge und Tonfall in der Erinnerung klingen.

Bald lief ich weg. Aus Angst, wovor?

Der Abend war verwandelt. Ich sass am gewohnten Platz mit den Geschwistern am Tisch und machte die Schulaufgaben: Klein- und Grossschreibungen, Zu- und Abzählen neckisch ausgedachter Gewichte. Aussen war alles wie sonst: Freundlich und still strahlte die Lampe auf die vorgeneigten Kinderschöpfe. Dann und wann ein selbstvergessenes Räuspern der emsigen Forscher. Das Papier raschelte und die Griffel knirschten. Alles wie immer! Nur ich ein anderer! Ich musterte Bruder und Schwester. Wie wichtig sie die Brauen hoben! Wie andächtig sie Buchstaben und Zahlen lispelten! Sie waren wie sonst, nicht verwandelt. Vom Andern ahnten sie nichts.

Brausepulver? Trank Jecheskeel Limonade, die auf der Zunge kitzelte? Pfui, der Ungetaufte mit dem rot überlaufenen Gesicht und der borkigen Nase, dessen Bartstoppeln rauschten, wenn er im Zorn ans Kinn griff! Und ich? Gemeinsame Sache mit den Feinden des Erlösers machen? Sogar Getränke aus dem verfemten Haus in mich hinein trinken? Unmöglich! Warum übrigens hatte Rahel mich am Brunnen so lang beobachtet? Warum mir so unvermittelt Brausepulver angeboten? Angeboten? Beinahe aufgedrängt! Was hatte sie vor? Dass ich nicht hinginge, war selbstverständlich.

Als ich am Morgen erwachte, wusste ich zunächst nur, dass etwas anders war. Irgendetwas hatte gestern Abend begonnen. Plötzlich tauchte Rahels Gesicht vor mir auf. Selbstverständlich würde ich hingehen. Freilich nicht extra, nicht auf die vereinbarte Zeit, lange vorher und etwas arbeiten. Wenn dann Rahel kam, war ich zufällig dort. Aber dort sein würde ich, das war sicher.

Erst beim Morgengebet – «bewahre mich auch diesen Tag...» – fiel mir ein, vielleicht sei das nun einer jener Konflikte, bei denen das fromme Kind den Seelenführer, in meinem Fall den Leutpriester, befrage. Doch ich schlug den Gedanken wieder aus. Abwarten, dachte ich. Abwarten! Hatte nicht er selbst gesagt, man solle der Gnade nicht vorgreifen? Vielleicht trat sie gerade auf diesem unerforschlichen Wege ins Spiel.

Der erste Tag! Völlig anders als alle Tage vordem musste er verlaufen! In jedem Wort, in jedem Blick, in jeder Gebärde, selbst im Ton ihres heiter dahindonnernden Lachens musste sich eine Spur des gemeinsamen Geheimnisses finden!

Welch eine Enttäuschung! Als ich den Schulplatz betrat, stand sie im Mittelpunkt einer schnatternden Mädchengruppe. Sie scherzte und plapperte, als wäre nichts geschehen. Nicht einmal, als die Mädchen ins Tor einströmten, wandte sie sich um. Auch während des ganzen, langen, zäh abfliessenden Tages widmete sie sich mit derselben Unbefangenheit wie vordem dem Lauf des Schulbetriebes. Kein Blick und keine Gebärde auch nur mit der allergeringsten Spur eines Einvernehmens war zu erhaschen, nirgends auch nur eine Andeutung, dass wir uns gestern gesprochen und uns abends wieder sprechen würden. War das möglich? Hatte ich geträumt?

Von der Kinderstube aus war die Scheune über die Gärten hin leicht im Auge zu behalten. Ich änderte also den Plan und beschloss erst hinzugehen, wenn Rahel sich dort zeigen und eine Weile warten würde. Nach dieser drastischen Verleugnung sollte sie sich klar zur Vereinbarung bekennen. So sass ich also hinter den Schulbüchern und wartete. Erstmals im Leben fühlte ich, was warten heisst. Tropfenweise floss die Zeit. Unendlich träge rückte der Zeiger. Schliesslich schwebten die vier schweren Doppelschläge vom Kirchturm über die Dächer. Aber nichts geschah. Die kleine Glocke schlug an: Viertel nach. Noch immer nichts. Meine Unruhe wuchs. Hatte Rahel die Abmachung vergessen? Oder wartete sie, wie ich, irgendwo versteckt und spähte gespannt, ob ich käme? Wie war es gestern? Sie hatte mich eingeladen. Brausepulver hatte sie mir angeboten. Sie selbst hatte den Zeitpunkt festgesetzt. Ich hatte bloss schweigend zugestimmt. War es nun nicht an mir, den ersten Schritt zu tun? Natürlich! Es gab doch gewisse Regeln des Wohlanstandes, die man nicht verletzen durfte, auch nicht Ungetauften gegenüber.

Ich stiess also den Vorsatz um und huschte durch den Durchgang, an den Gärten vorbei hinauf zum Brunnen. Kaum tauchte ich auf, glitt Rahel von der Gartenmauer in die Wiese und kam auf die Scheune zugeeilt, eine Flasche und ein kleines Bündel in Händen.

«Entschuldigung» sagte sie hastig und blähte die Nüstern. «Bei uns ist immer so viel los. Beinahe hätte ich es vergessen.»

«Ich auch», bemerkte ich. «Daher die Verspätung.»

«Verspätung? War das gestern früher?» fragte sie zerstreut und begann mit einer Emsigkeit, als wären wir beide am Verdursten, die Zubereitung des Getränkes. Flink liess sie das Pulver durch die hohle Hand in die Flasche rieseln, goss Wasser auf und schüttelte, bis es mächtig aufschäumte. «Erst eine Kostprobe» sagte sie, schürzte die Lippen, setzte die Flasche an, lehnte den Kopf zurück und schloss die Lider. Wie ein Pulsschlag floss ihr das Getränk in kleinen Wellen durch die Kehle.

«Vorzüglich!» rief sie ausser Atem. «Wirklich wunderbar prickelnd», streifte mit den Fingerchen den Flaschenrand und streckte mir die Limonade hin.

«Ekelt dich nicht? Ich meine, wo ich die Lippen anlegte?» fragte sie und musterte mich. Ohne eine Antwort setzte ich an und trank. So wechselten wir mehrmals hin und her. Wir tranken, fuhren mit der Handfläche flink über den Flaschenmund und tranken wieder.

Die Sonne war längst weg, die Luft ziemlich kühl, fast kalt und an wirklichen Durst gar nicht zu denken. Mir wurde flau im Magen, Rahel vermutlich auch. Jedenfalls stieg uns die Kohlensäure wiederholt in explosiven Stössen in die Nase auf, wobei Rahel jedes Mal mit einem gedämpften Aufschrei die Fingerspitzen an die Lippen legte. Plötzlich wurde mir das Lächerliche des Vorganges bewusst. Wozu das unsinnige Trinken? Mir wurde ganz heiss.

«Wenn man so viel trinkt, wäre Zitronenwasser nicht besser?» stotterte ich, merkte aber im Sprechen, dass ich etwas Dummes, jedenfalls Unhöfliches sagte, und verbesserte mich: «Ich meine, gesünder wäre es vielleicht, als dieses wunderbar prickelnde Getränk.»

Rahel lächelte nachsichtig. Unbefangen setzte sie sich auf den Brunnenrand, plätscherte im Wasser und begann, ohne mich anzusehen, fast zerstreut, zu plaudern. Onkel Mosche und Vetter Noach waren auf Besuch dagewesen, beide aus London. Sie erzählte vom Nebel, der dort noch dauernd so dicht über der Stadt lagere, dass man die Hand vor den Augen nicht sehe, und von den Unglücksfällen, die sich laufend ereigneten, trotz der Nebelhörner auf der Themse … Ich hörte ihr geduldig zu. Das alles war mir fern und unverständlich. Schliesslich wagte ich einige Fragen: Ob Onkel Mosche und Vetter Noach auch Haus und Laden besässen? Wie diese aussähen? Was sie verkauften?

«Ein Haus? Einen Laden?» fragte sie und schürzte die Lippen. «Buden meinst du vielleicht, wie hier in euren Hintergassen? Wo denkst du hin! Häuserzeilen besitzen sie, ganze Strassenzüge sag ich dir, wenn du dir das vorstellen kannst. Ausserdem eine Menge Geschäfte, über die ganze Welt verstreut.»

Bei diesen Worten hatte ihre Stimme den Stempel der Zerstreuung verloren. Jedes Wort war gezielt. Ich verstummte. Ein Augenblick der Stille legte sich zwischen uns. Offenbar fühlte Rahel, dass ihr Ton mich verstimmt hatte.

«Zitronenwasser also hättest du lieber?» fragte sie eifrig. «Morgen werde ich Zitronen mitbringen.»

Das war der wässerige Beginn unserer Freundschaft.

Alle Anfänge sind schön. Selbst beim Wunder: die erste Silbe des Stummen, die erste Kostprobe auf der Zunge des Speisemeisters oder das sechste Brot, das eben aus dem leeren Korb in die Hände der verdutzten Verteiler schwebt. Was heisst schon weitersprechen, weitertrinken und die Speisereste sammeln?

Es soll deshalb noch eine andere winzige Begebenheit aus diesen Tagen des Anfangs vor dem Entschwinden fest gebannt werden. Einige Tage später hatten wir unsere Rechnungsbücher zur Scheune mitgenommen. Wir sollten zweistellige Zahlen mit zweistelligen Zahlen vermehren. Rahel zeigte sich darin nicht gewandt. Beharrlich rechnete ich ihr vor.

«Gib mir den Stift», sagte sie und begann sich die Resultate auf ein Zettelchen aufzuschreiben. Über dieser Arbeit war schon die Dämmerung eingefallen. Als wir uns schliesslich trennten und ich mich bereits den Gärten zugewendet hatte, kam sie nochmals zurück gerannt und steckte mir den Stift wortlos in die Tasche. Erst zu Hause bemerkte ich, dass er rot war und am Ende ringsum eine Menge mugeliger Vertiefungen trug: Rahels Zähne! Andertags, als ich in der Schule nach ihr schaute, trug sie den grünen Stift quer im Mund und blickte sich vielsagend um. Die Initialen, die ich in jeden Bleistift einzukerben pflegte, waren allen ersichtlich. Also kein Irrtum, dachte ich beglückt. Den Sinn des Unternehmens verstand ich noch nicht.

Von nun an trafen wir uns fast täglich im Niemandsland. Wenn wir auseinandergingen, vergass Rahel nie, zu fragen: Und Morgen, um welche Zeit?

Nach und nach richteten wir uns unter dem Vordach der Scheune eine Stube ein, Tisch und Bänke. Da machten wir unsere Aufgaben und fragten einander ab, lauter Vorwände, denn beide traten so wohl vorbereitet an, dass die Arbeit wenig Zeit verschlang. Dann blieb Raum für Rahels Zunge. Sie erzählte. Jeden Tag hatte sie etwas zu berichten. Erzählen und wieder erzählen, das war ihr, glaube ich, das Liebste auf der Welt. Bald sprach sie vom reichen Vetter Micha in Frankfurt, bald vom Onkel Secharja in Warschau, und viel und immer wieder von einem weitläufig verwandten frommen Rabbi namens Elieser in Cordoba, der jeden Tag auf das Grab des Grossvaters lief, um ihn zu bitten, er möge ihm helfen, sich Gott zu nähern. Vor allem aber erzählte sie, eifrig und unerschöpflich, aus den wunderbaren Geschichten eines Rabbi von Bratzlaw, des Nachmann ben Ssimcha: Die Geschichte vom Meister des Gebetes, vom Stier und vom Widder, von der Reise des Rabbi zum frommen Zaddik und so fort.

«Ach, wie oft schon habe ich dir das alles erzählt!» rief sie jeweils und begann eine neue Geschichte.

...Der König hatte einen bösen Traum: Die Königin neigte sich über sein Lager, und ihre Hände würgten ihn. Da erwachte er. Der Traum aber war in sein Herz eingezogen. Sogleich berief er die Weisen. Diese bedeuteten, dass er durch die Königin sterben müsse. Doch der König wusste seiner Seele keinen Rat. Töten konnte er die Königin nicht, weil sie so schön war. Sie zu verbannen vermochte er nicht; denn sie den Armen eines andern Mannes auszuliefern, konnte er nicht ertragen. In der Nähe aber durfte er sie unmöglich dulden, weil er an seinem lieben jungen Leben hing…

An Rahel erschien mir alles zaubervoll, alles weltweit, fern, wunderbar fremd und voll geheimer Erinnerung an die uralten und leidvollen Fahrten ihres rastlos wandernden Volkes. Selbst die längst vertrauten Geschichten der Bibel, die die hausbackenen Schulmädchen in wortgetreuem Singsang daherschnatterten, wie anders klangen sie, wenn Rahels Judenlippen die fremden Namen formten. Erst wenn sie erzählte, gaben die Geschichten ihr Geheimnis preis.

«…Der alte Jisschaakk betastete ihn und rief: Die Stimme ja! Die ist wohl Jaakobs Stimme. Die Arme aber, die Arme sind Esàws Arme. So erkannte Jisschaakk den Betrüger nicht. Doch Ribkkà lachte, die schlaue, die am Zelttuch lauschte…»

Zaghaft lösten sich die Worte von Rahels Mund und feierlich wie Musik aus verschollenen Zeiten schwebten sie durch die Luft. Und die grossen Augen, die Rahel dabei machte, in endlose Ferne gerichtet, jetzt erst lernte ich sie wirklich kennen: schwarz, doch im feuchten Samt waren fein gezackte helle Linien eingezeichnet, die wie die gedrechselten Speichen eines Rades aus der Mitte strahlten.

Ich entsinne mich genau, wie mir zumute war, sooft ich nach Gesprächen mit ihr zum Nachtessen heimkehrte. Friedlich strahlte die Lampe über dem alten Schiefertisch. Der Geheimnisvolle sass an seinem Platz, an der Wand unter dem Kruzifix, mit dem Blick durchs Fenster. Zu seiner Rechten, an der Stirnseite des Tisches und für rasche Handreichungen bereit, die Mutter. Dann in gewohnter Folge die Geschwister. Schliesslich mein Platz an der Wand, der Vorzugsplatz, der Platz zu seiner Linken. Alles vertraut und gewöhnlich: das Holzbrett auf dem schwarzen Schiefer, die braune Suppenschüssel, das Brotbecken aus Buchsholz, die abgegriffene Würzdose, der Entenerteller der Kleinen und all die abgewetzten Essgeräte, an winzigen Eigenheiten für jedes erkenntlich. Alles alt und eng, vertraut und klein und vom Alltag verschlissen. Und Abend für Abend das gleiche flach und flüchtig hingesagte: «Komm, Herr Jesus, sei unser Gast...»

Wie anders klang das Gebet, das ich kurz vorher Rahel für die Stunde bei Mordekai abgefragt hatte!

«Gelobt seist du, Adonai, unser Gott, der du uns erwählt hast aus allen Völkern, herausgeführt aus dem Eisentiegel Mizrajim und erhoben über alle Stämme. Mögest du die Sünden des Hauses Jisrael in einen Ort werfen, wo man sich ihrer nicht entsinnt noch ihrer achtet. Wie du, Gott Zebaot, es unsern Vätern geschworen hast in alten Tagen.»

Und gleich hatte das Judenkind die seltsamen Schofartöne Tekiah, Teruah und Schebarim vor sich hingesummt, die der Rabbi sie gelehrt hatte nach dem Klang des Widderhornes in der Wüste ...

Sooft ich also von Rahel kam und in die Stube trat, war mir, als kehrte ich von einer Reise zurück, übervoll von Erinnerung, und durfte nicht erzählen.

Inzwischen war der Frühling mit seinen milden Winden fast flüchtig wie ein Sonnentag über den Flecken hinweggezogen. An der Hausmauer hatten Winterling, Krokus und Primeln geblüht. Schmucklos stand der Seidelbast in seinem Laub, die Tulpen waren verwelkt und die Pfingstrosen schon alle verblättert. Quittenbaum und Linde rauschten schon im satten Grün des Sommers, und die genügsam blühenden Kletterrosen am Bogen über den Weg bildeten den noch fast einzigen Farbenschmuck des Gartens. Im Birnbaum des Käserigert blickten sogar schon winzige Früchte aus dem Geäst, und abends strich bereits der Duft vom ersten Heu in die Gassen ein. Wie alle Jahre hatten die Mädchen den ausgesonnten Platz vor dem Haus erst mit ihrem Singsang zu Ball und Sprungseil und dann mit dem Rattern ihrer Rollschuhe erfüllt, indes die Knaben, die sirrenden Eisenringe vor sich herschiebend, rainauf rainab durch Gassen und Torbogen jagten. Und wieder war zur feierlichsten Liturgie aller Spiele der gewaltige Grundriss von Himmel und Hölle im sommerlichen Staub des Platzes eingeritzt, Tag für Tag von ewigkeitssüchtigen Seelen umkämpft.

Jetzt hatte auch der Geheimnisvolle seine grossen Tage. Jeden Abend ging er weg. Stundenlang verweilte er in den Treibhäusern vor dem Flecken. Nun trieben sie es wieder, er und Iwo Banz! Gärtnerlatein.

Sonst war ich es, der in diesen unbewachten Zeiten die Gasse beherrschte. Jetzt aber war ich nirgends zu sehen. Erstmals war ich am lauten Treiben unbeteiligt. Ein Verhängnis, das näher zu ergründen, zwecklos ist, hatte mich in den unentrinnbaren Bann verstrickt, in den das Fremde unbewehrte Gemüter zieht.

Welch eine seltsame Magie! Selbst der nüchternste Lehrstoff, den sich Rahel für die Stunde beim Rabbi Mordekai einzuprägen hatte, klang mir tausendmal geheimnisvoller als alles, was unsere Mädchen von den schmalen Lippen leierten. Streng wie der Rabbi selbst fragte ich das Judenkind am Vorabend aus: «Warum heisst das Pesachfest auch Fest der Überschreitung?»

«Weil der Tod in Mizrajim die Häuser Jisraels überschritt.»

«Wodurch unterscheidet sich diese Nacht von andern Nächten?»

«In andern Nächten essen wir gesäuertes Brot. In dieser Nacht aber ungesäuertes, weil die Väter in der Eile nicht Zeit fanden, die Wegzehrung zu säuern.»

«Zweitens?»

«Zweitens ...»

«In andern Nächten ...»

«In andern Nächten essen wir sowohl süsse als bittere Kräuter. In dieser Nacht aber nur bittere, weil unsern Vätern in Mizrajim das Leben verbittert wurde.»

«Drittens?»
«...»
«Eintauchen!»
«In andern Nächten tauchen wir die Speisen nur einmal ein. In dieser Nacht aber dreimal.»
«Und viertens?»
«In andern Nächten sitzt der Hausvater aufrecht. In dieser Nacht aber sitzt er mit der Linken an ein Kissen gelehnt.»
«Warum das letzte?»
«Um die Freiheit anzudeuten!»
«Was ist das Hauptstück der Pesachfeier?»
«... dass der Hausvater die Geschichte der wunderbaren Befreiung erzählt.»
«Und wer allein ist?»
«Erzählt sie sich selber!»

Diese Antworten waren Musik, wenn sie sich zaghaft, bedächtig und wie aus weiter Ferne von Rahels Munde lösten. Voll Beschämung gedachte ich der Tage, da ich, von den Eiferern gedungen, dem alten Jecheskeel mit seinen eigenen Waffen schlagen wollte.

Vielleicht hätte ich Fritz Ittig in diesem Zusammenhang schon früher erwähnen sollen. Mehrmals nämlich traf es sich, dass er unvermutet bei der Scheune auftauchte, um im Auftrag des Wirtes den Handwagen aus dem Schopf zu holen. Doch, wie zu erwarten stand, Ittig begriff. Ittig war vieler Leute Diener und diskret. Er kam also, schloss nebenan geräuschvoll das Tor auf und rannte schon mit dem Wagen davon, als hätte er uns nicht bemerkt. Ittig blieb Ittig. Eine Dienstperson. Ich war seiner sicher.

Eines Tages aber kam der Knabe des Wirtes selbst, um den Karren aus dem Schopf zu ziehen. Der fassungslose Blick, mit dem er mich und das Judenkind vereint unter dem Vordach seiner Scheune ertappte, ist nicht zu beschreiben. Wortlos fasste er den Handwagen und stob davon, aber anders als Ittig. Ich liess Rahel meine Bestürzung nicht merken, doch war ich mir sofort klar, dass ich nun anzutreten hatte, irgendwie, vor irgendwem. Schon der andere Tag brachte die Bestätigung. Das Verhalten der Klasse, insbesondere die Augen der Mädchen bewiesen mir, dass der Knabe des Wirtes seine Entdeckung nicht verschwiegen hatte. Von allen Seiten trafen mich Blicke, mit denen man Apostaten mustert.

Der Sohn des Büchsers hatte sich an den Aktionen gegen den Juden Jecheskeel Braun nie beteiligt. Streitfragen der Theologie interessierten ihn nicht. Doch jetzt fühlte ich genau, dass er mit den andern im Bunde stand, der verlässlichste Gradmesser für die bedrohliche Lage, in die ich über Nacht geraten war.

Fatalerweise widerfuhr mir in diesen Tagen überdies das Missgeschick, dass ich im Unterricht statt Absalom Abschàlòm aussprach. Dem Gelächter der Klasse war Hohn feindseligster Art beigemischt.

Jetzt erst wurde mir bewusst, dass die ganze Klasse – Ittig vielleicht ausgenommen, doch wer war schon Ittig? – sich solidarisch fühlte. Sie alle mochten Rahel nicht übel leiden und behandelten sie mit wohlwollender Duldung. Doch was ich betrieb, war Verrat an den Grundfesten der hergebrachten Ordnung, ein Verrat, den sie niemals hinzunehmen gesonnen waren. Ich wusste also, dass bald eine Entscheidung fallen musste. Kinder kennen keinen Kompromiss. Nur das eine merkte ich argloser Knabe noch immer nicht, dass Rahel von Anfang entschlossen war, diese Entscheidung, – sobald die Zeit reif wäre – zu erzwingen. So nahte, ohne dass ich die Mächte, die nun ins Spiel eintraten, genau erkannte, der Tag der Zerstörung.

Der Hochsommer war inzwischen herangerückt.

Der Lehrer – ein der Natur nur mühsam gelungener Mann – war nicht ohne musikalisches Talent, was er von der Neugier der Welt nicht zu verbergen vermochte. Schon öfters hatte er von einem kleinen Schulkonzert gesprochen, das er alljährlich zu veranstalten pflege, um mit den verehrten Eltern Fühlung zu nehmen. Auch dieses Jahr sollte die Klasse ihr Können präsentieren. Eines Nachmittags – es war kaum zwei drei Tage, nachdem der Knabe des Wirtes uns entdeckt hatte – behielt der Lehrer mich nach dem Unterricht zurück.

«Du möchtest also mit Rahel ein Violinstück spielen?» sagte er.

«Ich, Violine? Mit Rahel?» fragte ich völlig verwirrt und fühlte, wie ich erstarrte.

«Ja.»

«Mit Rahel zusammen?»

«Natürlich. Zweistimmig.»

«Wer sagt das?»

«Rahel selbst.»

Abends stellte ich das Judenkind zur Rede. Sie blieb völlig ruhig. «Warum nicht?» sagte sie, und blickte mich gelassen, aber durchdringend an. «Wir spielen doch beide ganz gut. Wer soll denn, wenn nicht wir? Deine Bauernmädchen? Übrigens, Grossvater Jecheskeel ist einverstanden.»

Jetzt erst stiegen – noch ganz verschwommen – Ahnungen in mir auf. Ich wollte Einwendungen machen. Da zog das Judenkind die Brauen zusammen und schürzte die Lippen.

«Ach so? Natürlich!» sagte sie. «Ich konnte mir ja denken, du hättest nicht den Mut, dich zu bekennen.» Dazu blähte sie ihre Nüstern, und ihre Augen blitzten wie damals, als sie von den Buden in den Hintergassen gesprochen hatte. Ich lenkte ein. Hernach vernahm ich, dass Rahel das gemeinsame Spiel als beschlossene Sache schon überall herumgeboten hatte.

Wie ich die Kanzlei betrat, um dem Unergründlichen die Verfügung des Lehrers schonend mitzuteilen, lachte er schon. Gleich sah ich, dass er alles wusste. Umständlich erkundigte er sich über das Stück, lobte mit heiterer Ironie meinen so plötzlich aufblühenden Eifer, insbesondere meinen Opfergeist, all die Widerwärtigkeiten auf mich zu nehmen, die jedes Duett erfordere und so fort. Der ewige Scherzer! Es war also offensichtlich, dass er mein gemeinsames Auftreten mit dem Hebräerkind begrüsste. Ein wenig Skandal im Flecken passte ihm. Es lag ganz in seiner Linie, den Bürgern von Zeit zu Zeit kleine Denkaufgaben zu verordnen.

So fügte ich mich.

Entsinne ich mich recht, hatte der Lehrer ein kleines Duett von MAZAS ausgewählt. Rahel sollte die erste Geige spielen. Auch das war, wie ich hernach erfuhr, vom Judenmädchen durchgesetzt. Der Lehrer, ein Fanatiker der Präzision und als Drillmeister gefürchtet, übte zuerst mit jedem einzeln: wiederholt, stundenlang, zäh und unnachsichtig. Erst als wir des Spieles einigermassen sicher waren, nahm er uns zusammen, nicht ohne Feierlichkeit. Pedantisch zählte er die Takte vor. Das Allegro moderato in G Dur und Vierviertelakt ging vielleicht noch etwas mechanisch, aber flott vonstatten. Auch das Zwischenstück, ein Tempo di Minuetto in D Dur schwang sich ruhig und sauber durch den Raum. Sobald aber das Rondo mit Piano einsetzte, wurde Rahels Bogen unsicher. Der rasche Wechsel von Staccato und gebundenem Spiel machte sie nervös. Vor allem gelang es ihr nicht, beim Staccato Strich und Fingersatz präzis in Einklang zu bringen. Plötzlich verstummte die Geige.

«Fis G A, liebes Kind», flüsterte der Lehrer mild. «Noch einmal hier vom Allegretto an.»

Doch an derselben Stelle strauchelte Rahel wieder.

«Nein! Nicht so! Fis G A gebunden, Rahel, gebunden.» rief der Lehrer, «erst H G E Cis Staccato!»

Wir begannen das Rondo von vorn, und mit steigender Eindringlichkeit zählte der Meister die Takte vor. Umsonst. Rahel stolperte, fing sich unklar auf und kam wieder zu Fall! Verärgert sang der Lehrer die Noten vor, ergriff meine Geige und spielte die gefährdeten Takte. Dann musste Rahel die Stelle mit ihm zusammen spielen. Alles ging gut. Er spielte die zweite Geige, und wieder schwang sich Rahel elegant über die Takte weg. Schliesslich gab der Lehrer mir die Geige zurück und wir spielten wieder zusammen.

«G und A sind Sechzehntel! Zum Teufel nochmal!» schrie er, als Rahels Geige abermals verstummte. «Das hast du doch immer fehlerfrei gespielt. Fis G A H G E Cis! Was ist denn dabei?»

Rahel hatte die Geige weggelegt und rieb sich die molligen Händchen.

«Wenn ich mit ihm spiele, werden mir die Finger steif», sagte sie, und Tränen sprangen ihr in die Augen.

Die Einladungsprogramme zur Schulfeier waren schon an die Eltern verteilt und den Prominenten des Fleckens zugeschickt. MAZAS 12 Petits Duos OP. 38 Nr. 2 und unsere Namen dabei! Die Nummer nachträglich wegzulassen, wäre unweigerlich falsch gedeutet worden. So musste der Erfolg erzwungen werden. Jede freie Minute hatten wir herzuhalten: am Morgen vor Beginn des Unterrichtes, in jeder Pause, über Mittag und abends. Alle Register der Beschwörung liess der Lehrer spielen: Drohung und Schmeichelei. Meist tänzelte Rahel mit einigem Glück über die Stelle weg. Doch dann und wann blieb sie noch immer stecken. Der Lehrer tobte, und einzig das Schluchzen des Kindes setzte jeweils dem herzlosen Drill ein Ende.

Ich erinnere mich genau an den Vorabend des Schulkonzertes. Es war ein Donnerstag, warm und strahlendes Wetter. Den ganzen Nachmittag bis zur Essenszeit hatte der Lehrer uns schonungslos gedrillt. Als wir endlich über die Stiegen eilten, bat mich Rahel, nach dem Nachtessen noch rasch ins Niemandsland zu kommen und sie abzufragen.

Ich blickte sie zögernd an.

«Morgen ist doch Rüsttag!» sagte sie, «und Rabbi Mordekai hat uns alle dreizehn Sätze des Mosche ben Maimon zum Lernen aufgebrummt.»

Mehrmals hatte ich in den letzten Tagen das Treffen unter allerhand Vorwänden abgelehnt; denn seit ich wusste, dass mein Peiniger sich, von den Mädchen geschürt, mit dem Knaben des Wirts verbündet hatte, fürchtete ich einen derben Zugriff. Auch jetzt, da Rahel und ich uns trennten, blieb ich zögernd stehen und sagte: «Nach dem Nachtessen? Ist das nötig? Für morgen, denke ich, musst du dich tüchtig ausschlafen.»

Da stellte sie sich vor mich hin und blickte mich schweigend an. Ihr Blick aber sagte wieder: «Ach so? Natürlich! Ich konnte mir ja denken, du hättest nicht den Mut, dich zu bekennen!» So sagte ich zu. Nicht ohne Misstrauen.

Als ich mich pochenden Herzens zur Scheune schlich, sass Rahel schon da. Sie war aufgeräumt, völlig ruhig und ohne eine Spur jener Nervosität, die sie den ganzen Nachmittag vor dem Lehrer gezeigt hatte. Auch die Sätze des Rabbi Mosche ben Maimon sassen fest, fest wie noch kaum etwas, so fest, dass ich Verdacht schöpfte, Rabbi Mordekai habe sie schon längst durchgenommen und mehrmals wiederholt. Gelassen und ohne Zögern schwebten sie aus ihrem Mund.

«... Erstens. Ich glaube mit vollkommener Aufrichtigkeit, dass Gott – gelobt sei sein Name – Urheber von allem ist.

Viertens: Ich glaube mit vollkommener Aufrichtigkeit, dass Gott – gelobt sei sein Name – der Erste und Letzte ist.

Achtens: Ich glaube mit vollkommener Aufrichtigkeit, dass die ganze Thora, wie sie jetzt in unsern Händen liegt, dieselbe ist, welche unserem Lehrer Mosche – Friede sei mit ihm – übergeben wurde.

Zwölftens: Ich glaube mit vollkommener Aufrichtigkeit an die Ankunft des Maschiach, und ob er auch lange säume, so harre ich doch täglich, dass er komme ...»

Mir war elend zumute. Zweimal glaubte ich im Haselgebüsch beim Fussweg ein verdächtiges Knacken zu hören. Doch hinzugehen und nachzusehen wagte ich nicht. Wie, wenn der Knabe des Wirtes dort sass und lauschte? Wenn er hörte, dass ich dem letzten Satz nicht widersprach, im Gegenteil, bestätigend nickte, als er wortgetreu von ihren Lippen kam? Rahel spürte offenbar, dass ich mich unsicher fühlte. Vielleicht fürchtete sie selbst, es könnte sich hier, auf dem Grundstück des Wirtes, noch etwas ereignen, das unser gemeinsames Auftreten vor der Gemeinde gefährden könnte. Jedenfalls erhob sie sich, sobald der letzte Lehrsatz geprüft war. Beim Brunnen blieb sie stehen und blickte mich an.

«Du wirst mich morgen retten, Jösef», sagte sie mit vernehmlichem Schnauben und einer Bestimmtheit, die mich verwirrte. Ich vermochte mir nicht vorzustellen, was sie damit meinte. Es fiel mir bloss auf, dass sie mir die Hand reichte und mich beim Namen nannte. Beides hatte sie noch nie getan.

Um den Sticheleien der Klasse zu entgehen, fand ich mich schon eine halbe Stunde vor Beginn der Feier ein. Ich legte meinen Geigenkasten auf den Flügel und öffnete ihn, den etwas abgeschossenen, doch nach meiner Meinung vornehm wirkenden, smaragdgrünen Plüsch den Stühlen zugewendet. Dann setzte ich mich auf einen Stuhl der vordersten Reihe und wartete. Ich trug ein dunkelblaues Manchesterkleid mit gestreiftem Einsatz, der eine Sammetweste vortäuschen sollte, dazu eine karminrote, bauschige Krawatte. Die Kniestrümpfe trugen ein kunstreiches Girlandenmuster: mein Sonntagsstaat!

Allmählich begann sich der kleine Singsaal zu füllen; denn die Klassenfeiern des Lehrers genossen Ruf. Zwar umzuwenden wagte ich mich nicht. Umso verlässlicher erlauschten meine Ohren, was vorging. Ich wusste genau, wer in den Reihen hinter mir Platz genommen hatte. Selbst der Grossvater, der Stammgott mit dem Löwenhaupt, war erschienen. Ich hörte das Rauschen seines flachen asthmatischen Atems hinter mir. Neben ihm verströmten die Kleider der Grosstanten diskret den muffigen Geruch ihrer sommerlichen Grüfte. Auch der kleine Vetter hatte seine winzige Schneiderbude unten im Flecken verlassen und keifte sich mit seiner Schwester flüsternd um die Wahl des Platzes. Um es kurz zu machen: was alles in der weitverzweigten Familie ältlich, herzfaul oder sonst abkömmlich war, drängte sich, wie man es bei Hochzeiten oder Todesfällen erlebt, in den vordersten Reihen. Dass auch der Leutpriester eintrat, bemerkte ich, als viele sich erhoben und ihm mit unterwürfigem Getuschel den bessern Platz anboten.

Mit einemmal vernahm ich auch die Tritte schwerer Nagelschuhe. Der Fuhrmann! Mein Gott, wann war ich zum letzten Mal bei ihm in der Remise gewesen? Der treue Freund! Wegen des Judenmädchens war er mir eine Weile völlig entschwunden! Nun hatte er offenbar von dem Konzert gehört und sich von der Arbeit weg, vielleicht nur mit einem bessern Kittel bekleidet, hierher aufgemacht, um meinen Triumph persönlich zu erleben. Der treue Freund! Ich vernahm, wie er sich unbeholfen auf den Zehenspitzen nach hinten verzog. Begreiflich, was verstand der Fuhrmann von MAZAS? Bescheiden nahm er an der Rückwand seinen Platz.

Langsam rückte der Zeiger auf Zwei. Ich hörte, wie sie zusätzliche Stühle hereinschleppten und die Reihen dichter rückten. Immer deutlicher nahm jenes bekannte Fluidum überhand, das Premieren umwittert. Mir aber war, als müsste ich demnächst das Schafott besteigen. Ich war vielleicht der einzige, der aus dem Hintergrund, wo die Klasse an der Rückwand stand, Töne vernahm, die nicht in die festliche Erregung passten.

Knapp vor dem Stundenschlag fühlte ich, dass eine stumme Bewegung wie eine Welle den Saal durchlief. Die Jüdin Braun trat mit allen drei Töchtern auf. Als Rahel nach vorne kam, wollte ich meinen Augen nicht trauen: Sie trug ein ärmelloses duftiges Spitzenkleid, das ihren Hals völlig freigab, ein Kleid, wie ich es noch nie gesehen hatte, ein unschickliches Kleid für eine Partnerin von mir. Das schwere Haar war in frische Zapfenlocken gedreht und fiel stolz auf die makellose Wüstenfarbe ihrer Schultern. Was musste sich der Leutpriester denken?

Wie Rahel meinen Geigenkasten auf dem Flügel ruhen sah, legte sie den ihrigen daneben und öffnete ihn. Er war mit neuem, blutrotem Plüsch gepolstert. Der triumphale Blick, den sie auf die Klasse warf, bevor sie sich zu mir setzte, liess die letzten Unklarheiten schwinden. Jetzt wusste ich, warum sie das Spiel durchgesetzt hatte. Blitzschnell jagten sich die Gedanken in meinem Kopf. War die Freundschaft nicht von Anfang an auf diesen Triumph gerichtet? Schon seit der komischen Geschichte mit dem Brausepulver? Und die Bestimmtheit, mit der sie die Abmachungen traf? Selbst die wunderbar fremden Geschichten...!

Ich fuhr aus den Gedanken auf, als der Lehrer sich erhob. Doch sobald die Darbietungen begannen, verfiel ich wieder in mein Grübeln, wobei mir vor allem Befürchtungen durch den Kopf jagten.

Die Sonne fiel durch das Fenster ein, und der beschienene Fleck wanderte ganz langsam auf den Flügel zu. Wenn der Streifen den schwarzen Fuss erreicht, bevor wir drankommen, dachte ich, dann geht alles gut. Wenn nicht, soll es als schlechtes Zeichen gelten.

Die Feier nahm den Verlauf, den jedermann aus solchen Veranstaltungen kennt: Lieder der Klasse, rezitierte Gedichte, zwei Mädchen am Flügel, ein bescheidenes Wort des Lehrers und so fort. Einzig, dass die Spannung im Verlaufe der Feier stieg, war ungewöhnlich. Das Duett von MAZAS bildete den Abschluss.

Plötzlich trat Rahel vor, ergriff die Geige und zupfte mit koketter Gebärde an den Saiten. Da verbreitete sich – man kann nicht wohl anders sagen – eine Totenstille. Kein Räuspern und keine Bewegung. Ich selbst war gebannt. Es bedurfte eines Winkes des Lehrers, bis ich mich erhob. Rasch warf ich einen Blick zu Boden. Der schwarze Fuss war noch im Schatten, aber das kleine Messingrad, auf dem er stand, glitzerte hell im Sonnenstrahl. Wie war das zu deuten? Ich hätte das genauer festlegen sollen, dachte ich und ging leicht taumelnd nach vorn. Wie eine Sturzwelle spürte ich die feindliche Spannung, die von der Klasse her über die Zuhörer hinweg nach vorne schlug.

Während der Lehrer die Geigen stimmte, wagte ich einen verstohlenen Blick über das Notenblatt nach hinten. Die Augen aller Schüler waren mit feindseliger Bewunderung auf Rahel gerichtet. Einzig der Sohn des Büchsers blickte nach mir. Eigensinnig stocherte er mit seiner Aale im Gebiss. Und Ittig war nicht da. Wahrhaftig, Fritz Ittig fehlte. Das schien mir ein schlechtes Zeichen; Ittig besass Witterung.

Einen Takt zählte der Lehrer vor. Dann begann das Spiel. Zart und einander zaghaft umwerbend schwebten die beiden Melodien durch den schweigenden Raum. Allegro moderato und Tempo di Minuetto klangen fest im Strich und sicherer als je in einer Probe. Mein Herz schwang sich auf. Sobald wir uns dem Rondo näherten, begann der Lehrer seinen Takt mit steigender Beschwörung zu flüstern. Umsonst. Schon bei Beginn des Allegretto fühlte ich, wie Rahel den Bogen zaghaft zu führen begann, zaudernd und unsicher. Da, wohl nur den Bruchteil eines Herzschlages, setzte sie aus und schon geschah das mir Unbegreifliche: Kräftig und im Rhythmus klar schwangen sich die Töne Fis G A, gebundene Sechzehntel, und H G E Cis, das präziseste Staccato der Welt, aus meiner Geige empor. Sobald ich Rahel von neuem vernahm, glitt ich wieder höflich in die zweite Stimme über, und das Stück strömte in ruhigem, sieghaften Zweiklang dem Ende zu.

Der Applaus der Frauen war stürmisch. Er brandete. Jedermann hatte meine Rettertat bemerkt. Ich warf bewegt einen Blick über das Blatt und sah, wie einige sich die Augen wischten. Auch die Klasse klatschte, doch mit hohlen Händen. Emsig schlugen die Mädchen die Fingerspitzen zusammen. Rahel stand da. Geziert hielt sie die Geige vor der Brust. Sie strahlte. Unverwandt sah sie auf die Klasse. Ich glaube nicht, dass ich mich täusche, wenn ich mich nach so langer Zeit noch an einen bösartigen Glanz erinnere, der zwischen den schweren Lidern schimmerte.

Als der Applaus versickert war, erhob man sich. Angeregtes Geplauder wogte im Raum. Mehrmals hörte ich meinen Namen nennen. Überall schwärmte der Lehrer herum, nickte nach allen Seiten, rief da ein höfliches Wort und drückte dort eine schöne Hand. Mich sprach niemand an. Helden sind einsam. Ich hatte mich wieder auf meinen Stuhl gesetzt und wartete, bis die Leute sich verlaufen hätten.

Ohne sich von mir zu verabschieden, ja ohne mir nur einen Blick zuzuwerfen, hatte Rahel ihre Geige eingepackt und war am Arm ihrer Mutter davon stolziert.

Eifrig half ich hernach in meinem Festgewand dem Abwart den Saal aufräumen, den Flügel in die Ecke schieben und die Stühle in die Schulzimmer verteilen, alles in der Hoffnung, die Schüler würden sich inzwischen verlaufen. Wirklich, der Platz war völlig menschenleer, als ich mit meiner Geige das Schulhaus verliess. Doch als ich die Mauer des Gartens passiert hatte, an den sich ein Rasenplatz anschloss, empfing mich ein schauriges Gejohle der vereinten Klasse. «Mordekai! Mordekai und Jecheskeel! Wann endlich kommt der Maschiach? Ich harre täglich seiner, ob er auch lange säume!» schrien die Knaben, allen voran der Sohn des Büchsers. Die Mädchen trillerten die geborgte Melodie. Es war vielleicht erstmals, dass Judennamen durch die alten Gassen tönten. Vermutlich war es einzig mein zerbrechliches Instrument, das mich vor Tätlichkeiten schützte.

Als ich zuhause die Geige im Kasten versorgte, wusste ich, dass alles zu Ende war. Ich suchte das Kalenderchen hervor, das Rahel mir in guten Tagen geschenkt hatte. Es trug die Jahreszahl 5676 seit Erschaffung der Welt. Darin hatte ich kurze, kindisch chiffrierte Bemerkungen eingetragen, die sie betrafen. So wollte ich auch den Tag des Endes vermerken. Doch ich brauchte keine weitere Notiz auf das heutige Blatt zu setzen. Da stand ja gedruckt: 21. bis 23. Juli: Tischa B'Ab. Fast- und Trauertag zur Erinnerung an die Zerstörung des Tempels. Jirmijas Klagelieder.

fünf

Ungewöhnliches musste sich ereignet haben haben, vermutlich einer jener Vorfälle, die die Grosstanten als entsetzlich bezeichneten. Mir wenigstens schien das Angesicht des Fleckens völlig verwandelt, spürbar, bis in die Winkel verdüstert. Selbst ein Fremder, ahnungslos und mit dem Alltagsbild der Gassen nicht vertraut, hätte, glaube ich, die krankhafte Spannung empfunden.

Gewiss, nach dem Sonntagsgottesdienst oder nach Leichenbegräbnissen sah man auch zahlreiche Gruppen von Männern und Frauen zusammenstehen und mit lebhaften Gebärden plaudern, bis sie sich schliesslich in die Gasthäuser oder heimwärts verzogen. Das war nichts Besonderes. Es war ein gesundes, von Zeit zu Zeit gewissermassen notwendiges Aufblühen der sonst schläfrigen Gassen.

Aber jetzt? Hatte man so etwas je gesehen?

An Werktagen sah man sonst höchstens da und dort zwei Weiber plauschen, die sich etwa auf dem Gang zum Kaufladen getroffen hatten. Kam eine dritte des Weges, ging sie vorüber. Sich dem Klatsch anzuschliessen, fiel kaum einer ein. Gruppen von Männern gar, die sich mitten im Vormittag anhäuften und tuschelten, das hatte man bisher werktags nie erlebt!

Jetzt aber gewahrte man allenthalben eine Erregung, wie sie durch Ameisenhaufen wimmelt. Überall, auf Plätzen, Stiegen und in Hinterhöfen Leute, die die

Köpfe zusammensteckten. Kam einer des Weges, trat er ohne Umstände hinzu, gewiss, dass nur von dem einen die Rede war, vom Entsetzlichen. Mit einemmal bemerkte man nun auch Männer in den Strassen, Beamte zum Beispiel, Handwerker oder Kaufleute, also Leute, die sich sonst, in Büro und Buden verschanzt, höchstens auf einem Sprung zur Post oder zur Bank in den Strassen blicken liessen. Selbst diese standen nun müssig in den Gassen. Es war, als hätten alle vergessen, was ihnen sonst zu tun oblag: Handwerker mit Geräten in der Hand, Frauen in Küchenschürzen. Sogar der obere Bäcker zum Beispiel, der ewig im Backhaus herumschwitzte und nur einmal flüchtig über die Nickelbrille durchs Fenster spähte, wenn ungewöhnlicher Lärm ihn aus dem mehligen Labyrinth aufschreckte, jetzt sah man die weisse Bäckermütze mehrmals im Tag müssig vor dem Laden, als hätte der Flecken das Brotessen vergessen. Vom Buchdrucker nicht zu reden. Sonst pausenlos ins Getriebe seiner Maschine eingespannt und nur mittags wie ein losgeschirrter Hund nach Hause eilend, nun stand auch er dann und wann gestikulierend im Mittelpunkt einer tuschelnden Gruppe. Selbst das Oberhaupt des Fleckens, der Geheimnisvolle, den sonst auf seiner Streife, die er gegen Abend leicht taumelnden Ganges durch die Gassen unternahm, selten jemand anzusprechen wagte, jetzt wurde er, wo immer er erschien, von Gruppen angerufen, befragt und nicht selten von Neugierigen in kaum glaublicher Vertraulichkeit am Ärmel festgehalten. Das untrüglichste Zeichen aber, wie sehr das Entsetzliche die gewohnte Ordnung durcheinander brachte, war für mich Jecheskeel Braun. Niemals hatte man vordem den alten Juden in den Gassen erblickt. Nun erschienen Khakikittel und gestreifte Hose. Am Stock ging er herum und pirschte sich da und dort an eine Gruppe, ohne dass es jemand als ungehörig empfand.

Die Gespräche waren düster, man sah es den Mienen an. Kein Lachen, kaum einmal ein Lächeln; nur bedenkliches Neigen der Köpfe und Achselzucken. Traten wir Kinder irgendwo hinzu, verstummten die Alten oder wiesen uns weg. Wozu das? Es hatte sich also etwas ereignet, das, wie der Leutpriester sagte, Ärgernis gab und nicht vor Kinderohren gehörte!

Bald wurde mir auch klar, dass es kein Weltereignis war, sondern eng mit dem Flecken zusammenhing. Mehrmals wiesen die tuschelnden Leute mit einer flüchtigen Gebärde auf eine Quergasse, auf ein Haus, vor allem häufig auf die nahen Hügel und Wälder hin.

Als bezeichnend ist noch nachzutragen, dass die nervöse Geschäftigkeit schon am ersten Tag auf die Kanzlei übergriff. Mehr als das: Die Kanzlei erwies sich immer deutlicher als der Punkt, an dem die unverständlichen Fäden zusammenliefen.

Mehrmals im Tag kam der Wachtmeister Enz durch den Garten, im Feldschritt und stets im Dienstanzug. Sonst nahm es der Hüter der Ordnung nicht so genau. Wenn er den Flecken durchstreifte, trug er oft Zivilkleider. Er schlenkerte in brauner Hose, heller Weste und ohne Hut betont leutselig von Haus zu Haus, um der verhassten Jagd nach allerhand Taxen und Gebühren den Anstrich jener väterlichen Sorge zu verleihen, mit der der Staat bekanntlich seine Bürger betreut. Doch jetzt, seit das Entsetzliche sich ereignet hatte, trat er als Auge des Gesetzes auf: stets in der blauen Dienstbluse mit den knallroten Spiegeln, in feldmässigen Gamaschen, Pistole und Kartentasche umgehängt. Er war also sichtlich bestrebt, der Bürgerschaft seine Alarmbereitschaft anzuzeigen. Der Wirkung war er sich wohl bewusst. Die goldbetresste Mütze und das ums Kinn gelegte Sturmband gaben seiner fülligen Miene eine gemeisselte Straffung, vor allem, wenn er erst mit verkniffenen Augen einen Passanten musterte, bevor er den Lederhandschuh zum Gruss an den Schild erhob. In diesen Tagen sah man ihn auch nie in der Öffentlichkeit seine Mütze lüften. Wenn er sie schliesslich in der Kanzlei vom Haupte nahm, fiel ein ganzer Wurf Schweisstropfen zu Boden, und quer über seine Stirn wurde eine blutrot angelaufene Rille sichtbar, die sich an den Schläfen ins Haar verzog; beides vielleicht ein wenig darauf berechnet, dem Unergründlichen zu zeigen, dass er sich jetzt im Dienst nicht die geringste Lockerung erlaubte.

Auch andere, sonst seltene Besucher gingen in der Kanzlei nun häufig ein und aus, durchwegs Leute von Gewicht: Gemeinderäte zum Beispiel, Lehrer, der Leutpriester, oder Männer, die in Felddienst, Feuerwehr oder Forstwesen Rang besassen. Dass ihr Auftreten mit dem Entsetzlichen zusammenhing, war gewiss. Sooft ich mich zufällig zu irgendeiner Arbeit in der Kanzlei befand, bei jedem Besuch und bei jedem Anruf wurde ich fortgewiesen. Schliesslich entwich ich selbst, sobald die Klingel schrillte oder ein Finger an die Türe pochte.

Eine Stimmung dieser Art hielt, seit ich lebte, noch nie die Gassen besetzt, stumm und bedrückend, ein Gefühl von Angst vor allem bei den Kindern. Wen sollten sie fragen? Niemand gab Antwort.

Das Entsetzliche rief aber nicht bloss heimliches Gerede, sondern ebenso rätselhaftes Treiben ins Leben. Zu verschiedenen Zeiten des Tages sah man kleine Männergruppen den Flecken verlassen. Die Leute trugen schweres Schuhwerk, feldmässige Kleider und Stöcke, als rückten sie etwa zur Holzzeichnung aus Doch statt Messband und Kluppe trugen sie Ferngläser umgehängt und führten Hunde mit. Beherzte Knaben schlichen den Gruppen nach, um aufzuklären. Jedes Mal fächerten sich die Männer an den Waldrändern aus und hielten durch Rufe Kontakt. Schliesslich versank ihr Hohoo im Rauschen der Bäume.

In die Tage, da das seltsame Fieber den Flecken ergriff, fiel auch eine Unterrichtsstunde beim Leutpriester. Ich war gespannt und nahm mir vor, das mächtige Haupt keinen Moment aus dem Auge zu verlieren. Irgendetwas, und nahm er sich noch so sehr in acht, musste durchschimmern.

Ich täuschte mich nicht. Schon als der Talar daherwehte, glaubte ich in den flatternden Zipfeln eine ungewöhnliche Nervosität zu erkennen. Jedenfalls war, sobald der Priester in die Nähe kam, die Veränderung unbestreitbar. Die schwerfälligen Wangen waren tiefer gerötet als sonst. Flach und flüchtig flog sein Atem. Schweiss stand auf der Stirn, und er gemahnte an einen, der eben von einer Sünde kommt. Auch als er die Klasse abschritt, fehlte das gutmütige Lächeln auf den Lippen. Düster und freudlos verlief die Stunde. Der Priester überhörte Antworten, wiederholte sich, zeigte sich in jeder Hinsicht zerfahren und erteilte bei Verstössen, die er sonst kaum beachtet hätte, überscharfe Rügen. Es war also offensichtlich, dass etwas an dem Menschen nagte. Mich überraschte das nicht. Ich kannte ja sein Gefühl für Tatbestände.

Doch ein anderes machte mich plötzlich erstarren. Oder täuschte ich mich? Mit einemmal gewann ich den Eindruck, er beschäftige sich nur mit mir. Immer wieder wanderten die kleinen Augen zu mir. Bestimmt: der Tonfall seiner Fragen an mich war anders, milder vielleicht und rücksichtsvoller. Hatte das Entsetzliche mit mir zu tun? Ich fühlte das Herz im Halse schlagen.

Die Beobachtung, die ich beim Leutpriester gemacht hatte, weckte mein Misstrauen. Streng begann ich die Erwachsenen auf ihr Verhalten zu mustern. Dass die Mutter alles wusste, verbürgte ihr Benehmen bei Tisch. Schon die Art, wie sie die Suppe rührte, verriet ihre Spannung. Auch betrat sie während der Arbeitszeit oft und unermittelt die Kanzlei, was sie früher niemals getan hatte. Fast Abend für Abend ging sie weg. Sobald es eindunkelte, verschwand sie, ohne sich zu verabschieden. Heimkehren hörten wir sie nicht. Andern Tags war sie blass und schläfrig. Sie musste irgendwo wachen. Auch kamen öfters Frauen zu ihr, und sie schlossen die Türen. Mir gegenüber war sie unverändert. Doch was wollte das heissen? Sie schien seit je dazu geboren, Gefühle zu verhüllen.

Anders, der Unergründliche! Er zeigte sich heiter, wenn er zu Tisch kam, aufgeräumter sogar als sonst, vielleicht dürfte man fast sagen ausgelassen. Er scherzte und erzählte Geschichten, kleine Eulenspiegeleien, wie er sie nur in Stunden bester Laune auskramte. Auch sonst gab er sich aufgelegt, schöpfte verschwenderisch aus, stahl den Kindern vom Teller weg und trieb sonst allerhand Schabernack. Einmal verloste er den ganzen Zipfel seiner Wurst. Doch nur die Kleine nahm das Benehmen für bare Münze. Sie jubelte kindisch. Der Bruder liess sich nicht täuschen. Misstrauisch musterte er das übermütige Treiben. Die Schwester blickte vielsagend nach der Mutter. Wir waren also alle einig. Keiner traute der Heiterkeit. Ich vor allem nicht; denn ich hatte untrügliche Zeichen. Seine morgendlichen Wasserspiele waren trotz des heissen Wetters seit Tagen unterblieben. Wohl sah man ihn wie immer im Hausrock ins Badezimmer huschen. Doch vom üblichen Planschen, Puddeln und Plätschern zu Poseidons Ehren war nichts zu bemerken. Man hörte nur energisch die Brause strähnen, gleich darauf das kurze Rülpsen, mit dem das letzte Wasser sich aus der Wanne davonmachte, und schon tasteten sich die nackten Füsse wieder über die Treppe zurück. Ein anderes Symptom zeigte seine Wandlung noch deutlicher an. Abend für Abend blieb er zuhause. Die Alchemie des Gärtners Banz mochte in diesen tropischen Tagen höchste Triumphe feiern. Er blieb den Treibhäusern fern, unerbittlich. Kein einziges Mal erlaubte er sich in diesen Tagen der Bedrückung den geliebten Gang.

Überdies blieb mir nicht verborgen, dass sein erster Blick mich traf, sooft er die Stube betrat. Auch seine Scherze trieb er fast ausschliesslich mit mir. Den grossen Zipfel der Wurst zum Beispiel schnitt er erst weg, als der Würfel auf Nummer drei zu stehen kam. Das passte zum Benehmen des Leutpriesters. Nun war ich sicher. Das Entsetzliche musste zu mir in besonderer Beziehung stehen.

Der Gedanke machte mich krank.

Ich habe zu erwähnen vergessen, dass ich gleich anfangs, sobald mir die völlig veränderte Stimmung des Fleckens bewusst wurde, zur Remise lief. Ich konnte mir denken, dass mein Freund, der Fuhrmann, auch zum Komplott des Schweigens gehörte. Doch ich kannte ihn. Ganz würde er meinen Fragen nicht standhalten. Zu einigen Andeutungen liesse er sich, vielleicht nicht sofort, doch nach einigem Drängen gewiss herbei, unklar vielleicht, aber immerhin so, dass sich ein Stück Wahrheit ahnen liesse. Ich war also hingelaufen, hatte aber die Remise verschlossen gefunden, die Tore nicht bloss zugestossen, mit dem Schlüssel zugesperrt. Auch an den folgenden Tagen fand ich mich mehrmals dort ein. Immer dieselbe aufdringliche Stille. Nichts liess sich vernehmen, kein Rupfen in der Heuraufe, kein Koppen an der Futterkrippe, weder Schnauben noch Scharren, auch kein Ton vom Lattierbaum. Ohne Zweifel, die Pferde waren weg, seit Tagen weg. Die Abflussrinne war trocken. Der Fuhrmann war also auch von der Erregung ergriffen, die den Flecken behexte. In einem fort unterwegs? Natürlich, auch er hatte Felddienst geleistet und kannte sich in den Forsten aus.

Ganz dicht liess sich das Geheimnis allerdings trotz der Verschwörung der Erwachsenen auf die Dauer nicht halten. Bruchstücke, wie sie da und dort der Unachtsamkeit entfielen, wurden von den Kindern aufgeschnappt, ausgetauscht und virtuos zusammengesetzt. Ein paar Brocken haschte ich selber auf. Zum Beispiel in der Schulpause, während ich im Fangspiel die Lehrer umkreiste, hörte ich zufällig einen sagen: «...den Wecker wie gewohnt auf fünf gerichtet.» Auch beim Geschirrmüller wurde ich unfreiwillig Zeuge eines Gespräches. Ich trat barfuss in den Laden ein. Die Kundin kehrte mir den Rücken. Lenerl stand auf einer Bockleiter, suchte von einem Tablar Teller aus und schwatzte nichtsahnend drauflos: «Was die Leit' z'samm'red'n! I' hab' glei' g'sagt, da is' was g'scheh'n! Vielleicht is' ihm 'was über's Leberl 'kroch'n. Da mischt sich alleweil a Teuxel eini. Anders is' so 'was eh' gar net meglich! Freili', da wird ei'm ganz schwindlich! Da steht einer auf, setzt sich auf's Bett'e sucht sich a ander's G'wand'l, schlüpft in alte Stiefeln eini, und sie nebenan soll nix hör'n? Na geh'n S', sein S' net so damisch! I' bitt' Ihnen, hör'n S'auf. Freili', wie der Teuxel so' was anstellt, das wass i selba net...» Dass er dafür eigens bloss geflickte Überhosen angezogen habe, hatte der Bruder an der Kanzleitür aufgefangen. Was unter den Mädchen zirkulierte, brachten die Schwestern heim, zum Beispiel, er habe Taschenuhr, Geldbeutel und Feuerzeug absichtlich auf dem Nachttisch zurückgelassen. Er! Wer?

Darüber, dass Fritz Ittig der erste war, der alles wusste, wird sich niemand wundern. Ittig war, wie man weiss, stets barfuss und allgegenwärtig; überdies ein findiger Kopf. Man wird es dem hungrigen jungen auch nicht verargen, dass er sein Geheimnis dem Sohn des Büchsers verkaufte. Was aber dieser daraus machte, war schlimm! Ich entsinne mich nur, wie der Feind in einem Klüngel von Buben stand, als ich den Schulplatz betrat. Sobald er mich gewahrte, rief er etwas mir Unverständliches und zückte seine Messerklinge prahlend in die Luft, als schnitte er etwas herunter. In diesem Augenblick schoss alles, was ich ahnte, zu einer fürchterlichen Gewissheit zusammen.

Nun, da das Komplott der Erwachsenen sinnlos geworden war, wurde die Sache offen verhandelt. Es war dabei immer wieder die Rede von der Schwermut des Fuhrmanns, von seinem Hang zur Trauer und zur Einsamkeit. Man erinnerte daran, dass er schon früher in einer Anwandlung von Trübsinn auf mehrere Tage verschwunden war. Die älteren Leute vergassen auch nicht zu erwähnen, wie schon sein Grossvater von Zeit zu Zeit habe eingebracht werden müssen.

Nun war an allen Tischen nur noch von dem einen die Rede, und die Gerüchte schossen an. Man weiss ja, wovon die Leute in solchen Nestern leben, wo jeder jeden kennt, wo jeder durchs Fenster späht und jeder erspäht wird. Das verwegenste Geschwätz wird abends zum Schanktisch getragen, von dort zur Beschwichtigung der harrenden Gattinnen in die Häuser gebracht, am andern Morgen von Fenster zu Fenster auf die Hintergründe geschätzt und dann an den Mittagstischen verhandelt. So wurde auch jetzt ein Gerücht durch das andere gejagt. Von Abschiedsbriefen war die Rede, von einem Legat für verlassene Witwen, und von einer Stiftjahrzeit für Seelen, «die sich selbst gerichtet.»

Jetzt bekamen auch die Kinder endlich Einblick in die rätselhaften Aktionen der Erwachsenen. Zwei Frauen wachten Nacht für Nacht bei der Verlassenen. Sie wohnte zu ebener Erde. Jeder Schritt, den sie nachts auf der Gasse hörte, liess sie auffahren, und sie fürchtete sich in gleicher Weise vor seinem Ausbleiben wie vor seiner Heimkehr. Die Männer aber durchsuchten sämtliche Wälder, den dichten Jungwuchs vor allem, die Zuflucht der Bedrückten. Parzellenweise wurden die Waldstücke aufgeteilt und durchgekämmt, die näheren zuerst, dann auch die abgelegenen Forste, jene vor allem, die der Fuhrmann von seinen Holzfahrten kannte. Wachtmeister Enz war mit der Planung der traurigen

Razzien beauftragt. Deshalb sah man die goldbetresste Schildmütze in allen Gassen.

Obschon es die Lehrer streng verboten und sich dabei auf den Leutpriester beriefen, stellten auch Knaben heimliche Gruppen auf und gingen auf die Streife. Im Blickfeld der Häuser liefen sie zerstreut und machten Fangspiele. Dann rannten sie geschlossen drauflos und fächerten sich am Waldrand aus wie die Männer. Vielleicht war es der Preis, der auf seine Ermittlung gesetzt war, vielleicht auch bloss das Abenteuer, das sie lockte.

Ich blieb zuhause, in elender Verfassung. Was ist ein Knabe unter den tausend Bewohnern eines Fleckens? Wer achtet seiner? Insbesondere, wenn irgendeine Erregung die Menge befällt, was ist dann er unter ihnen? Wer kann sich um die Schatten kümmern, die sein aufdämmerndes Gemüt verdüstern, und wer um die Leiden, die sein unbewehrtes Inneres verwirren? Tag und Nacht stand mir der Fuhrmann vor der Seele: die etwas vortretenden Augen, das bläuliche Geäder auf Nase und Wangen, die fleischigen, emsig befeuchteten Lippen und der dicke Haarbesatz auf den derben, braunen Armen.

An unserem Tisch wurde zwar über ihn kein Wort gesprochen. Sobald das Geheimnis bekannt war, hatte die gespielte Heiterkeit des Unergründlichen einem gleichmütigen Ernst Platz gemacht. Nur der erste Blick auf mich, wenn er die Stube betrat, war geblieben, geblieben auch ein gewisses Bemühen, mich zu zerstreuen. Doch ich entsinne mich deutlich, wie ich mehrmals in Tränen ausbrach, sobald jemand auch nur den schüchternsten Versuch unternahm, mich aufzuheitern; denn unausgesetzt musste ich an das denken, was zwischen dem Fuhrmann und mir gewesen war.

Wann sich die Freundschaft angesponnen hatte, ist nach so langer Zeit nicht mehr auszumachen; vielleicht Jahre vor den hier berichteten Ereignissen, die ihr ein Ende setzten. Erst zog mich bloss die geräumige, gewölbte und weissgetünchte Remise an: eine geheimnisvolle und einen Buben verlockende Welt. Es fand sich da eine unübersehbare Menge ungewohnter Dinge: Raufen, Futtertrog, Haferkasten, Holzwagen, alte Kutschen, Schlitten, Ketten, Taue, Winden, Geschirre, Blahen, Waldgeräte und was sonst alles eine Karawanserei bestückt. Mit der Zeit aber klammerte ich mich auch an ihn, den Fürsten des geheimnisvollen Reiches. Tag für Tag war ich hinter den Drilchhosen und Feldschuhen her, mit Fragen und Wünschen. Schliesslich schloss er mich ins Herz. Er hob mich auf kurze Fahrten neben sich auf den Kutschbock und vertraute mir, zwar nicht die Zügel, aber die Peitsche an. Schirrte er aus, durfte ich mit dem einen Pferd zum Brunnen traben. Hatte das Pferd getrunken, setzte er mich auf und liess mich in den Stall einreiten. Die Tiere duldeten, um ihres Herrn willen, jeden Mutwillen von mir, selbst dass ich über ihren Rücken zurück kroch und mich am Schweif zu Boden liess.

Auch ich sparte mit Zeichen meiner Aufmerksamkeit nicht. Blieb der Fuhrmann länger aus, legte ich ihm Striegel, Schwamm und Bürste bereit, füllte die Tränkeimer und schüttete Mengfutter in die Krippen. Oft zierte ich ihm den Kutschbock mit Blumen oder klebte ihm Bildchen an die Türe. So entspann sich im Laufe der Zeit eine wortlose Freundschaft von einer Ausschliesslichkeit, deren Geheimnis er mit sich nahm. Andern Knaben erlaubte er keinen Schritt in Stall oder Remise. Nur wenn sie in meiner Begleitung erschienen, nahm er ihre Gegenwart mit verdriesslicher Duldung hin. Sobald sie weg waren, hellte sich seine Miene auf. «Warum immer diese Jungen?» konnte er sagen. «Sind wir zwei nicht genug?»

Er ergriff also Besitz von mir. Gerne trieb er mit mir seine melancholischen Scherze, und nie entliess er mich, ohne sich ganz leicht meiner zu versichern. «Heute um drei Uhr, wenn du mitfahren willst», bemerkte er etwa, oder «Morgen, Kleiner, kannst du mich erst abends sehen. Um sechs darfst du das Pferd zum Brunnen führen.» Blieb ich einen oder zwei Tage aus, forschte er vorwurfsvoll: «Lind gestern? Wo bist du denn gestern gewesen?»

Eines Tages ging ein fremder Photograph von Haus zu Haus, um seine Schnappschüsse anzubieten. Das war damals noch ein Ereignis. Jedenfalls sah man vielerorts Ehepaare, Eltern und Kinder oder Meister und Gesellen vor die Häuser treten und sich auf Stiegen oder Bänken zu friedlich lächelnden Gruppen ordnen. Der Fuhrmann schickte Ittig aus, mich zu suchen. Ich sass mit Rahel im Niemandsland und es ging eine ganze Weile, bis Ittig mich gefunden hatte. Wie ich endlich erschien, sah ich den Fuhrmann verdriesslich nach mir ausblicken. Er stand mit meinem Lieblingspferd zum Schnappschuss bereit. Das Tier war mit einem fast neuen Reitzeug geschirrt. Ungeduldig hob er mich in den Sattel. Wie der Fremde «Achtung» rief, legte er die warme, behaarte Pranke an mein Knie und blickte stolz und ohne das anbefohlene Lächeln zu mir auf. Das Bild sagt heute mehr, als ich damals wusste. Beinah schimmert das Geheimnis durch. Jedenfalls, wer weiss, was hernach geschah, findet alles im schwermütigen Stolz um die Brauen angedeutet.

All diese Erinnerungen gingen mir in den Tagen, da sie ihn suchten, unaufhörlich durch den Kopf. Warum hatte er das getan? Warum er? Warum nicht zum Beispiel der Geschirrmüller? Nun, dieser hatte eine junge Frau, eine Frau, der viele nachstrichen und die die meisten Männer auch hätten haben wollen. Wie soll so einer Derartiges tun? Nachts heimlich aufstehen und vom Bett weg ins Entsetzliche gehen? Beim Fuhrmann war das anders. Ganz verschwommen ahnte ich den wirklichen Grund. Jedenfalls entsinne ich mich der Sätze, die ich bei einer Schreibübung auf die Schiefertafel ritzte: «Der Fuhrmann ist immer traurig. Er ist selten zu Hause. Immer ist er im Wald. Er singt nie. Er hat keine Kinder...»

Warum war er einfach fortgegangen, und nicht einmal mir hatte er etwas gesagt? Er hätte doch in der Nacht, als ihm unerträglich wurde, zu unserem Haus kommen und mich rufen können! Bestimmt wäre ich erwacht. Es war Sommer, die Fenster standen offen.

Ich suchte meinem Gehirn abzufordern, wann und was ich zum letzten Mal mit ihm gesprochen hätte. Doch ein Kind, was hält es vom flüchtigen Tage fest? Ich entsann mich nur des Satzes, den er mir nachrief, als ich von ihm ging. «Morgen nicht, Kleiner! Morgen bin ich weg. Nicht, dass du mich vergeblich suchst. Gedulde dich, bis die Remise wieder offensteht.» So hatte er für mich vorgesorgt.

Dass man ihn so lange suchen musste, vor allem, dass die ganze Gemeinde über ihn redete und klatschte, machte mich krank. Alles war viel zu laut und zu grob um den stillen, traurigen Mann.

Da schlug unerwartet die Stunde der Tat.

Es war ein Freitagabend. Die späte Dämmerung des Hochsommers schlich nur zögernd in die Gasse ein. Die Kanzlei war noch voller Leute, unter ihnen natürlich Wachtmeister Enz. Bevor die Mutter ausging, um bei der Frau zu wachen, schickte sie uns zu Bett. Doch uns war noch nicht ums Schlafen. Der Bruder hatte mein blaues Zimmer betreten. Wir lehnten über die Fensterbank, blickten in den verdämmernden Garten und plauderten. In der Ferne hörte man die Rollladen des Juden schnarren. Früh genug für die Schabbatlichter, dachte ich. Es standen noch keine drei Sterne am Himmel.

Ohne zu ahnen, wie er mich damit treffen würde, sprach der Bruder vom Sohn des Büchsers, der sich nun offen mit Erlaubnis seines Vaters an der Suche beteilige und vom Wachtmeister erfahren habe, welche Wälder noch nicht durchgekämmt seien. Nun werde er «den

Feigling» eigenhändig herunter schneiden, habe er sich gerühmt. Ich war entsetzt. Dass der Eifer des Peinigers nicht bloss von der ausgesetzten Belohnung angespornt war, sondern irgendwie mit mir in Verbindung stehe, war mir klar. Mich wollte er treffen, die ihm verhasste Freundschaft mit dem Fuhrmann. Vielleicht mich herausstechen und als unechten Freund entlarven. In diesem Augenblick wusste ich auch, dass ich das verhindern musste und verhindern konnte.

Sobald der Bruder weg war, warf ich mich in den Kleidern aufs Bett und fing an zu planen. Wie konnten die Erwachsenen nur in der ganzen Gegend umherstreifen? Es gab doch bloss einen Ort, wo man so Entsetzliches tun konnte. Einen einzigen Ort. Und an diesem Ort war beinahe nur Entsetzliches möglich. Bei der alten Mühle verliess der Bach das Häusergewirr. Von da an floss er freudlos, von Abwassern und eingeworfenem Unrat getrübt, durch eine flache Mulde, wandte sich später linkshin und verzog sich in eine düstere, schluchtähnliche Senke, die in steilen Buchenhängen gefangen war. Ein kleines Stauwehr war dort, von der Gräben zur Bewässerung abzweigten. Schaumblasen trieben dort auf dem Schmutzwasser im Kreise und hauchdünne Ölflecken, die in bläulichen Verfärbungen schillerten. Viele nannten die Gegend romantisch. So habe ich sie nie empfunden. Das schleichende Wasser, die hineinhängenden Zweige, die ständig nickten, und die mächtigen, mit Flechten und Moos überzogenen Steine muteten mich ebenso schaurig an, wie das Flüstern in den Baumkronen und das monotone Rieseln über die Stufen des Wehres. Auch sprosste dort am flacheren Ufer Equisetum in üppigen Schwänzen, deren Stängel stets an Totengebeine erinnern. Nur zweimal in meinem Leben war ich die steile Buchenhalde bis ans Wasser hinabgeklettert. Das eine Mal hatte ich dort ein verendetes Reh gefunden und überall Plätze mit niedergewalztem Gras und Haarspuren, die den langen Todeskampf des Tieres bezeugten. Das andere Mal hatte ich die kleine Rahel dorthin gelockt, um zu prüfen, ob Juden den gleichen Schauern unterworfen wären wie Getaufte. Ihre Miene verriet keinerlei Furcht. Unbefangen hatte sie sich ins schilfige Gras gesetzt und mir eine Reihe krauser Geschichten erzählt: Von einem Rabbi, Nachum glaube ich, der es nie über sich brachte, ein Pferd anzuschirren; wie Rabbi Secharja seiner Lebtag den Jahrmärkten nachreiste und überall die vernachlässigten Kälber tränkte; schliesslich von einem Rabbi Sussja, der keinen Käfig sehen konnte, ohne sich darauf zu stürzen, das Türchen zu öffnen und den Vogel in seine Bestimmung zu entlassen. Damals hörte ich Rahel zu, wie schon oft, ohne den Erzählungen irgendeine besondere Beachtung zu schenken. Jetzt aber in der Erinnerung nahmen sie plötzlich numinose Bedeutung an.

Dort also war der Ort; dessen war ich sicher.

Am Samstag früh erwachte ich. Die Hände im Genick verschränkt, lag ich da und plante. Morgen war Sonntag, überdies irgendein Fest. Jedenfalls standen unten im

Flecken allerhand Buden aufgestellt. Auch war seit langem das Karussell wieder einmal da. Gestern schon zeigten sich der Mann mit den Wolfsaugen und seine dunkeln Frauen in Kopftüchern. Bereits stand die Riesenkreisel errichtet. Wohl waren Gondeln, Schaukelkutschen, Elephanten und weisse Pferdchen noch mit Segeltuch verhüllt. Aber am Abend ging der Rummel los: Lichtgirlanden in allen Farben, Goldborten, wehender Purpur, Blinkspiegel, gleissendes Flitterzeug in wildem Wirbel, und dazu im Takt der Tamburine ein Orgeln, Tuten und Blasen durch alle Gassen! Würde die Menge dem erregenden Gebimmel der Rundenglocke widerstehen? Man würde hinlaufen, um zuzuschauen, dann fahren und schliesslich vergessen! Und das, glaubte ich, könnte ich unmöglich ertragen.

Ich fasste also den Entschluss.

Am ganzen Morgen war der Himmel mit falbem Dunst bezogen, durch den die Sonne als rote Scheibe schimmerte. Gegen Mittag verdichtete sich der schmutzige Anstrich zu einer schweren Wolkendecke, die sich beinah auf die Dächer senkte. In den Gassen eine Schwüle zum Ersticken. Kein Lüftchen ging, kein Hauch, kein Atem in der ganzen Welt. Das verlieh dem Flecken, den man sich ohne Winde überhaupt nicht denken konnte, eine schreiende Stille: Mittagsangst. Faulig stanken die Abwasser aus den Schächten und vermischten sich mit dem süsslichen Duft der Linden zu einem kränklichen Geruch, wie er in Leichenzimmern stockt. Die Wasserleitungen in den Häusern schwitzten. Tropfen um Tropfen fiel von den Röhren auf die Steinfliesen nieder. Kleine Bächlein sammelten sich und füllten die Fugen.

Auch die Menschen schienen wie von einer Lähmung befallen. Gänzlich war die erregte Stimmung der ersten Tage verflogen. Die vergeblichen Streifen hatten sich schwer auf die Gemüter gelegt. Beides war gleich unmöglich geworden: Weitersuchen und Rückkehr zum Alltag. So war die erforderliche Stille da, deren die Entscheidung als Atempause bedarf.

Nach dem Mittagessen traten vor dem Haus ein paar Männer zusammen, mit Feldschuhen und Stöcken. Sie trugen Ferngläser umgehängt und führten Hunde mit. Der Hitze wegen hatten sie die Kittel ausgezogen und über die Schulter geworfen. Einzig Wachtmeister Enz stand mit hochgeschlossenem Kragen da. Er war bleich vor Hitze. Verdrossen steckten die Leute ihre Köpfe in die Karte des Wachtmeisters, offenbar um den Weg nach entfernten Waldungen zu ermitteln, die noch nicht durchgekämmt waren. Hin und wieder blickten sie zum Turm und zogen die Uhren aus den Taschen; denn die Kirchenuhr war stehen geblieben. Der Küster hatte sie aufzuziehen vergessen. Schliesslich verliess der Geheimnisvolle die Kanzlei und trat zu ihnen, um die Weisungen des Wachtmeisters zu überprüfen. Flüchtig erwiderten sie den Gruss. Dann setzte sich der Trupp in Bewegung, träge, freudlos und in entgegen gesetzter Richtung zum Ort, den ich kannte. Das war für mich das Zeichen zur Tat.

Der Bruder hatte diese Woche die Küchenabfälle auszutragen. Wie ich ihn vom Gehöft des Onkels zurückkehren sah, eilte ich ihm durch den Garten entgegen.

«Bist du dabei, ihn zu holen?» flüsterte ich ihm beschwörend zu.

«Holen? Wen? Wo denn? Was fällt dir ein?»

«Ich weiss», versetzte ich. «Schweres Schuhwerk müssen wir aber anziehen.» Meine Sicherheit muss den Ahnungslosen fasziniert haben. Kein Wort brachte er hervor, folgte mir in die untere Küche und wechselte fraglos das Schuhzeug. Schweigend eilten wir durch die gähnende Gasse, ich wie verrückt voran. Die Häuserreihe strömte eine Hitze aus, als fieberten die Wände. Mir war wie im Traum. In einem schweren Rausch taumelte ich dahin. Beim Eierfritz warf ich zufällig einen Blick in den schmalen Durchpass. Was war das? Im dämmrigen Hof zwei Männer und ein halbwüchsiges Mädchen! Ich sah bloss derbe Hände, die die gebräunten Arme umklammerten, zwei blasse Gesichter, wirr ins Gesicht fallendes Haar und Wangen in vergnügter Abwehr gerötet. Gab es so etwas auf der Welt? Was für ein teuflischer Tag! Betroffen blieb der Bruder stehen; doch flink fasste ich ihn an der Schulter und drängte ihn voran.

Schon hatte der Lauf die Höhe des Friedhofes erreicht. Erbarmungslos und gespenstisch nistete die Glut in der steinernen und verstaubten Wüste. Alles Grün war welk, vieles versengt. Nirgends Blumenfrische. Ich musterte die Reihen. Kein Grab war aufgeworfen; auch im Winkel vor der Müllgrube nicht, wo man Derartige hineinsenkte.

Je näher wir dem Ort kamen, um so fühlbarer schlug mir das Herz im Halse. Bald fielen wir aus dem geschwinden Schritt in Trab, dann wieder stolperten wir ausser Atem in ungleichem Tritt dahin. Mein Bruder keuchte. Kommt uns bis zum Kruzifix jemand entgegen, dachte ich, dann liegt er dort, wenn nicht, habe ich mich getäuscht. Wir passierten die Scheune. Der Feldweg war leer. Also nichts, sagte ich mir, alles Verrücktheit und Mittagsangst! Ich lief langsamer voran. Doch im letzten Augenblick, kaum fünf Knabensprünge vor dem Fuss des Kreuzes schoss der Hund des Pächters aus dem Gebüsch bösartig auf uns los. «Jemand» hatte ich gedacht. Wie war das zu deuten? War ein Hund jemand?

Der Hang flimmerte vor Hitze und entliess einen Ruch von Staub und versengtem Gras in den Weg. Aus den vertrockneten Höhlen lärmten die Grillen wie von Sinnen drauflos. Zirpten sie immer so schrill? Würden sie, wäre das Entsetzliche nicht vorgefallen, jetzt auch dermassen lärmen? Oder hatte das Entsetzliche auch das Kleinzeug in diesen beängstigenden Alarm versetzt?

Schweigend folgten wir dem Feldweg am Hang des kleinen Tales, durch das der träge Flusslauf das schmutzige Wasser schob. Schliesslich schien sich der Bruder etwas aus meiner Macht zu befreien. Er stand still und fragte:

«Woher weisst du ...?»

Ich hielt nicht inne. Ich blickte ihn nur beschwörend an, legte den Finger auf meine Lippen und vermochte ihn so wieder in Gang zu bringen. Es war nicht Kraft, es war Schwäche, angehäufte Angst, die mich derart jagen liess. Als wir die kleine Geländerippe beim krummen Baum überschritten, tauchten die Buchen auf. Gleich flog ein Schwarm Raben, vermutlich von uns aufgeschreckt, mit ärgerlichem Keifen aus dem Geäst. Das war für mich ein sicheres Zeichen, dass ich mich nicht getäuscht hatte. Von der Strasse führte ein kaum angedeuteter Fusspfad, klänge es nicht zweideutig, müsste man eher sagen, eine Fussspur zum Waldrand. Nun war ich nicht mehr zu halten. Ich lief dem Bruder voraus und tastete die steile Böschung hinunter, besser, ich liess mich von Stamm zu Stamm fallen, indem ich mich aufs Geratewohl an den Ästen festhielt. Kühle wehte den Hang herauf, ein dünner, fast frostiger Luftzug, vielleicht das einzige Wehen in der schwülen Welt. Einen Augenblick war mir, als streife mir ein feuchter Flügel die Wange.

Konnte er hier im Finstern hinabgeklettert sein? Ganz allein? Deshalb Kleider, für die, wie die Leute sagten, es nicht schade war? An wen hatte er dabei zurückgedacht? An mich? Hatte er geahnt, dass ich der erste Mensch sein würde, der den Fuss auf das Wurzelwerk setzte, wo er den seinen als letzter weggenommen hatte?

Mit einem Mal ein Gurgeln vom Wasser her, das mich erstarren liess. Ich lauschte. Wieder ein langgezogenes Röcheln. Es kam vom Sog um das Pfahlwerk der Abzugsrinne.

Unten blieb ich stehen und schaute mich um. Das schmutzige, von schaumigen Blasen besetzte Altwasser floss so träge, dass man die Bewegung kaum wahrnehmen konnte. Ein Frosch quakte im Schilf, und dann und wann schnellte ein Fisch silbrig aus dem öligen Spiegel. Auch strichen Schwalben, die nach Wasserspinnen haschten, so flach und niedrig dahin, dass sie zuweilen mit ihrer Brust die träge Fläche kräuselten. Es roch nach Schlamm und Algen. Oder war das der Tod?

«Und jetzt?» fragte der Bruder, als er mich eingeholt hatte.

Ich wusste nicht mehr, was ich tat. Unsanft stiess ich ihn zur Seite, ergriff einen dürren Ast, brach die Zweige weg und begann im unterspülten Ufer zu stochern. Nicht im geringsten überrascht, fühlte ich schon nach drei vier Stössen Tuch. Beinah besinnungslos stiess ich zu, drehte und zwängte. Da tauchte langsam, wie aus dem jenseits eine bleiche, halbgeöffnete Faust aus dem blinden Spiegel. Ich erkannte sie sofort: rötliche Haare und die Warzen am Zeigfinger. Es war die Linke, mit der er die Zügel hielt.

Schon stand mein Bruder bis über die Lenden im Wasser und schrie mich an: «Hinein mit dir! Vorwärts. Nicht so! Hier anfassen!»

Was in den nächsten Augenblicken geschah, dessen kann ich mich nicht mehr entsinnen. Ich höre nur noch das Keuchen des Bruders. Hart stiessen wir mit den Köpfen zusammen. Und dann! Als ich auf die Stirne des Fuhrmanns blickte, kam mir nur eines in den Sinn: die Fensterscheibe, die ich einst beim Schneider in der Hintergasse eingeworfen hatte, zackig wie ein Stern.

Wie wir den Hang empor keuchten, kam mir alles unwirklich vor; vor allem mein Sprung ins schmutzige Gewässer und das schaurige Anfassen. «Wo willst du hin? Nein! Hier durch! Gib mir die Hand!» schrie der Bruder mich an, und erst jetzt merkte ich, wie herrisch er im entscheidenden Augenblick die Führung ergriffen und mich hineingezwungen hatte. Willenlos torkelte ich hinter seinen Fersen her. Mehrere Leute, denen wir auf dem Heimweg begegneten, riefen uns an. Wir müssen ja einen wilden Anblick dargeboten haben: Hosen und Hemd – nass, mit Schlamm und Algen besudelt –, klebten an den erhitzten Leibern. Das Haar über den glühenden Gesichtern war vom Gebüsch zerzaust. In den Schuhen quietschte das Wasser.

Klar ist von diesem verrückten Lauf nur eines im Gedächtnis geblieben: Im Garten des Büchsers stand der Peiniger, von Knaben umringt. Er war feldmässig gerüstet: Marschschuhe, Stock, Kittel mit grünen Aufschlägen, Hut mit Gamsbart und, quer übergehängt, ein altmodisches Fernglas. Mit wichtigen Gebärden hantierte er über einer Karte, die die andern ihm hinhielten. Auch Ittig trug einen Stock. Doch er stand etwas abseits. Man sah ihm an, er war gedungen.

Als wir die steinerne Stiege zum Garten hinauf flogen, traf uns zuerst der Blick der Mutter. Sie sass mit einer Frau im Schatten der Hauswand und strickte. Ich sehe nur noch, wie ihr Zeigfinger im Augenblick erschlaffte, wie das Garn, das ihn umwand, auskringelte und sie die Strickarbeit fallen liess. Die Frauen starrten nicht auf unsere Kleider, sie starrten in unsere Mienen, als sie sich mit einem leisen Aufschrei erhoben. Der Bruder wurde gleich in die hintere Stube gedrängt und offenbar ausgefragt. Zu mir sagten sie kein Wort, sondern übergaben mich wie einen Schwerkranken der Magd. Das derbe Mädchen nahm mich grossen Jungen auf die Arme und trug mich ins blaue Zimmer. Gleich streifte sie mir die widerlichen Kleider ab, wusch mich ohne Scham mit handfestem Griff, brachte mich ins Bett und deckte mich trotz der Schwüle des Tages bis an den Mund. Hernach kam sie, warf noch zwei weitere Wolldecken über und gab mir heissen Tee zu trinken. Alles nur, weil ich das Entsetzliche gesehen hatte. Der Schweiss rann mir von der Stirne. Am ganzen Körper, vor allem in der Brustrinne, in den Leisten, zwischen den Schenkeln, wo sich Knie und Waden berühren, fühlte ich, wie kleine Bächlein zusammenschossen und in die Linnen versickerten. Meine Klagen fanden kein Gehör. Den ganzen Nachmittag sass die Magd erbarmungslos da. Sie hatte die Fensterladen so weit gelichtet, dass sie lesen konnte. In regelmässigen Abständen vernahm ich das Rascheln des Papiers.

Entsinne ich mich recht, so begannen mir an jenem Nachmittag erstmals jene Zweifel aufzusteigen, die mich noch sooft peinigen sollten: Zweifel, ob das, was man Welt nannte, überhaupt sei; Zweifel vor allem, ob ich wirklich sei und nicht bloss meine, ich sei; ob ich nicht bloss meine, dass ich meine, ich sei, und so endlos weiter. Auch hatte ich damals zum ersten Mal das schwindelnde

Gefühl, ich sinke mit dem Bett, mit dem Zimmer, mit dem Haus, mit der Welt lautlos und in rasender Fahrt in unergründbare Tiefen. Rasch regte ich die Glieder, um etwas Festes zu spüren, und öffnete die Lider. Der Anblick der lesenden Magd beruhigte mich.

Gegen Abend kam der Geheimnisvolle. Durch drei Stiegen hörte ich seine Schritte nahen. Wie er im dunkeln Gang nach dem Türgriff tastete, schob die Magd das Buch unter meine Decke und erhob sich. Dann spürte ich seine Hand auf meiner Stirne, gross, lebendig und weich. Schweigend stand er eine Weile neben dem Bett. Er verströmte Gegenwart. Ich fühlte die Kraft seiner Augen durch meine geschlossenen Lider. Als die Türe wieder ins Schloss gegangen war, vernahm ich, wie er im Gang mit unterdrückter Stimme auf die Magd einsprach. Ich verstand nur den Satz: «Wie soll denn der Knabe mit alldem fertig werden...?»

Nach einer Weile hörte ich einen gewaltigen Donnerschlag, unter dem die Fenster klirrten. Ich wollte mich aufrichten und durch die Laden spähen. Doch schon beugte sich die Magd über mich und drückte mich kräftig in die Kissen zurück. Vom Fenster her fühlte ich einen Strom kühler Luft über mein Gesicht streichen. Der Wind war in den Flecken zurückgekehrt. Auch vernahm ich ein mächtiges Rauschen über die Dächer hin und im Geäst der Bäume. Mein erster Gedanke war, dass nun der Bach anschwoll und seine gewaltsamen braunen Massen schäumend über das Wehr wälzte. Schaurig zu denken, was geschehen wäre, wenn ich nur einen Tag gewartet hätte. Stand der Himmel im Einklang? Tobte das Gewitter über die Dächer und durch die Gassen dahin, um sein Haus, den Weg zum Gehölz und den Bach zu reinigen?

Das Gewitter war heftig, aber kurz. Bald versickerte das Rauschen. Noch hörte man schwere Tropfen aus dem Geäst ins Krautwerk fallen, und schon warf die Abendsonne ihre schmalen Blitze durch die Spalten der Fensterladen.

Fünf schwere Doppelschläge schwangen sich vom Turm. Die Uhr ging wieder.

Halb im Schlaf hörte ich, im Echo der Gassen wild durcheinander wogend, blechernes Georgel, Tuten, Blasen und das Trommeln der nacktbusigen Karyatiden. In kurzen Abständen bimmelte die Rundenglocke. Offenbar war der Andrang gross.

sechs

Im Postkurs hinfahren wollte er nicht. Er stand nämlich bereits in den Jahren, da die Dinge, die ans Herz rühren, karger einfallen und umsichtigen Genuss erheischen; im Alter, da längst Vergessenes plötzlich in frischer Leuchtkraft aufstrahlt; kurz, er stand am Punkt der Wende, da der Mensch nichts so gierig einfängt, hegt und zu sichern sucht, wie ein Stück Erinnerung.

Oft entsinnt man sich ja wirklich der seltsamsten Träume erst gegen Abend, und wenn man rasch die Lider schliesst, lässt sich vielleicht auf der Netzhaut noch eine Spur der Bilder erhaschen, die den Frühschlaf regierten.

Dies also war seine nicht geringe Erwartung: nochmals – für einen Tag wenigstens – der Stätte seiner Knabenspiele die alte Magie zu entlocken. Einen Abend zum Beispiel wollte er nochmals erleben, wie die Abende damals waren, erfüllt vom warmen Geruch durchsonnter Mauern und vom würzigen Duft, der von den abgeernteten Feldern her durch die Gassen strich; hören, wie müde die Angelfänge seufzten, wenn die Krämer ihre Laden schlossen, hören, wie die Männer auf den Stiegen gemächlich plauderten, indes sie friedlich den Gedanken des Tages nachrauchten und das Hasten und Haschen der Kinder über die dämmrigen Plätze verfolgten. Oh, dann würden die ersten Lampen aufflammen und das Geviert der winzigen Fenster in die Gasse werfen. Vom Schulhaus her strömte der einschläfernde

Singsang eines hartnäckig übenden Chores in die Kammern ein. Man hörte schliesslich, Tür um Tür, das Knirschen der Schlüssel, das Knarren der Riegel und hernach durch die Stille der Nacht nur noch das verschwiegene Rauschen der Brunnen. Alles erfüllt mit Träumen der Jugend! Schon ein solcher Abend wog die Reise auf.

Vielleicht hatte er Glück. Vielleicht war ihm nochmals ein Morgen beschieden, kühl und keusch wie einst: silbernes Klänken und Klingeln vom Kuppelturm, mystisch schwelende Kerzen am Chorfenster, das seeleneifrige Trippeln der Frommen und hernach als Auftakt zum weltlichen Tag das kräftige Scheppern der Milchkannen durch die noch dunkeln Gassen. Welch zaubervolle Bilder verwahrte die Erinnerung! Zaghaft und zart wölkte der erste Rauch aus verschlafenen Kaminen in den gläsernen Himmel weg. Linnen und Daunenkissen erschienen an den Fenstern. Dann klingelten die ersten hellen Schläge aus der Schmiede, und man vernahm den Rain hinan den emsigen Trab der Schulkinder. Lebte all das noch? Der Frühstückstisch zum Beispiel, wie er einst war? Sonne auf dem reinen Tuch, das Spiel der Lichtkringel an der Diele und im Blick durchs Fenster der Strahl im betauten Grün der noch duftlosen Gärten?

Mittag! Ach, Mittag gab's überall in der Welt: Sonnenstand und Stille. Aber Mittage wie sie damals waren? Erst ein Brodeln, Schmoren und Schmatzen, Rauch, Dampf und Bratenduft aus allen Küchen; dann beim Stundenschlag ein Krabbeln kreuz und quer zu den Plätzen der Atzung; schliesslich aus den offenen Fenstern das hungrige Klirren von Teller und Besteck, das Zwitschern der kleinen Mäuler, joviale Ordnungsrufe der Alten und als uralte Tafelmusik über der friedlich kauenden Gemeinde der weiche Missklang von zwei Glockentürmen! Ein Rest von alldem musste sich doch noch finden! Wenigstens die träg flimmernde Glut, die die Sonne über die Dächer warf, die schlaftrunkenen Schatten unter jedem Sims und etwas von der bleiernen Süsse des Pan, die damals aus dem reglosen Laub des Quittenbaumes den Knaben bedrängte.

Wer soviel erhofft, muss die Reise hinter den Rücken der Zeit mit Vorsicht und zu Fuss antreten! Nicht hinfahren. Nicht in Reisevolk eingekeilt ohne Randblick und Weltgefühl, achtlos und von belanglosem Geschwätz belästigt auf das Wunder zurollen. Nein, Wundern naht man sich unbeschuht. Wie sollte es sonst gelingen, all die Anrufe der Jugend einzufangen, die überall aus Busch und Winkel flüstern?

Er war also nur bis zu den äussern Gemarkungen des Bezirkes herangefahren und begann nun seine Hoffnung andächtig anzuwandern, Schritt für Schritt, um alles zu kosten und sich nichts entschlüpfen zu lassen.

Der Sommer ging zur Neige, ein Sommer wie kaum je erinnerlich: durchglüht und, was nur in seinem Schosse lag, vergeudend. Trotzdem zeigte die Erde noch kaum eine Spur von Erschöpfung. Die Fluren standen übersät von den langlebigen Blüten der Erfüllung: Kornblumen, Wachtelweizen, Labkraut und Skabiosen. Ein narkotischer Geruch von Storchschnabel und Quendel durchtränkte die Luft. Das Emd, dritter Schnitt des Jahres, flüsterte warm und ergeben im lauen Atem der Welt. Überall standen Getreidepuppen wie in ekstatischem Tanz erstarrt und warfen groteske Schattenbilder über das geschorene Feld. Die Kartoffeläcker waren übersät von mächtigen Knollen: sauber, trocken und beinah golden. Ein Segen überall, dessen Fülle man nur mühsam Herr zu werden vermochte.

Und darin der Mensch! Auf den Feldern wimmelten die gebückten Rücken und raffenden Hände, ein rastlos sammelndes Heer: Meister und Knecht mit Oberkörpern wie Kupfer; Frauen und Mädchen hoch geschürzt in fröhlich leuchtenden Kopftüchern; dazwischen das Treiben der Kinder. Die Luft war erfüllt vom Tackern der Motorpflüge, von Traktorengebrumm und von schnittig sirrenden Mähmaschinen. Überall Karren, überall Wagen, überall Hacken, Gabeln, Rechen, Fangtücher, Körbe, Zainen, Kisten, Harassen und Säcke. Ein einziges kräftiges Zugreifen, Sammeln, Aufschichten, Einfüllen, Schleppen, Tragen und Aufladen. Wohin mit dem Segen? Schon waren Scheunen und Speicher bis an die Sparren gefüllt. Es war bloss mehr ein Raffen um des Raffens willen. Wie man am Ende der Brotvermehrung nur noch erprobte, wie viel sich der wundertätigen Hand überhaupt entlocken liesse.

Beglückt wanderte der Fremde durch die spätsommerliche Welt. Zuweilen stand er still und betrachtete das Überquellen als glückverheissendes Vorspiel für sein Unternehmen.

Schon hatte er die Ebene beinahe überquert. Da brauste ein kleiner Lieferungswagen an ihm vorbei. Doch kaum hatte das Fahrzeug ihn passiert, knirschten die Bremsen.

«Zum Teufel noch Mal!» rief der untersetzte, robuste Fünfziger, der dem Wagen entstieg, und warf die Türe weltmännisch ins Schloss. «Um ein Haar, Mensch, und ich wäre an dir vorbeigeflitzt! Im letzten Augenblick, da fährt mir durch den Kopf: Könnte das nicht...? Natürlich! Noch immer derselbe Schlingergang wie damals! Nun, den wirst du nicht mehr los.»

Einen Augenblick musterten sich die beiden, wie man einen Ort nach Verlorenem absucht, skeptisch und voller Erwartung. Dann begrüssten sie sich mit der überhöhten Pose alter Kameraden, die bekanntlich Jahrzehnte spielend überspringt.

«Schlingergang? Alter Sünder!» versetzte der Wanderer. «Schon lieber zeitlebens Schlingergang als so eine bedrohlich vorgewölbte Stirn und kleine boshafte Augen!»

«Mehr morgen! Die Schnitzelbank, Mensch, wird dir, wie ich weiss, nichts schuldig bleiben. Begreiflich, deine Sünden sind in bester Erinnerung. Überhaupt, ein Fest wird das werden. Die ganze Bande rollt an. Von Einundvierzig, denke dir, sind vierunddreissig gemeldet. Vierunddreissig Stück! Sogar Schneckenberger aus Bremen, und Irene Schüffelbühl aus Graz. Nun, eine tolle

Bande war es seit je. Einige allerdings sind schon dahin», bemerkte er mit gedämpfter Stimme. «Erwin Habermacher ist tot, Albert Syffrig ist tot. Die Winkler, du erinnerst dich an das Stupfnäschen, Hanni Winkler ist auch tot. Die Simberg, nun auch die ist weg. Natürlich, fünfzig Jahre bringen allerhand durcheinander. Wo Kinkel steckt, weiss man nicht. Aber sonst ist die Bande auf Deck. Einzig die Trefzer liess sich entschuldigen. Sie ist geschieden. Du verstehst, das ist in diesem Nest keine Empfehlung. Ob sich Ittig zeigt, weiss man nicht. Der Mensch haust noch immer in seiner Spelunke. Ob er sich vorwagt? Schon dreimal hat er gesessen. Das Kriminal zeigt wenig Verständnis für seine Allüren. Darum fühlt sich Ittig vielleicht ein bisschen gehemmt.»

Der Fahrer hatte indes dem Wanderer die Hand an den Arm gelegt, ihn zum Wagen gedrängt und öffnete die Türe.

«Nein! Wenn ich dich bitten darf! Ich fahre nicht mit», versetzte der andere mit abwehrender Gebärde.

«Im Ernst?»

«Du begreifst, wenn man so lange weg war, will man mit Bedacht anrücken. Nicht einfach so hineinrollen!»

«Also doch! Genau, wie man sich's erzählt» rief der Fahrer, lachte hellauf und versetzte dem Altersgenossen einen Klaps auf die Schultern. «Ein Kauz! Schrullig, genau wie damals. Schulgescheit, aber doch ein bisschen verrückt.»

Mit diesen Worten hatte er sich in den Wagen geworfen und liess den Motor anspringen. Der Wanderer lehnte sich ans Fahrzeug, um dem Kameraden unter entschuldigenden Erklärungen die Hand zu reichen. Dabei fiel sein Blick in den hintern Teil des Wagens. Lose in Sacktuch eingeschlagen lag dort ein ansehnliches Bündel: Gewehre, Karabiner, und Stutzer; darunter verschämt, aber nachlässig versteckt, Schlingen, Drillinge, Repetiergewehre, Prügelfallen, Tellereisen und sonst geächtetes Fangzeug; auch Jagdflinten, die sich mit wenig Griffen in Teile zerlegen liessen, lagen dabei.

Schon war der Wagen im Gang, da stiess der Lenker, ohne die Fahrt zu unterbrechen, die Türe nochmals auf.

«Rahel natürlich ist auch da!» schrie er. «Zum Teufel nochmals, das hätte ich beinah vergessen! Rahel! Die Hexe hat sich erst erkundigt, ob auch du gemeldet wärest! Erinnerst du dich an den alten Jecheskeel? An den Rabbi Mordekai, mit dem sie jeweils vor Schabbat ins Tauchbad stieg ...?»

Mit Gelächter hatte der Fahrer die Türe wieder zugeschlagen, stob davon und schleppte hinter sich eine bläuliche Fahne den Hang hinauf.

Nachdenklich durchquerte der Wanderer das kleine Reststück der Ebene und stieg die Serpentinen hinan. Das Gespräch hatte ihn verstimmt. Fritz Syffrig, Erwin Habermacher und Hanni Winkler waren tot. Nun, das hatte er gewusst. Aber Erika Simberg? Das war ihm neu. Wie sah sie nur aus? Den Namen ja, den hatte er noch genau im Ohr, wie der Lehrer ihn rief, immer mit dem

Unterton, in dem man Schuldner anspricht. Auch die Bank, wo sie sass, hätte er noch bestimmt bezeichnen können, hinter Hanni Winkler, gegen den Ofen hin. Doch ihr Gesicht? Wie sah sie nur aus? Einzig an die Kette von grossen Holzkugeln konnte er sich erinnern, die sie stets um den Hals trug. Nun, an Photos würde es gewiss nicht fehlen, die die Erinnerung wieder wachriefen. Ittig – barfuss von der Schneeschmelze bis zu den Novemberregen und immer hungrig – hatte also gesessen. Gesessen hatte er. Das war die Signatur, die ihn von den andern trennte. Und er, der Büchsermeister? Er hatte offensichtlich nicht gesessen. Trotz Reihereisen und Marderfallen. Sagte er nicht «wir», als er von den Organisatoren des Festes sprach? «Wir» auch, als er den Unkostenbeitrag des Gemeinderates erwähnte? Jedenfalls war er ein gemachte Mann, mit Automobil und Ehering. Vermutlich gab es auch wieder einen Sohn des Büchsers, der schmale Buben peinigte. So hielt sich die Welt im Gang.

Als der Wanderer den mühsamen Hang hinter sich hatte, schloss sich das weite, in seinen Tiefen morastige Hochtal auf. Die Strasse, von Pappeln begleitet, durchquerte es in geradem Zug, bevor sie rechtshin ausschwang und zum Flecken abfiel. Eine seltsam veränderte Stimmung hauchte ihn an. Hier schien die Kraft des Sommers angekränkelt. Die Waldränder auf den Höhenzügen, ein Gemisch von Eichen, Buchen, Spitzahorn und Eschen, schillerten bereits ins Gelbe hinüber. Im Gras dominierte noch das Weiss von Margriten und

Augentrost, doch waren allenthalben schon Spuren von braun, rot und lila eingestreut: Fieberfarben, von jenem tödlichen Gift bewirkt, das die Erde in die Säfte mischt, sobald ihr das Schenken verleidet. In der morastigen Senke vor allem, wo sich – wie je – Raben um die windschiefen Torfhütten keiften, gilbten Schilf und Riedgras um die Wassergräben schon in den vollen Farben des Zerfalls. Und von den Hängen, an denen da und dort ein Genist von Häusern und Scheunen lagerte, vernahm man nicht schon, fern und dünn, Herdengeläute? Nur vereinzeltes Gebimmel von Jungvieh, das sich in einem Auslauf herumtrieb, aber doch schon Herbstgeläute. Auch strich irgendwo, vermutlich aus Kartoffelgärten, eine braune qualmige Rauchfahne in den Abendhimmel und würzte die Luft ganz fein mit jenem Brandgeruch, der untrüglicher als alles den Herbst anzeigt.

Auf dem kleinen Höhenzug, wo der Weg zum Flekken abfiel, setzte sich der Heimkehrer an einer Böschung in die Sonne, um Atem zu fassen und sich zu sammeln. Der Himmel war, ein wenig ins Kupfrige spielend, von einer Herde weniger Schafe überlaufen, die, von uneinigen Winden zersprengt, ohne Führung dahin trieben. Darin liessen Bussarde im Spielflug dann und wann ihr gebändertes Gefieder blitzen. Wo war die Stimmung freudiger Erwartung hingekommen? Das Gespräch mit dem Büchsermeister hatte ihn ernüchtert.

Ittig hat also gesessen, dachte er. Erna Trefzer ist geschieden. Erika Simberg? Von ihr sagte er nicht, «sie ist tot», nur «die ist auch weg.» Was sollte das heissen?

Würde all das einem morgen mitgeteilt? Wie würde man überhaupt inmitten des festlichen Treibens mit diesen Dingen fertig?

Plötzlich tummelte eine Biene an, umschwärmte den Ruhenden einige Mal und landete schliesslich auf der besonnten Hand. In der Überraschung entfuhr ihm eine Gebärde der Abwehr. Doch das Tier, offenbar von der schweissfeuchten Haut verlockt, klammerte sich fest. «Gut», dachte er, «sticht sie mich, soll mir das ein Zeichen sein und für die Begegnung mit den Laren Glück bedeuten.» Hartnäckig hielt sich das behaarte Tier fest, hob und senkte den Körper, schob die Ringe rhythmisch ein und aus und streifte zuweilen mit dem Stachel die Haut. Gläsern blinkten die Flügel in der Sonne. Es war, als hätte das Tier vergessen, wozu es hergeflogen kam, und meditierte angestrengt und in höherem Auftrag, ob es stechen solle oder nicht. Schliesslich spannte es zwei drei Mal die Flügel und taumelte seitwärts ab. Da erhob sich der Fremde.

Wie er sich allmählich den Mauern näherte, belebte sich das Gelände. Vom Wald her kam, von einer Nonne angeführt, ein jubelnder Kinderzug. Die winzigen Dinger führten sich zu zweien an der Hand, hatten sich bacchantisch mit Efeu bekränzt, trällerten und trugen Blumen und Grünzeug in den Händen. Zwei Postboten, mit Neuigkeiten überpackt, fuhren auf Rollern in die Gehöfte aus. Ein Bäckerjunge kehrte im Trab mit Hund und leerem Handkarren von der Fuhre zurück. Seitab, auf dem Feldweg zu den Treibhäusern der Gärtnerei wandelte, die Arme auf dem Rücken verschränkt, irgendein Kanzleigesicht, Schreiber oder Verwalter, im etwas zaghaften Schritt, wie Stubenhocker Fusspfade abtasten. Auch ein Schlosser und sein Gehilfe, mit Werkzeugkisten behangen, schwenkten auf einem Motorrad ein. Von überall kurzes Nicken, fernes, flüchtiges Grüssen, ohne dass eine Miene Zeit fand, zu bekannten Zügen zu gerinnen. Schliesslich schwärmte ein Trupp eifrig und ungeduldig plaudernder Kinder mit schreckhaft bemalten Luftdrachen aus den Gassen aus, ihm entgegen. Wie sie ihm näherkamen, senkten sie die Segler zur Seite, musterten ihn scheu und wollten vorüber streichen. Doch der Fremde sprach sie an, erkundigte sich nach ihrem Vorhaben, legte den jungen die Hand ans Kinn und hob Gesicht um Gesicht zu sich empor: rotwangig und noch ungeprägt. Bloss da und dort war um Mund oder Brauen das Eichzeichen einer bekannten Sippe angedeutet.

Mittlerweile war er ins flache Feld vorgedrungen, das an die Gärten der letzten Häuser stiess. Feld klingt zu hochtönend. Das Gut bestand aus einer recht bescheidenen, zwischen sanften Erhebungen gefangenen Wiese, die von ein paar offensichtlich missvergnügten Bäumen bestanden war. Auf den ersten Blick zeigte das Bauernhaus grossartige Allüren. Doch bei näherem Zusehen blieb deren geizige Verwirklichung nicht verborgen. Um einiges getrennt, lagerte verschämt eine Scheune, windschief, das Dach mit Moos überwuchert, wie sie etwa Kupferstecher des achtzehnten Jahrhunderts in arkadischen Träumereien auf die Platten bannten. Oh, die Hochburg einstiger Knabenromantik! Sie war kaum mehr zu erkennen. Der Baukörper, einst straff und nicht unedel im Wuchs, war auf drei Seiten mit Schutzdächern, Verschlägen und andern Auswüchsen verkröpft, in denen ein paar moderne Feldgeräte Zuflucht suchten, die der klassische Bau nicht unter dem steilen Giebel duldete.

Aus dein Innern aber überfiel den Heimkehrer ein ganzer Schwarm der erhofften Anrufe aus längst verflossenen Tagen. Die offene Tenne verströmte den krautigen Geruch frisch gemähten Grases. Auch hörte man das gefrässige Schnauben der Tiere durch die Futterlucken. Die Stalltüre stand offen. Ein Unbekannter und Unsichtbarer war am Melken. Man vernahm sein polyphemisches Brummeln mit den Tieren. Hell klingelte der Milchstrahl im Eimergrunde. Vor der Scheune, beim Brunnen, rauchte und roch die Dunggrube nach warmer Verwesung. Die Seele also war geblieben: Geräusch und Geruch, genau wie vor Zeiten und gesättigt mit Erinnerung!

Eben war der Fremde im Begriffe, in die Gassen einzutauchen. Da kam ihm, feingliedrig und hager, eine ältliche Frau entgegen. An einem Stock hastete sie daher. Sie trug einen altertümlichen Deckelkorb, offenbar um sich noch vor Einbruch des Abends aus den Gärten Früchte oder Gemüse wegzuholen. Betroffen blickte der Wanderer sie an. Auf die Entfernung hatte ihn das gebleichte Haar und die arg gekrümmte Haltung einen

Augenblick zu täuschen vermocht. Doch wie die Frau näherkam, seine Schritte hörte und das schmale Antlitz flüchtig hob, trafen ihn vertraute braune Mandelaugen; vertraut und doch verändert, noch deutlicher als einst von der Schwermut früher Erfahrung umflort. Förmlich und scheu, den Fremden nur mit einem Blick streifend, erwiderte die Frau den Gruss und wollte vorübereilen. Doch wie er ihr in den Weg trat, leicht ihre Hand anfasste und sie ansprach, lief mit einemmal ein Aufdämmern über ihre Miene, mehr Bestürzung als Freude.

«Wie geht es Ihnen», brachte der Heimkehrer unbeholfen hervor und wurde sich, als er die Schatten zwischen ihren Brauen gewahrte, der Ungehörigkeit dieser Worte bewusst.

«Der Büchsenmeister sagte mir, auch du wärest gemeldet», erwiderte sie, seine Frage überhörend. «Das machte mir, wie du wohl begreifst, einwenig bange. Du musst ja wissen, was alles, sobald ich dich sehe, in mir aufbricht. Darum wollte ich, um mich morgen nicht in den Strassen zu zeigen, noch rasch eine Kleinigkeit aus dem Garten holen. Und jetzt ...» Sie lächelte schmerzlich, fast etwas erheitert, dass sie so in die Falle gegangen war.

«Offenbar hat das sein müssen.»
«Müssen? Wieso? Alles wieder aufbrechen? Hat das einen Sinn?»
«Alle Reisen haben heimliche Bestimmung, die der Wanderer nicht kennt», versetzte er, um sich ins Unergründliche zu flüchten.

«Steht das in der Schrift?» fragte sie, hob ihr Antlitz und kräuselte skeptisch die Stirn.

«In der Schrift? Nein, in den Sprüchen eines frommen Juden», entgegnete er unsicher.

«Ach so! Eines frommen Ju-d-e-n!» wiederholte sie, begann verständnisvoll zu lächeln und ergriff rasch die Gelegenheit zur Flucht. «Natürlich! Das hätte ich mir ja denken können!» sagte sie, «Von einem frommen Rabbi. Mordekai oder ähnlich.»

«Mordekai? Nein. Die grössten Geister dieser Welt haben nichts geschrieben», versetzte er ironisch.

«Aber du weisst doch, dass sie bereits hier ist?» erwiderte sie und trat vertraulich ein paar Schritte näher. «Noch immer derselbe Judenfratz. Den ganzen Tag schon ist sie in allen Gassen unterwegs und mächtig aufgedreht. Von Los Angeles erzählt sie, von Edinburgh, Kairo und was man so haben will. Natürlich auch allerhand Lustiges von damals. Von dir vor allem», fügte sie schelmisch hinzu und berührte dem Wanderer vertraulich die Hand. «Sie macht kein Geheimnis daraus, dass sie sich erst erkundigt habe, wer alles zum Treffen erscheine...»

Mit diesen Worten schickte sich die Frau an, den Weg fortzusetzen. Nach einigen Schritten wandte sie sich um und rief in neckischem Ton: «Jetzt erst verstehe ich! Das ist offenbar die heimliche Bestimmung, die der Wanderer nicht kennt.»

Kaum war der Fremde ein Stück in die Gasse eingetreten, stieg er linkshin den schmalen, im Halbkreis sich aufschwingenden Grabenweg hinauf. Ein weiter Rasenplatz, von Fusspfaden in saubere Zwickel zerlegt, umgab die Kirche. Häuser von beinah fürstlichem Gepräge umstanden ihn. Die von Mauern umfriedeten Ziergärten entzogen sie der Neugier und gewährten nur durch winzige Vortore mit vergitterten Guckfensterchen Zutritt.

Welch eine archaische, seit Jahren friedlich schlummernde Welt!

Der Fremde musste an den schmalen Knaben denken. Welche Schauer erfassten ihn, so oft ihn ein Botengang in das Schweigen des sakralen Bezirkes führte. Wie zaudernd griff die Kinderhand nach den schweren Eisenklinken, wie zaghaft stiess sie die ächzende Türe auf, um in die geheimnisvollen Sphären einzutreten!

Doch jetzt trieb eine Neugier ohne Scheu den Heimkehrer voran. Wie man nach erlegtem Eintrittsgeld Pompeji durchstreift, so ging er von Vortor zu Vortor, drang ohne Heimlichkeit in die Gärten ein und wagte sich musternd zwischen die Beete vor. Oh, die Brunnen! Dieselbe schwer zu ergründende Melodie wie einst orgelte unter dem Wasserstrahl in den wappenverzierten Trägen. Uralt schien der ergraute, von Moos und Flechten bezogene Stein, der hier Tag und Nacht auf den Fluss der Zeit lauschte, älter als alles in der Welt. Gelbbraune Algeninseln schwammen auf dem Wasserspiegel und verströmten den vertrauten fauligsüssen Geruch der Verwesung. Die Häuser! Auf den Fensterbänken der Stockwerke blühten freundlich gehegte Geranien; irgendwo stand ein Flügel offen; irgendwo war ein Vorhang gezogen; ein im Tempeldienst verbrauchter Talar oder sonst ein Gewandstück geistlicher Natur war irgendwo in die Sonne gehängt: Zeichen, dass die Stille trog, dass im Innern der verträumten Mauern noch immer Leben pulste, geräuschlos und innig, wie eben Geistliches seiner Bestimmung lebt. Welch irenische Residenzen! Von den weisen Altershänden unbehelligt, trug die ungebändigte Natur ihren Angriff gegen die Mauern vor. Beerenranken, Waldreben und Kletterrosen klommen kühn an Fenster und Vordächer hoch, und ein wahrhaft tropisches Gewirr von Geissblatt, Berberitzen und Blutweiden drängte sich gegen die Erdgeschosse vor. Die geistliche Duldung hatte selbst die Türen zu den einst fürstlichen Gartensälen dem üppigen Andrang kampflos überlassen, sodass man glauben mochte, seit Jahren wäre kein Fuss mehr aus ihnen getreten. Über den Zierbeeten aber schwebte noch immer der Hauch einstiger Grandezza. Nichts war auf nutzbare Frucht gezogen. Aus den Feldern eingewandertes Unkraut machte Buschrosen, Nelken, Sedum und Steinbrech das Dasein streitig. Überall zweckloses Blühen und Reifen, umwittert von der keuschen Kühle, die auch sommers geistlichen Mauern entströmt.

Schliesslich wandte sich der Heimkehrer dem Kreuzgang der Kirche zu. Die an den Wänden angereihten Epitaphe empfingen ihn mit jener polyphonen Dissonanz von Friede und Unruhe, Komik und Trauer, der Erinnerung und des Vergessens, die alle Grabstätten der Welt signiert. Gelangweilt und des eintönigen Dienstes müde, spielten in Holz geschnitzte Totengerippe mit Sanduhren, Szeptern, Kronen, Krummstäben, und grinsten den Betrachter aus schattigen Höhlen an. Daneben lächelten Engel in Stein und boten mit entschlafenen Gebärden Siegespalmen, Lorbeerkränze, Trostkelche und brennende Ampeln an. Von hoch klingenden Schriftworten umrahmt, prangten die ovalen Lichtbilder der Toten aus dem Stein, meist zufällige Schnappschüsse irgendeiner Stunde, die nichts vom Sterben ahnte. Sie alle waren für diese Totenparade einwenig zurechtgestutzt. Hier stand ein künstlich vergreistes Jugendbild über dem Grab eines Betagten; dort lachte einer trotz seiner in der Vollkraft erfolgten Vernichtung vergnügt aus dem jenseits herüber; den einen war eine gemütlich qualmende Pfeife, ein lustiger Sommerhut, ein Brautschleier, oder ein Tanzband notdürftig weggetilgt, den andern auf Bäckerleibchen, Lederschurz oder Metzgerkittel ein etwas steifer Schwarzrock aufgemalt. Dieser Aufputz verlieh der Totenparade ungewollt einen Anflug sarkastischer Heiterkeit.

Bedächtig ging der Fremdling von Stein zu Stein. Meist blickten ihn nie gekannte Mienen an: leer und vorwurfsvoll. Doch plötzlich scheuchte ein vertrautes Gesicht einen ganzen Wirbel eingenickter Erinnerungen auf. Das massige Antlitz des Leutpriesters zum Beispiel: Wie eindringlich verkündeten die dicken Lippen noch immer seine schwerflüglige und patinierte Theologie. Neben ihm hielt das Löwenhaupt des Grossvaters mit

Herrscherblick die entschlafene Sippe in Schach. Aus einem Winkel spähte der Bäcker, der Vater des Frühverstorbenen, nervös, geschäftig und ohne den geringsten Anflug von ewiger Ruhe hervor. Er blickte durch die Drahtbrille, genau wie er einst durch die Fensterluke der Backstube guckte, wenn irgendein Lärm ihn aus dem weissen Reiche lockte. Neben ihm lauerten, geduldig wie auf Anstand, die Luchsaugen des Büchsers aus dem Stein. Er trug den Jägerhut mit Feder. Doch die Doppelflinte war ihm, als nicht ins Reich des Friedens gehörig, von der Schulter weggetilgt. Auch eine der Grosstanten, die letzte der drei zeitlosen Sibyllen, lag hier auf ihrem gekrümmten Rücken. Endlich! Bei jeder Unpässlichkeit hatte sie sich zu Bett gelegt, um den Tod anzulocken und die häusliche Gruft mit der kirchlichen zu tauschen.

Aus der offenen Kirchentüre sickerte das montone Summen psalmodierender Priester, kaum merklich auf und abflackernd, in das Schweigen der Toten, ein fernes rhythmisches Rauschen, wie ein Wasserrad Fach um Fach auswirft, gelassen und endlos im Kreise. Ein Blick durch die Tür erhaschte vor den Stufen zum Chor Körbe voll verschiedenen Obstes, Kürbisse von unwahrscheinlicher Grösse, Gurken und ganze Bündel von Rüben, von kunstvoll gebüschelten Garben flankiert. Offenbar war all das zum Erntedankfest gerüstet.

Am Ende der Gräberreihe, wo sich schon das Licht des offenen Himmels auf die Steinplatten ergoss, blieb der Fremde stehen und bekreuzte sich. Hier rastete der einst so Geheimnisvolle. Von seiner Gefährtin nur durch eine schmale Backsteinmauer getrennt, lagen hier die grossen zugriffigen, weissen Hände zu ewiger Tatenlosigkeit verschränkt. Den Stein zierte kein Bild.

In den Augenblick des Gedenkens fiel aus der Nähe der Tratsch zweier Frauenstimmen ein.

«Na geh'n S', Frau Seckinger, sei'n S' net so damisch! G'schmacksach'n sag'n S'? Freili, sie müss'n ja, mein' i', schon selba wiss'n, was ihnen G'spass macht. Mi' geht's ja weita auch gar nix an. Aber glaub'n S' net, das Zeug geht nun doch a bisserl zu weit? Jahrgängertreff'n! Na, wenn S' erlaub'n, is das net a Schmarr'n?»

«Allzu ernst dürfen Sie das nicht nehmen. Dann und wann muss sich in dem Nest etwas regen.»

«Aber, Frau Seckinger, find'n S' net, das Getue sei doch a bisserl verrückt? Fünfzig Jahr'? Was will das schon heiss'n?»

«Bloss ein wenig zu langweilig ist es ihnen. Das ist doch weiter nicht schlimm!»

«Freili', zu langweilig! Das is's ja eben, Frau Seckinger! Alleweil dasselbe Mannerl am Tisch und dasselbe Weiberl im Bett, ja natürlich, das wirkt, wenn man mal fünfzig is, a bisserl ennuyant. D'rum macht man eben a Jahrgängerfest. Die Mosje's sein sauber herg'rich't, und mit die Madln is's eh' alleweil a rechta G'spass! A Seiderl Wein und nochmals a Seiderl! Und is' mal s'Glaserl in Kopf g'stieg'n, hab'n s'Herz auf der Zungen! Noch a Tanzel und a Gsangel und wenn's schön ang'stochen sind, sind's glei wieda verschoss'n! So 'was kann i' net leid'n. Hat man mal g'heirat't, so hat man g'heirat't. Net wahr? ... Und die Rahel? A rares Madl is's eh' nie g'wes'n ...»

Die Stimme? Wem bloss gehörte diese leicht verfettete Stimme? Irgendwann, in längst verschüttenen Fernen hatte er den Tonfall gehört ... Wie er aus dem Bogen heraustrat, sah er eine Frau auf der Fensterbank lagern, breit und schwerleibig, das Haar völlig übergraut. Einzig die Stimme, sonst kein Zug aus dem einst zierlichen Bild hatte sich zu retten vermocht. Nicht eine Erinnerung an jene geflügelte Nike, die im seidenen Röckchen flink und zerbrechlich über das Pflaster wippte, um einem Gast einen Leckerbissen zuzutragen! Beim Anblick des Fremden richtete sich die Masse auf und wich schwerfällig ins Dunkel des Zimmers zurück.

Nun lagen die Bürgerhäuser, zu straffen Blöcken aufgereiht, vor seinen Augen. Vertrautes wehte ihn an. Die Kaufladen waren bereits zugesperrt und die Schaufenster geschlossen. Wie einst fuhren aus den Gehöften die Milchkarren in die Gassen ein. Metallisches Scheppern der Kannen und das Gebell der Zughunde erfüllte die Luft. Überall war die Zubereitung des Nachtmahls im Gange. Die Schornsteine wölkten friedlich drauflos und überliessen die flatternden Fahnen den Launen des Abendwindes. Eifrig flitzten Mehlschwalben und Alpensegler durch die Luft und erfüllten den noch leuchtenden Himmel mit ihrem Geschwätz. Auch ein Taubenschwarm wirbelte in weiten Kreisen über die Dächer, zerfiel plötzlich, wie von unsichtbarer Hand zersprengt, und paarweise flügelten die Tiere in ihre Schläge heim. Alles wie einst! Es war wie immer. Doch die Zugereisten verliehen dem Bild gespenstische Züge. Ihr Treiben verströmte eine Stimmung, wie sie einem Alarm vorangeht. Hier geisterte und gestikulierte ein Gast, im Vorübergehen angerufen, zu einem Fenster empor; dort war die ganze Sippe zur Begrüssung an der Haustür erschienen oder gar auf den Vorplatz getreten. Ein ganzer Wurf kleiner, lebhaft schwatzender Gruppen stand über die Gasse zerstreut. Im Kern jedes Klüngels stand ein Zugereister, – ein Verwandter oder Bekannter – der Neugierige angelockt hatte. Jedenfalls war alles mobil.

Der Heimkehrer hielt einen Augenblick inne und musterte das schwatzende Treiben. Waren da, im Vordergrund, nicht ein paar Jahrgänger zu erkennen? Sie erschienen allerdings komisch, beinah wie zu einem Faschingsscherz hergerichtet. Karl Deitinger zum Beispiel, der beim Sprechen immer so anstössig schmatzte, stand ohne Hut beim Brunnen und wiegte den kugeligen, fast kahlen Schädel grosssprecherisch hin und her. An der Haustüre des Geschirrmüllers plauderte Irma Scheer, noch immer kälberblond wie damals, und strich sich kokett die losen Haarwische aus der Stirn. Das schnauzbärtige Gesicht beim Käserigert? Max Böhme! Seine grobschlächtigen Züge hatten sich gänzlich zu einem Pferdeschädel ausgewachsen. Daneben Brigitte Litzner, muskulös, schwerfällig und nur daran zu erkennen, dass sie noch immer zu jedem Wort die Hände flattern liess.

In der Tiefe der Gasse war Genaues nicht mehr wahrzunehmen. Unklar vielleicht noch der grossohrige Effinger? Und irgendwo, nicht fest bestimmbar, fistelte die geölte Stimme Gerstenmeiers. Und war in dieser verwirrenden Symphonie von Erinnerung und Zerfall nicht auch das wollige Poltern von Rahels Lachen zu hören? Einen hätte der Heimkehrer gerne erhascht: Fritz Ittig. Aber Ittig war vorbestraft. Ittig machte sich natürlich dünn. Was hätte Ittig schon mit der ersten dummen Frage anfangen sollen: Wie geht es dir, Fritz? Sag, was treibst du denn?

Die Jahrgänger trugen Mappen oder winzige Köfferchen bei sich. Man sah, dass sie nur auf eine Nacht zu bleiben gedachten.

Mit einemmal fiel ein Windstoss in die Strasse ein. Er trieb leichtes Dürrzeug, Strohwische und früh gefallene Blätter an den Leuten vorbei die Mauern entlang. Erste Ansage des Herbstes? Die Männer drückten ihre Hüte fest. Die Frauen stülpten die Kragen der Reisemäntel hoch. In diesem Augenblick verdichteten sich dem Heimkehrer alle die leise in den Tag eingestreuten Ahnungen zur Gewissheit: Jetzt ist es soweit, dachte er. Plötzlich ist es jetzt da, was man immer wusste, aber nicht glaubte. Er vernahm den leise knisternden Sprung, quer durch das alte Bild. Nun erst sah er die dämmrige Gasse richtig: genau so sah sie aus, wenn Trauergäste einrückten und anderntags etwas beerdigt wurde.

Ohne Lust, sich ins Gemenge zu mischen, stahl er sich in die Hintergasse. Im Erdgeschoss des väterlichen

Hauses stand für gelegentliche Besuche der Geschwister ein Zimmer bereit. In diesem Refugium gedachte er sich zu sammeln, um vielleicht einen Teil des Unternehmens zu retten. Doch man war bereits dahin vorgedrungen. Ein Zettel, leicht nach Lavendel duftend, war in die Türe eingesteckt. Flüchtig stand darauf hingekritzelt: «Warum noch nicht hier? Habe Dich früher erwartet! Man trifft sich um neun in der Ölpresse, hinten, Fumoir. Auch wenn Du spät kommst, wir zählen auf Dich. Flott ist die Bande beisammen. Über Erwarten charmant empfangen. Finde das Nest wieder beautiful. Auf Dich sehr gespannt. Good bye! R.»

Er steckte den Zettel zu sich und trat ein. Muffige Luft, seit Monaten eingeschlossen, schlug ihm ins Gesicht, feucht und makaber, wie sie in Museen und Sakristeien haust. Er riss die Fenster auf.

Die Partie war verloren. Das wusste er nun! Wozu das alles? Wozu der alberne Versuch hinter die Zeit zu wandern? Warum nicht ruhen lassen, was ja doch bei der leisesten Berührung zerfiel?

Er lehnte an die Fensterbank und blickte durch die leicht geöffneten Laden in die Gasse. Wirklich, war das der eine, unvergleichliche Platz, wo winters zahllose Schneehütten standen; der Ort der dutzend Verstecke beim Fangspiel; der Tummelplatz von zwanzig Kindern beim Jägerball? Nicht denkbar! Wo nur hatte man damals die gewaltigen Felder ausgelegt, durch die die arme Seele über die Gefahren der Hölle hinweg in den Himmel hüpfen musste? War all das so winzig? Die Stiege und gleich ein paar Schritte davon der Brunnen. Wo blieb da Platz für das Heer der Bedrohnisse, die noch jetzt zuweilen durch die Träume geisterten? Wie eingeschrumpft war alles und wie kümmerlich! Wie schmal der Platz, wie eng die Häuser zugerückt! Hatten sich die abgenutzten Fassaden immer so gelangweilt und verdriesslich ins Gesicht geblickt? Hatte wirklich hier sich alles abgespielt, was noch jetzt so geräumig die Erinnerung füllte? Es war die Gasse, und es war die Gasse doch nicht mehr.

Auch der Garten, wie geizig hatten die Jahre das Stücklein Erde zugeschnitten. Geblieben war der Kiesweg, der Bogen mit Kletterrosen und die Messingkugeln am Treppengeländer über den ausgemuldeten Sandsteinstufen. Doch die kleine Linde am Gartentor war dahin, der Birnbaum am Haus gefällt, der Quittenbaum weg, die Stachelbeeren am Zaun ausgerottet, der Zwickel mit den winzigen Kindergärten verschwunden und die Zierbeete anders gezogen. Selbst das kleine Treibhaus war entweiht: unter dem zersplitterten Glasdach, wo einst erlesene Sukulenten in skurrilen Formen spielten, nistete Suppenkraut und Gewürz. So bot sich das wiedergefundene Paradies: eingeschrumpft und mit verhauchter Seele. Dazu passten Herbstastern und Chrysanthemen, die bereits zur Blüte ansetzten.

Misslaunig warf sich der Heimkehrer aufs Bett.

Wozu diese Konfrontation? Warum die erzwungene Einkehr in den allgegenwärtigen Zerfall? Wozu eine Melodie wecken, die doch niemand mehr zu singen verstand? Und erst morgen, wie würde das morgen sein? Er ahnte: Beim Anblick jeder Miene jenes Gefühl der Enttäuschung, das jede Demaskierung begleitet; dazu die üblichen Komplimente, man habe sich kaum verändert und sei noch ganz der alte geblieben; überdies im Stile des Büchsermeisters rhapsodische Verherrlichung «der Bande», ein Dutzend Kindereien albern heroisiert: Weisst du noch? Weisst du noch? Schliesslich ein Beschluss, dass man sich künftig jährlich treffen wolle. Welch stupider Versuch, Wirklichkeiten zu verschleiern! Würde er all das überstehen, ohne Lärm zu schlagen?

Inzwischen war die Essenszeit verstrichen. Man hörte Haustüren ächzen, Tritte von Männerschuhen, da und dort eine Stimme und schliesslich wachsendes Murmeln und Brummeln. Nun sassen sie also wieder auf Türschwellen, Stiegen und Bänken, pafften ihre Pfeifen in den Himmel und dachten dem Tag nach. Gegenstand des Gesprächs war natürlich, wie dann und wann ein laut hingeworfenes Wort verriet, das Jahrgängerfest. Tratsch und Kleinklatsch: wer schon eingetroffen, wer ausgeblieben, wer noch zu erwarten sei, wo sich das Fest abwickle und was an Schmaus und Ulk alles vorbereitet sei. Der Name des Büchsermeisters wurde öfters erwähnt, etwas gedämpft auch die Schande des Jahrgangs, Ittig.

Schliesslich wurden auch Stimmen von Kindern laut, die sich nach Tischräumen und Küchendienst in den kurzen Gassenurlaub stürzten. Auch aus der Stube über dem Fremden kollerte ein ganzer Zug Kleinzeug über die Stiege ins Freie. Alsbald ging das Gerede der Männer im Lärm der Kinder unter. Kinder schwärmten aus allen Türen, Kinder, Kinder, eine Unmenge Kinder. Im Nu hatten sie sich zu Spielgruppen zusammengefunden, und bald durchtobte heftiges Schreien, Singen, Streiten, Jagen und Schlagen, ein teuflischer Tumult wie einst den kleinen Platz. Ein Rudel Kinder hob sich aus dem Lärm besonders heraus. Sie zählten im Sprechchor die Schwünge des Hüpfseils. Je rasender die Schlinge wirbelte, umso bedrängender erhoben sich die Stimmen, bis sich der gehetzte Tänzer schliesslich in seinen eigenen Beinen verhaspelte. Nach der Höhe der Zahl, auf die er es gebracht hatte, richtete sich auch das Gejohle, das seine Niederlage quittierte. Getrennt von diesem Treiben vergnügte sich irgendein Einzelgänger damit, in einem fort den Ball an die Fensterwand des Fremden zu werfen: Tupp, Tupp, Tupp, ein dumpfes und eindringliches Pochen, sooft der Ball die Mauer ansprang. Das Klopfen aus einer andern Welt.

Schliesslich flog da und dort ein Fenster auf. Es erschollen die schnittigen Rückrufe der Mütter und Mägde. Doch das Drängeln der aufgedrehten Kleinen vermochte das Ende der abendlichen Lustbarkeit noch eine ganze Weile zu verschieben. Endlich fiel Tür um Tür ins Schloss. Der letzte Riegel wurde vorgeschoben.

Bald lagen Häuser und Gasse still. Selten nur hörte man die Schritte eines späten Gängers verhallen. Der Mond erhob sich tief über dem Horizont und warf durch die Lamellen der Fensterladen ein feines Gitterwerk an

Boden und Wand. Schläfrigkeit übermannte den vom Anwandern müden Fremden. Für Augenblicke schlummerte er ein. Gleich bedrängten ihn abgerissene Träume, in denen sich stets die grosse, kräftige, weisse Hand ins Spiel der Bilder mischte.

Natürlich, hier in diesem Zimmer hatte einst das Gehirn des Fleckens, die Kanzlei gehaust. Noch stand das Regal der Protokolle da; nebenan das Pult, genau wie es war, als der einst Unergründliche davor vom Schlage getroffen, einsank: Firnis und Farbe an den Schubfächern von seinen energischen Griffen weggescheuert. Wo jetzt das Bett stand, war sein Arbeitsplatz gewesen. Leer und sinnlos hing die Zuglampe, die so zahllose Stunden hart an der mächtigen Stirne gebrannt hatte, in der Luft. Das grünseidene Tuch, das sie bedeckte, war verblichen, der Saum aus Milchglasstäbchen verstaubt. Wie seelenlos blickte einen all das an! Doch ganz alle Spuren des einst rastlosen Bewohners hatten die Jahre doch nicht weggeräumt. Die Wand war noch immer mit Markierungen seiner Hand übersät: Sonnenstand zur Zeit der Wenden; Sonnenstand zur Herbst- und Frühlingsgleiche; Sonnenstand Mitte Stier, Löwe, Skorpion und Wassermann; Sonnenstand und immer wieder Sonnenstand. An der Westwand ausgefächert ein ganzes Netz markierter Mondaufgänge nach Jahreszeit und Knoten. Daneben in straffer Einfalt die Wachstumsskalen der vier Kinder, die alljährlich am Geburtstag unbeschuht zur Messung anzutreten hatten. Welch ein Bannmeister von Zeit und Mass!

In einem Winkel lag achtlos zusammengeräumt und mit verhauchter Seele, was keine liebende Hand gefunden hatte: verstaubte Astrolabien, Ferngläser, verblichene Sternkarten und anderer Kram siderischer Bestimmung; daneben lecke Aquarien und der ärmliche Rest einer zerlesenen Bücherei, traurig, entehrt und nicht mehr zum einstigen Leben zu wecken. Auch ein verstaubter Schaukasten mit zertrümmertem Glas lag da, darin römische Funde, Münzen und Ziegelsteine: Legio Rapax, Claudia Pia Fidelis. Mit blossen Fingern hatte die robuste, weisse Hand im Schutthügel gewühlt und die Kostbarkeiten in die Tasche gesteckt.

Ein Wunder, dass man hier von ihm träumte? Jahre hatte er in dem Zimmer gehaust und sich an seine Bestimmung gehalten. Dann hatte sie noch zwei Jahrzehnte lang frische Blumen vor seinem Bild gehütet und sich im Peplos des Alters, von der Fülle der Jahre wie trunken, von Möbelstück zu Möbelstück getastet. Dann lag auch sie hier aufgebahrt. Ein letztes Mal waren die Wände von Kommen und Gehen, Reden und Raunen und einer einst vertrauten Geschäftigkeit erfüllt. Schliesslich fassten acht Hände an. Die schwarz betressten Pferde strafften sich, die Räder knirschten in den Glockenton. Und seither lag das Zimmer stumm und einsam, nur dazu bestimmt, Flüchtlinge hinter die Zeit zu empfangen.

Der Heimkehrer fröstelte. Er erhob sich, warf den Mantel über und tastete sich aus dem schlafenden Haus. Ein süsslicher Brandgeruch aus abgeernteten Gärten strich ihm entgegen. Der Mond warf den vollen Schein in die menschenleere Gasse. Vom Milchlicht übergossen schienen die vordem vergrämten Fassaden wie frisch getüncht und ohne die Spur der Jahre. Auch der Platz schien nun weit, von Geheimnissen voll und so unergründlich wie vor Zeiten. Vor der Remise stand ein Wagen für Langholzfuhren. Die Ketten blitzten und die Speichen warfen schwarze Strahlenbündel wie Speere über den Boden. Alles war ohne Laut. Er allein beherrschte wieder die Nacht, der Brunnen, der sein Wasser vor Eifer keuchend in das silbern schillernde Becken spuckte.

Wie im Traum wanderte der Heimkehrer die Gassen ab. Seine Schritte über das Steinpflaster hallten ganz leise an den Häuserwänden wieder, als wanderte ein unsichtbarer Begleiter mit. Als er an der «Ölpresse» vorüberging, war die hintere Gaststube noch hell erleuchtet. Derbes Gelächter und Stimmengewirr wehten durch das Oblicht in die Nacht. Der Ventilator summte. Er entliess Düfte von gebratenem Fleisch und Wein in die Gasse. Ein Schleier von Tabakrauch stieg an der Mauer empor in den Himmel. Im Bestreben, rasch vorbeizukommen, warf der Wanderer nur einen flüchtigen Blick in die offene Türe der Eingangshalle. Unordentlich und in offensichtlicher Eile waren die Kleiderständer mit Hüten und Mänteln überpackt. Am Boden stand, flüchtig hingeschoben, eine hellblaue Reisetasche. «Air France» stand mit weissen Lettern quer darübergeschrieben. Wem sie gehörte, war klar.

Als der Schlenderer sich anschickte, den Kreuzgang zu betreten, war ihm, als husche ein Schatten hinter einen Pfeiler. Auch glaubte er das Knirschen von Nagelschuhen zu hören. Er hielt inne und lauschte. Völlige Stille. Nur von der Turmuhr her vernahm man metalliges Ticken. Er lehnte sich an die Wand und wartete. Wer Geister ertappen will, muss über Geduld verfügen. Nach einer Weile begann das Räderwerk zu rasseln, Sprungfedern klinkten aus und schliesslich schwangen sich, von leisem Ächzen der Hammerösen begleitet, zwölf schwermütige Doppelschläge aus der Glockenstube in die Nacht. Vorsichtig näherte er sich dem Pfeiler. Plötzlich, vermutlich weil kein Fluchtweg offenstand, trat ein Mann vor. Gleich hatte er den engbrüstigen Habitus erkannt, übrigens auch die bezeichnende Art, wie er den Blumentopf umfasste, den er, ohne die geringste Verlegenheit zu verraten, unter ein Epitaph hinstellte. Ittigs Griff, den kannte er noch, und Ittigs schmale Hände!

«Fritz?» fragte der Fremde.

«Fritz Ittig», entgegnete dieser, als würden ihm die Personalien abverlangt, und wandte sein Gesicht dem Fremden zu. Der volle Schein des Mondes lag darauf. Wie einst: Borstiger Haarwirbel über der schmalen Stirn, das Gesicht wie mit Mehl überpudert und der Nasensattel mit Laubflecken bestreut. Dann die Augen: noch immer hungrig, schlau und vielleicht etwas schmutzig.

«Wir kennen uns beide.»

Ittig nickte kurz und fuhr dann fort, die hingestellten Blumentöpfe zurechtzurücken.

«Was tust du hier?»

«Ein Grab schmücken, wie du siehst.»

«Um diese Stunde?»

«Warum nicht? Ohne dich wäre man zu der Zeit ungestört.»

Auf die boshafte Antwort schwieg der Fremde eine Weile. Schliesslich fragte er:

«Fritz, liegt hier nicht der Leutpriester selig?»

Ittig nickte: «Und die unsterbliche Bande? Glaubst du, es wäre einem eingefallen, hier für morgen einen Blumenstrauss hinzustellen?»

«Geranien?»

«Nicht übel in der Farbe. Bei Tageslicht rot wie Mohn!»

«Selber gezogen?»

«Selber gezogen? Ich?» versetzte Ittig ärgerlich und wandte sich dem Altersgenossen zu. «Wie soll einer Blumen ziehen, der – wie man dir gewiss schon erzählt hat – die halbe Zeit im Kittchen sitzt? Glaubst du, man lernt da Geranien züchten? Und wenn ich schon einmal raus bin, habe ich andere Sorgen als Topfpflanzen.»

Vom gereizten Ton Ittigs betreten, schwieg der Fremde. Erst als jener mit dem Ordnen der Blumen fertig war, zog er die Börse und streckte ihm etwas Papiergeld hin. Einen Augenblick stutzte Ittig, dann wehrte er ab.

«Die Blumen kosten doch eine Menge Geld!»

«Geld? Diese nicht!» versetzte er und ein pfiffiges Lächeln überflog das kümmerliche Gesicht!

«Wieso?»

«Vom Fenster des Büchsermeisters weggeräumt!»

«Ohne ...?»

«Natürlich! Er ist doch der grosse Mann des morgigen Tages. Der kleine Dienst erspart ihm eine Verlegenheit.»

Beide lachten und setzten sich auf die niedrige Mauer, die den Kreuzgang umlief und auf der die Säulen des Daches ruhten. Vertraulich versuchte der Heimkehrer die Hand an Ittigs Schulter zu legen. Dieser entzog sich. Erst auf Umwegen über allerhand Belanglosigkeiten entspann sich allmählich das entscheidende Gespräch.

«Mit dem Haus? Wie war das nur? Ich weiss bloss, was der Büchsermeister erzählt.»

Ittig streifte ihn mit einem prüfenden Blick. Dann bemerkte er gleichgültig: «Ein paar Minuten, und alles war gelöscht. Die Nacht war windstill. Wie Ameisen krabbelten die Nachbarn mit ihren Eimern aus den Löchern.»

«Und dann?»

«Ein Wunder, dass man mich schnappte? Der Estrich roch nach Benzin; die leere Flasche wurde auch gleich gefunden.»

Wieder versickerte das Gespräch. Was hätte er Ittig erwidern sollen? Etwa «Das war nicht recht» oder «Schlauer, Fritz, hättest du das anfangen sollen» oder,

«Aber es war doch dein Vaterhaus!»? Ittig fühlte die Gedanken. Nervös schwenkte er die Kappe zwischen den Knien hin und her.

«Du weisst nicht, was es heisst, seiner Lebtag in der verrussten Höhle hausen, immerfort den Klang der verfetteten Stimmen im Ohr: ‹Fritz, der Geschirrmüller war hier, Teller sollst du auspacken!› ‹... Du denkst doch an den Mülleimer bei Lenzinger?› ‹... Fritz, beim Käserigert ist der Ausguss schon wieder verstopft.› ‹... Fritz, vergiss nie, wir sind arm.› Verstehst du nicht, warum einer dieses Loch aus der Welt schaffen will? Vielleicht, in einem neuen, kleinen Häuschen ...»

«Gewiss, mein Lieber! Aber hernach? Die strafbaren Dienstversäumnisse ...?»

«‹Wo ist Fassmann Ittig? Hopp, Hopp, Hopp, Ittig! Nein! Hieher! Nachfassen, Ittig, aber Laufschritt! Melden, Fassmann Ittig, melden! Warum meldet Fassmann Ittig nicht?›»

Bei diesen Worten war er etwas vom Freund abgerückt, lehnte sich an die Säule und scheuerte sich den Kopf gleichgültig am Stein. Der Frager wagte die Fährte nicht weiter zu verfolgen. Er schwieg und musste an die Seltsamkeiten denken, die ihm der Büchsermeister, als er ihn auf dem Feld überholte, erzählt hatte: Unsinnige Fahrten mit dem entwendeten Auto ... Sportferien in St. Moritz ... eine Frau im Nerzmantel ... Zechgelage mit völlig Unbekannten ... Versuche im Rennfahren! Wie sagte der Büchsermeister? «Sein Rad rollte als fünfunddreissigstes ins Ziel, und er war wieder Ittig!»

Allmählich begriff er. Was hatte Ittig vom morgigen Fest zu erwarten? Die Brieftaschen aller waren mit Photos gefüllt: Kind und Kegel, Eigenheim, Wagen und Weekendhaus. Der Sohn promoviert. Die Tochter verlobt. Alles in Ehren. Sie waren alle, wenigstens in den eigenen Augen, arriviert. Das genügte. Vom gesicherten Posten aus liess sich leicht fragen: «Weisst du noch? Erinnerst du dich?» Je kindischer die Albernheiten, die man exhumierte, umso beträchtlicher erschien der schliessliche Erfolg. Nur Ittig war noch immer bloss Ittig: fortwährend auf das eine aus, nicht mehr zu wissen ... und sich nicht mehr zu erinnern ...

Der Lichtstreifen des Mondes war bis an die Kirchenmauer vorgekrochen. Verschwommen blickte der mächtige Kopf des Leutpriesters aus dem karg erleuchteten Epitaph auf die ehemaligen Schulkameraden.

«Merkwürdig! Stets warst du damals auf den Füssen, überall zur Hand, gescheiter und emsiger als jeder von uns. Wie konnte es nur so weit kommen?»

«Interessiert dich das?»

«Natürlich!»

«Mich nicht!» versetzte er ärgerlich.

«Fritz, wir waren doch immer befreundet!»

«Befreundet? Recht war ich dir, wenn du mich brauchtest.»

«Und ich dir, wenn es sich lohnte.»

«Also! Nennst du das Freundschaft? Einen wirklichen Freund hatte ich im Leben nur einen.»

«Wen?»

«Den da.» Dabei deutete Ittig mit dem übergeschlagenen Fuss auf das Grab hin. «Er war anders als ihr. Er allein hat mich verstanden. Meinst du, er hätte mir je auch nur eine Kleinigkeit geschenkt? Er wusste, dass Lohn mich demütigte. ‹Fritz›, konnte er fragen, ‹was denkst du? Du verstehst dich darauf. Dürfen wir die Topfpflanzen noch immer im Freien lassen? Hast du bemerkt, die Nächte sind kalt. Neulich lag etwas wie Reif auf dem Turmhelm.› Oder: ‹Schwatzen die Leute etwa über uns beide? Vielleicht denken sie, wir seien faul, weil sie noch immer über das gescheitete Holz steigen müssen, wenn sie an den Glockenzug heranwollen. Fritz, was denkst du, geben wir vielleicht Ärgernis?› Hatten wir den ganzen Nachmittag im Estrich, im Keller oder im Hof geschuftet, gab er mir einfach die Hand und dankte. Er dankte, wie man einem Wohltäter dankt. Mehrmals fügte er hinzu: ‹Was werde ich machen, wenn du erwachsen bist und ich dich nicht mehr habe? Man wird jemand um Geld anstellen müssen. Ohne Lohn rührt heute keiner mehr einen Finger!› Er hat sich die Genugtuung und mir die Demütigung erspart, je auch nur die kleinste Münze in meine Hand zu drücken.»

«Er galt für geizig.»

«Das dachte auch ich, stolz, ihn mit meinen Dienstleistungen zu beschämen. Der einzige Triumph meiner Jugend! Nur bei ihm war ich nicht Ittig.»

«Eine wohlfeile Art, Sympathie zu erobern! Hätten wir das gewusst...»

«Nicht so wohlfeil, wie du denkst. Als ich nach dem Tod der Mutter den Küchentisch ausräumte, fand ich unter dem zusammengestapelten Krimskrams auch ein abgegriffenes Schulheft, in das sie die Einnahmen eintrug. Auf jeder Seite standen beträchtliche Beträge von L. Ich stutzte einen Augenblick, dann schlug mir der Puls im Halse. Das viele Geld kam aus seiner Hand? Es stand in keinem Verhältnis zu den kleinen Diensten. Diese hatte er bestimmt nur verlangt, um einen Vorwand zu haben. So konnte er der Mutter das Geld ohne Demütigung zustecken.»

Die beiden erhoben sich, sprengten und standen eine Weile still. Während des Gebetes legte der Heimkehrer die Hand an Ittigs Schulter. Dieser liess es geschehen. Schliesslich sagte er:

«Einmal hatte ich ihm den Holzschopf aufgeräumt und ging die Stiege hoch, um mich abzumelden. Ich war wie immer barfuss. Er hörte mich nicht. Die Tür zur Stube stand halb offen. Da sah ich ihn ohne Talar und Priesterkragen an der Theke stehen. Er mischte etwas aus drei Flaschen in ein Glas. Dann hob seine Linke den rötlichen Saft an die Lampe. Er beroch ihn, wippte, schwenkte den Schluck eine Weile im Mund und kippte schliesslich den Rest mit jenem kurzen Schwung nach, den man bei Fuhrleuten kennt. Ich war entsetzt! War das der Leutpriester? Lautlos schlich ich davon. Am andern Morgen lief ich zur Kirche. Ich dachte, nach dem Vorfall würde er nicht wagen, die Messe zu lesen. Doch er stand schon am Altar, blutrot angezogen. Ich ging nach vorn, ganz nah in die Seitenbank und fasste ihn ins Auge. Ein Mensch, sag ich dir! Er ergriff den Kelch mit der Rechten und hob ihn an die Lippen. Die Wangen waren gerötet. Ein leichter Schweissbeschlag schimmerte auf der Stirn. Er flüsterte, als hielte ihn Gott leibhaftig an der Schulter gepackt. Nur die Hand hatte er also gewechselt! Von da an kannte ich sein Geheimnis. Das Geheimnis, das mir fehlte.»

«Welches?»

«Vergessen können und mehr sein, als man ist.»

«Daher die Blumen?»

«Natürlich. Wenn ich aus dem Kriminal heimkehrte, ging mein erster Schritt hieher. Ich betete und hoffte, er würde mich das lehren.»

«Was?»

«Diese Art Theologie!»

Der Heimkehrer lächelte. Auch Ittig musste lachen. Sie verliessen schweigend den Kreuzgang. Als sie an der «Ölpresse» vorübergingen, drang Lärm und Gejohle aus dem geöffneten Oblicht. Die Stimme des Büchsermeisters beherrschte das Feld. Im erleuchteten Flur hingen allerdings nur noch wenige Mäntel. Aber das Köfferchen mit «Air France» stand noch immer da.

«Sie wartet auf dich», bemerkte Ittig spöttisch.

«Mit Recht.»

Beim grossen Brunnen standen sie still.

«Morgen? Kommst du mit mir? Im ersten Bus fahre ich weg», sagte der Heimkehrer.

«Wohin?» fragte Ittig überrascht.

«Das wirst du sehn. Einfach weg von hier! Irgendwohin, wo du dich abschüttelst. Du wirst es machen wie der Leutpriester: Zwar Ittig bleiben, aber nicht mehr Ittig sein.»

«Mein Plunder ist bald beisammen!» versetzte Ittig entschlossen. «Wann also?»

«7.15. Eine Viertelstunde bevor sie den Dankgottesdienst mit dem Te Deum beginnen.»

Nachwort

Pirmin Meier

Josef Vital Kopp, geboren am 1. November 1906 in Beromünster, gestorben am 22. September 1966 in Luzern, wurde einem breiten Publikum durch den Roman «Sokrates träumt» (1946) bekannt, eine literarische Studie zum Tod des Sokrates, die ausserdem ins Holländische, Schwedische, Norwegische, Französische und Englische übersetz wurde. Dieser brillante «Professorenroman» erhielt in der Römerstudie «Brutus» (1950) und in «Die schöne Damaris» (1954), ein Roman, der in der Zeit Apostelgeschichte spielt, zwei Nachfolger, von denen «Damaris» wegen seiner gepflegten Sprachkunst einerseits und um der Thematik «Christentum und Eros» andrerseits noch immer lesenswert ist. Mit «Die Launen des Pegasus», einem satirischen Roman, wagt sich der studierte Altphilologe und Theologe literarisch erstmals in die Gegenwart. Kopps Frühwerk wird jedoch an Tiefe und Substanz möglicherweise überstrahlt durch seine für eine akademische Arbeit einzigartige Dissertation «Das physikalische Weltbild in der frühen griechischen Dichtung», womit das kosmologische Thema im philosophischen Denken von Josef Vital Kopp erstmals aufscheint. Als Sachbuchautor erreicht der Theologe und Philosoph von Beromünster einen literarischen Rang von geistesgeschichtlicher Bedeutung, gehört er doch zu wichtigsten Vermittlern des Denkens von Pierre Teilhard de Chardin im deutschen Sprachraum. Dies bedeutet einen grossangelegten Versuch der Vermittlung von christlichem Denken und Evolutionstheorie als Vision der Schöpfung. Dieses Thema ist theologisch bei weitem noch nicht ausdiskutiert und könnte auch in Zukunft das Interesse an Josef Vital Kopp wachhalten. Sein bedeutendster Sachbuchtext der Spätzeit ist die Studie «Der Arzt im kosmischen Zeitalter» (1964) über Gesundheit und Krankheit bei Hippokrates, Paracelsus und Teilhard de Chardin.

Für Kopps vor allem in der Zentralschweiz einst beträchtliche Lesergemeinde bleiben ausserdem die Romane «Die Tochter Sions» (1966) und der nachgelassene «Forstmeister» (1967), eine grossangelegte symbolische Dichtung, von Bedeutung. Als kritische und zum Teil satirische Darstellung der kirchlichen Situation in der Zeit unmittelbar vor dem Zweiten Vatikanischen Konzil erreicht Kopp in der «Tochter Sions» eine Lebendigkeit der Menschenzeichnung, die ihm in seinen früheren «Professorenromanen» nur ausnahmsweise, etwa in der «Damaris», geglückt ist. Von höchster literarischer Intensität sind schliesslich die Spätstudien «Der Nachbar» und die Rechenschaft «Diese meine letzten Tage meines Lebens», die von Béatrice von Matt postum herausgegeben wurden. Was indes die Romankunst Kopps betrifft, so bestätigt sich in «Der sechste Tag» gewissermassen die These von Carl Spitteler, dass jeder Schriftsteller eigentlich nur einen Roman schreiben sollte: seinen eigenen. Es scheint, dass dieser autobiographische Wurf, im Gegensatz zu den doch mehr zeitgebundenen «Professorenromanen» und dem symbolisch wohl etwas überfrachteten «Forstmeister», auf lange Sicht von Bedeutung bleibt. Als Porträt seines Heimatfleckens Beromünster wie auch als Zeugnis für die Mentalitätsgeschichte der mit diesem Heimatort verbundenen barock-katholischen Welt bleibt dieses Buch auch für künftige Generationen lesbar. Dies nicht zuletzt wegen seiner eigentümlichen autobiographischen Qualität, die im folgenden in grösserem Zusammenhang gewürdigt werden soll.

Unter den literarischen Autobiographien aus der Zentralschweiz bleiben drei Werke vor vielen anderen bemerkenswert: «Am Fenster», von Heinrich Federer aus Sachseln (1927), «Werner Amberg» von Meinrad Inglin aus Schwyz (1949) und eben «Der sechste Tag» (1961) von Josef Vital Kopp, wohl unübetroffen als eine Milieustudie eines barock-katholischen Marktfleckens in der Schweiz.

Die kleinstädtischen Verhältnisse sind nicht – wie in der deutschschweizerischen Literatur üblich – dem Vorbild von Gottfried Kellers Seldwyla angenähert. Eher schon fällt eine Ähnlichkeit zu Jean Pauls Reichsmarktflecken Kuhschnappel im Roman «Siebenkäs» (1797) in Betracht. Zum Beispiel wegen der grotesken, zum Teil versteinerten Originalität einzelner Figuren wie auch im Hinblick auf die Allgegenwart des Todes. Einem Ort von solch morbider Lieblichkeit ist unbedingt zu entrinnen. Dies entspricht haargenau der Logik von Jean Pauls berühmtem Prosa-Epos vom Armenadvokaten Firmian Stanislaus Siebenkäs und dessen Freund und Alter Ego Heinrich Hoseas Leibgeber. Die Flucht aus Kuhschnappel nach Vaduz erfolgt über den Friedhof, die Zwischenstation, von der aus sich Siebenkäs als Scheintoter von seinen Angehörigen und Mitbürgern verabschiedet.

VORGÄNGER FEDERER UND INGLIN

«Am Fenster». aus der Perspektive des vom Leben ferngehaltenen Asthmatikers, gibt sich als unmittelbare Autobiographie des Ich-Erzählers Federer. Demgegenüber sind «Werner Amberg» wie auch «Der sechste Tag» mit der Gattungsbezeichnung «Roman» klar als fiktive Texte gegenüber dem authentischen Ich ihrer Autoren abgegrenzt. Trotzdem sind die autobiographischen Kindheitsgeschichten Inglins und Kopps aus dem Text in markanter Deutlichkeit ersichtlich. Ein biographischer und kulturhistorischer Quellenrang ist ihnen – mit den gebotenen Einschränkungen – kaum abzusprechen. Schauplätze und manche Personen verfügen über eine alles andere als zufällige Ähnlichkeit mit ihren Vorbildern. Vieles konnte zur Zeit der Erstveröffentlichung noch exakt identifiziert werden, vorab von jenem nicht unbeträchtlichen Teil der Leserschaft, der mit den entsprechenden Schauplätzen und Milieus vertraut war. Im

Hinblick auf den Kunstcharakter der Texte musste aber gerade dies zu Missverständnissen und Fehldeutungen führen. Für Autobiographien und autobiographische Romane mag an die Losung des Dresdener Barons Wilhelm von Kügelgen (1802–1867) erinnert werden: «Es ist lange her mit den alten Geschichten. Sie müssen alle von neuem erfunden werden.»

In ausschmückenden, verfremdenden und schlicht flunkernden Details wurden die brillanten Fabulierer Inglin und Kopp in Sachen Erfindungsreichtum ausgerechnet von Federers vermeintlichen «Jugenderinnerungen» dann und wann übertroffen. Die drei Deutschschweizer haben auf eigene Weise ihren autobiographischen Parzival gestaltet und auf dem Weg der Prosakunst ein Äusserstes von sich preisgegeben. Dass bei Federer im ersten Satz von der Scham die Rede ist («Schon oft habe ich mich geschämt»), bei Inglin vom Sich-Sträuben gegen eine als borniert empfundene Aussenwelt und bei Kopp vom Staunen über den Gang der Zeit («Des Staunens entsinne ich mich noch lebhaft»), ist für jeden der drei Autoren in tiefster Dimension repräsentativ.

Kein Schriftsteller in der Geschichte der Schweizer Literatur musste tiefer durch Schmach und Schande als der pädophilen Heimsuchungen lebenslänglich ausgesetzte und deswegen in der Öffentlichkeit (1902) auch gespenstisch denunzierte und moralisch vernichtete Priester Heinrich Federer. Entsprechend wird im Kapitel «Eine seltsame Freundschaft» ein vierundvierzigjähriger Mann (Heinrich Federer) in einen zwölfjährigen Jungen verwandelt, wohingegen dessen Knabenfreund, der vierzehnjährige deutsche Internatszögling Dietrich von Bülow (1897–1984) mit grosser dichterischer Kraft zum dominant bedrohlichen Schwinger der «heillosen Peitsche» und teuflischen Versucher gestaltet wird. Die autobiographische Wahrheit hat mit dem Menschenbild des Schriftstellers Federer zu tun: Was unter Knaben Gutes und Böses geschieht, ist sittlich und menschlich schon der absolute, durch kein Schuldigwerden des Erwachsenen zu übertreffende Ernstfall. «Kinder kennen keinen Kompromiss», drückt Josef Vital Kopp im «Sechsten Tag» denselben Befund aus. Da gibt es – ob Kind oder Erwachsener – in letzter Instanz keine mildernden Umstände.

Für Meinrad Inglin, den Sich-Sträubenden, ist das gespaltene Verhältnis zur Heimat Schwyz konstitutiv, und zwar schon seit seinem ersten, einen Skandal auslösenden Roman «Die Welt in Ingoldau» (1922). Und auch für Inglin ist die Geschichte der Kindheit vor allem anderen ein Drama der Angst. In den Materialien zum Amberg-Roman lesen wir: «Angst scheint zwischen dem 3. und 6. Jahr geboren zu werden. Sie setzt eine abnorm starke erotische Anlage voraus. Kommt zu dieser Anlage eine starke Zensuranlage hinzu (Gewissen), dann....». Zum Hintergrund dessen, der sich gegen eine Angst verursachende Mitwelt und Umwelt sträubt, gehört «bange

Erwartung», die «mit einem dumpfen Schuldgefühl verbunden ist.» Von kindlichen Alpträumen dieser Sorte hat sich der autobiographische Autor loszuschreiben. Dies wird auch für den Schriftsteller aus Beromünster zum Programm. Im Vergleich zu Kopp wie auch zu Heinrich Federer realisiert Inglin sein schriftstellerisches Anliegen mit den herkömmlichen Mitteln des Bildungsromans. Der Text endet tröstlich: «Beim Erwachen war mir der Traum noch gegenwärtig, aber statt ihm nachzuhängen, wie ich es früher wohl getan hätte, stand ich sogleich auf, liess das Morgenlicht ins Zimmer herein und setzte mich hinter meine Bücher.»

Die Kindheit als fortgesetzter Alptraum – das macht auch das Wesentliche der ersten fünf Kapitel von Kopps autobiographischem Roman aus: «Entsinne ich mich recht, so begannen mir an jenem Nachmittag erstmals jene Zweifel aufzusteigen, die mich noch sooft peinigen sollten: Zweifel, ob das, was man Welt nannte, überhaupt sei; Zweifel vor allem, ob ich wirklich sei und nicht bloss meine, ich sei ... Auch hatte ich damals zum ersten Mal das schwindelnde Gefühl, ich sinke aus dem Bette, mit dem Zimmer, mit dem Haus, mit der Welt lautlos und rasender Fahrt in unergründbare Tiefen.»

Ganz anders offenbart sich die autobiographische Einsicht bei Heinrich Federer. «Am Fenster» enthält im letzten Abschnitt den Vorwurf, «bei allem Geschehen der bewegten Kindheit doch weitaus die meiste Zeit ...

untätig, ins Blaue guckend, mehr Zuschauer als Mitspieler», das Leben «mehr mit den Augen als mit den Händen» ergriffen zu haben. «Und da gab es kein Sträuben mehr. Ich band die Schuhe fest, packte den Stock und sprang – oder huschte ich nur so halbwegs? auf die lange, laute Strasse hinaus.» Das ewige Dilemma zwischen Eingesperrtsein und Ausbruch, dem im Grunde jede Zeile des Schriftstellers Heinrich Federer gewidmet ist.

Der sich sträubende Inglin alias Werner Amberg verlässt die Heimat auf dem Weg der inneren Emigration, durch den «Wendepunkt meiner Jugend», was für ihn die damals keineswegs selbstverständliche Gymnasialbildung im Kollegium Schwyz bedeutete. Das örtliche Gymnasium als Ort der Selbstunterwanderung und Ausgangspunkt der Berufswahl Schriftsteller. Dass diese gewagte Entscheidung des Handwerkersohnes, der früh seinen Vater und mit der Zeit auch seine religiöse Orientierung verloren hatte, zu einem zustimmungsfähigen Resultat führte, macht «Werner Amberg» zu einem der letzten Bildungsromane der Schweizer Literatur.

KEIN BILDUNGSROMAN
Im Vergleich zu Federer und Inglin liegen die Verhältnisse bei Josef Vital Kopp anders. Der Beromünsterer, mit seinen zwei exzellenten Doktortiteln und seiner unvergleichlichen lateinisch-griechischen Bildung einer der gelehrtesten Schriftsteller der modernen Schweiz, legt uns die Geschichte einer Kindheit vor, in der schul-

mässig nichts gelernt werden kann und wo es im Grunde auch nichts zu lernen gibt. «Der Sommer des Landmannes» heisst der Titel eines aufgegebenen Aufsatzes, der dem Schüler nur Langeweile bereitet, und die banalen, innerlich nicht nachvollziehbaren Katechismus-Verse («Einfältiges Zeug!») sind auf dem Weg zur Selbstfindung und Selbstwerdung nur gerade als Negativbeispiele erwähnenswert.

«Der sechste Tag» gestaltet im Sinn der biblischen Schöpfungsgeschichte die Menschwerdung des Kindes Josef. Er ist ein Prozess, der sich grundsätzlich ausserhalb der Schule abspielt. Die letzte Konsequenz dieser Selbstfindung besteht darin, alles oder fast alles, was diese Kindheit ausmacht, radikal abzuschütteln. Das «sich selber abschütteln» ist das Ziel der Wanderung durch das Leben. Die Losung des bedeutendsten Kapitels, des sechsten und letzten, lautet: «Einfach weg von hier! Irgendwohin, wo du dich abschüttelst. Zwar Ittig bleiben, aber nicht mehr Ittig sein.» Fritz Ittig, charakterisiert durch seine Hände, ist eine Art Alter Ego des Erzählers.

Ittig ist der am Dorfrand lebende Deklassierte, in der Hierarchie der Dorfbuben zuunterst; der Diener aller, sei es beim Schmierstehen, bei Botengängen, als gedungener Helfer im permanenten Krieg, der zwischen dem Vater, genannt «der Geheimnisvolle» und dem Sohn Josef herrscht und bei der stets hasserfüllten Rivalität zwischen dem kräftig-dümmlichen brutalen Sohn des Büchsers einerseits und dem durch seine intellektuellen Begabungen ausgezeichneten Josef andererseits. So wie sich Vater und Sohn gegenseitig nichts schenken, einander dann und wann mit fiesen Tricks hereinlegen, herrscht auch unter den Kindern auf der Gasse ein permanenter Kampf zwischen Hierarchie und Anarchie. Die Gasse, nebst dem Elternhaus Hauptschauplatz dieser Kindheit, wird zum Ort der Gefahr, dem von Wölfen bevölkerten Urwald bei Thomas Hobbes, wo als vorgesellschaftlicher Zustand der Krieg aller gegen alle herrscht. Nichts ist Kopp ferner als Rousseaus Glaube an das gute Kind. Eher scheint er es mit Augustinus, dem Kirchenvater zu halten, für den die Losung gilt: «Gelb vor Neid blickt der Säugling auf seinen Milchbruder.»

HEILLOSE WELTEN ZWISCHEN VATERHAUS UND GASSE
Zu den starken epischen Gestaltungen bei «Der sechste Tag» gehört der Wechsel von Vaterhaus und Gasse. Beides sind heillose Welten. Dazu gibt es eine gescheiterte Alternative, die vom Knaben Josef auf dem Feld errichtete, jedoch sehr schnell wieder einschmelzende Schneekirche, Symbol für die erträumte Einheit von Frömmigkeit, Naturgesetz, Gnade und Aufbruch. Das Bild des Vaters, genannt «der Unergründliche», wird durch die Zelebration seiner Abwesenheit, etwa im Gewächshaus oder im Betreiben kurioser Liebhabereien, so stark ins

Geheimnis stilisiert, dass dem Leser deutliche Umrisse dieser Gestalt eher vorenthalten als gezeigt werden. Schalkhaftes und Neckisches entpuppt sich schnell als Strategie und Taktik in einem Machtspiel, und dass Josef im ernsthaftesten Vorhaben seiner Kindheit, beim Bau der Schneekirche, vom Vater nicht ernst genommen wird, bedeutet eine tiefe, grundsätzliche, ja heillose Verletzung. Dieser Schmerz erhält aber, im Gegensatz etwa zu Peter Handke («Die Abwesenheit», 1987), nie Bekenntnischarakter, so wie überhaupt larmoyantes Zelebrieren der Leiden eines Knaben auf keiner Zeile zum schriftstellerischen Anliegen Kopps wird.

Das Verhältnis zum Vater, sei es als Machtkampf, sei es als registrierte Abwesenheit, bleibt für das Geschehen wegleitend, bis hin zur gedenkenden späten Wiederbegegnung auf dem Friedhof. Erst im Schlusskapitel erhält der Vater – als Toter – eine genauere physische Kontur. Es ist von seinen «grossen zugriffigen, weissen Händen» die Rede, jetzt verschränkt «zu ewiger Tatenlosigkeit». «Den Stein zierte kein Bild.» Man vergleiche dazu das Bekenntnis von Peter Handke:

«Ich bin heute den ganzen Tag durch die Bilder meines Vaters gegangen, Schritt um Schritt und Grad um Grad wie im Kreis ... Nur der Vater selber fehlt mir. Um so mehr fehlt er mir. Noch nie hat er mir so gefehlt wie jetzt hier. Vater, du fehlst mir. Du fehlst mir seit je, du hast mir immer gefehlt, du wirst mir immer fehlen bis an mein Ende. Du fehlst mir als Verächter meines Schmerzes, als Massgebender, als mein Erzähler, als mein Verschweiger; fehlst mir wie eine Heimat, wie die Hand auf dem Kopf aus den Träumen, wie ein Geruch, wie meine Seele; fehlst mir zum Erblinden, zum Messerziehen, zum Schreien. – Vater erscheine!»

Jedes Wort bei Handke trifft – inhaltlich – auch für Kopps Verhältnis zum Vater zu, nur herrscht beim jüngeren und vermeintlich moderneren Autor ein ganz anderer Ton vor. Handke bekennt, Kopp erzählt distanzierend-ironisch, was ihn bedrängt. Manchmal verschweigt er auch lieber als dass er erzählte, etwa bei der Darstellung der Mutter. Ihre bestürzend magere Nebenrolle in diesem autobiographischen Roman, in dem von den Mägden mehr Intimität und Nähe ausgeht als von der Hausherrin, signalisiert indirekt sogar noch mehr Abwesenheit als die Darstellung des Vaters. Aus publizistischer Sicht bleibt zu bedenken, dass die Mutter zum Zeitpunkt, als das Buch erschien, noch lebte. Die gebotene Wahrhaftigkeit ihr gegenüber konnte vom Erzähler offensichtlich nicht geleistet werden. Aus dem mutmasslich gleichen Grunde schaffen es auch die Geschwister schwerlich über eine Statistenrolle hinaus. Trefflich gelingen dafür dem Meister des Morbiden die karikierend geschilderten «kniemorschen Tanten», die «ewigen Herbstzeitlosen», die von einer «Instanz des Jenseits», Tod genannt, offensichtlich vergessen wurden. Eine sarkastische Ode auf die Langlebigkeit eines bestimmten Typus Frau. So weit es dem Erzähler um die Familie geht, sind alle Mitglieder, Mutter, Geschwister und natürlich auch der Knabe Josef, um den «Geheimnisvollen» und «Unnahbaren», eben den Vater, gruppiert. Das «Staunen», womit der Roman beginnt, gilt einem zeitlichen Sachverhalt: Wie der Knabe erstmals realisiert, dass auch der Vater ein Alter habe, nämlich zweiundvierzig. Dieses Alter machte ihn zum «archaischen Zeugen der Vorzeit», schreibt in der Darstellung einer kindlichen Perspektive der vierundfünfzigjährige Leukämiekranke in einem Moment seines Lebens, wo die Sanduhr für ihn selber unerbittlich ausläuft.

RITUALE UND MACHTSPIELE

Zu den fixen Ideen des Vaters gehören die Rituale, mit denen Tag für Tag die häusliche Hierarchie, die Machtverhältnisse, zu bestätigen sind. Eines der Rituale, das die Kinder abwechselnd zu besorgen haben, ist das Wasserholen mit der Karaffe, «lebendiges Wasser», wie der Vater sagt, aus dem Dorfbrunnen, weil das gewöhnliche Leitungswasser nur zum Baden und Waschen tauge, nicht jedoch zum Trinken. Dabei kommt es gelegentlich vor, dass die Kinder den Vater betrügen, indem sie ihm Leitungswasser statt Brunnenwasser darbringen. Die Schadenfreude über den gelungenen Betrug ist das eine, die moralisierende Mahnung an die Schwester, die Pflicht gegenüber dem Vater getreulich zu erfüllen, das andere. Dabei wird, im ironisierenden Nacherzählen des Rituals, in einer homerischen Wendung wie derjenigen von «der Zeit der eimerschleppenden Mägde», die Kindheit in Beromünster zu einer persönlichen Antike gestaltet. Über eine zerbrochene Karaffe, die dann in einem Ziehbrunnen versenkt wird, schreibt Kopp: «So ist Troia sechs entstanden.»

Bei der von leiser Ironie geprägten Darstellung der Kindheit und ihrer Schrecken ist die treffsichere Charakterisierung des Büchsersohnes keineswegs als satirische Überzeichnung zu verstehen; «Mit ihm verband mich Gegnerschaft von Anbeginn. Die frühesten Erinnerungen an ihn sind feindseliger Natur. Er war älter als ich, nur mittelgross, aber zäh und kräftig. Unter seiner bedrohlich vorgewölbten Stirn loderten zwei kleine, böse, rastlos lauernde Augen. Er war zum Peiniger geboren, wie die Tiere, die ihre Beute im Sprunge fassen. Der störrige Bock erprobte jeden Buben auf seine Kraft. Stets gab es etwas zu schlagen, zu treten und zu würgen, verstohlene Püffe, einen Tritt in die Kniekehle, einen Sprung ins Genick. Insbesondere wo er schmalen Bau und schwache Muskeln witterte, setzte er sich an. Mordlust war es, die ihn beseelte. Der Häschergriff seiner stets feuchten Hände liess jedes Opfer erschauern. Das Schlimmste: Entrinnen gab es nicht. Aus dem Boden tauchte er auf, war mit allen Durchschlüpfen vertraut und wusste sein Opfer auf wilden Verfolgungen unfehlbar in einen Hinterhof zu treiben, wo sich kein Zeuge seiner Roheit fand.»

Diesem radikal Bösen im Bereich des Elementaren hat Josef – ausschliesslich in der Schule – das nicht minder hinterhältig subtil Böse des Intellektuellen entgegenzusetzen, indem er dem sitzengebliebenen Sohn des Büchsers in gezielt sadistischen Gegenangriffen seinerseits nichts schuldig bleibt. Der Sadismus der geistigen Überlegenheit, sich darin gefallend, den Gegner schadenfreudig der Dummheit zu überführen. Es ist dies eine Seite von Josef Vital Kopp, mit der er sich später dann und wann als seinen Pennälern haushoch überlegener Gelehrter gegen die Zumutungen des Lehreralltags zu wehren wusste. Zumindest in Einzelfällen scheint er Gymnasiasten gedemütigt zu haben, was dann zu der bekannten Abrechnung des Schriftstellers Otto Marchi (1942–2004) im Roman «Soviel ihr wollt» geführt hat.

«DASS NICHTS ZU ENDE WAR»
Die Hellsichtigkeit für das Böse in Verbindung mit einer unheimlich präzisen Schilderung des Alltags in einer versunkenen Welt gehört zu den Hauptmerkmalen im ironischen Realismus von Kopps autobiographischer Romankunst. Dabei verbindet sich intime Detailkenntnis mit der Selbstvergewisserung des Erinnerns, «Des Staunens entsinne ich mich noch», «Als wäre es gestern gewesen, so lebhaft erinnere ich mich noch», «entsinne ich mich recht», «Erinnerungen? Ach, was entschwebt nicht alles!» Dabei ist in dieser «Symphonie von Erinnerung und Zerfall» (6. Kapitel), den im Allerinners-

ten abbröckelnden Erinnerungen (3. Kapitel), das Wesentliche trotz allem nicht zu vergessen. Nämlich das Gefühl des Scheiterns im grössten Projekt des Kindes Josef: beim Bau der Schneekirche, welche dann von den Unbilden der Witterung, dem Frühlingsföhn, entgegen allen inständigen Gebeten so schnell zerfällt, dass Josef sie nicht einmal mehr der heimlich bewunderten Gefährtin seiner Jugend, der Jüdin Rahel, als Zeichen seines persönlichen Glaubens zu zeigen vermag. Eine kindliche Liebesbeziehung, deren heillose Substanz aus Rivalität besteht. Was ist das Wesentliche der Erinnerung? Das dritte Kapitel deutet es an:

«Jetzt aber fühlte ich erstmals, dass nichts zu Ende war und dass die entscheidenden Dinge auch in der Nacht nicht ruhten. Jetzt zog mich die Welt zum Fenster. Ich stiess die Flügel auf und spähte hinaus. Zuerst an den Himmel. Die wollige Schwärze war mit unzählbaren heimtückisch blinzelnden Sternen beschlagen. Unentschieden, dachte ich. Dann lehnte ich mich vor und blickte in die Tiefe. Welch eine wildzerklüftete Welt! Zwischen den schneebedeckten Dächern und Gartenmauern lagen gewaltige Schattenfelder, von den niedrig brennenden Lampen ausgelegt, abgründige Schluchten, klippig und scharfkantig wie Felsbrüche! Daraus stieg regloses Schweigen. Nur von der Wirtschaft ‹Zur Ölpresse› hörte man Handharmonikaspiel, Gelächter, Lärm und fideles Gejohle.»

«Dass nichts zu Ende war.» Die Erfahrung wird «Am Fenster» gemacht, also der autobiographischen Perspektive von Heinrich Federer. Die Stelle liest sich aber auch als unheimlicher Vorausblick auf den stärksten Text von Josef Vital Kopp überhaupt, «Der Nachbar», wo die Aussenwelt in ihrer Sinnlichkeit, ihrer Heimtücke wie auch in ihrer Unbegreiflichkeit als traumhafte Vorstellung des Betrachters optisch nur über das Fenster und akustisch durch die Wände hereinkommt. Eine Schnittstelle zwischen Erinnerung und existentieller Erfahrung.

KATHOLISCHER ANTISEMITISMUS UND KINDLICHE LIEBE

«Der sechste Tag» als Buchtitel hat einen untergründigen Zusammenhang mit dem Aufbau des Romans in sechs Kapiteln. Die biblische Anspielung meint den Tag, da der Gott des Alten Testamentes den Menschen erschaffen hat. Diese Dimension, der Weg zum wahren Menschsein als Distanzierung von Herkunft und Heimat, auch Selbstdistanzierung, kommt im Schlusskapitel zur vollen Entfaltung. Die Kapitel eins bis fünf sind in diesem Sinne die Prähistorie, die elementare Vorgeschichte, Episoden des Heillosen, sei es in der Beziehung zum Vater, zum Sohn des Büchsers, zum Jugendfreund Ittig, in der Eifersucht auf einen Toten, den Bäckerjungen, dem zu Ehren das Judenmädchen Rahel symbolisch den Hemdkragen einreisst.

Gnadenloses Scheitern, auch im religiösen Sinn, bedeutet die Geschichte um die Schneekirche. Nicht zuletzt bringt Josef Vital Kopp die bei weitem stärkste literarische Darstellung des katholischen Antisemitismus, die es im schweizerischen Schrifttum gibt. Die religiösen, gesellschaftlichen, ökonomischen, psychologischen und schlicht anthropologischen Hintergründe, die den Juden Jecheskeel Braun mit seiner konservativen Lebensweise einerseits und seinen modernen Geschäftsideen im Flecken zum verhassten Aussenseiter machen, sind mit einer Unbefangenheit erzählerisch aufbereitet, wie man sie bei kaum einem deutschsprachigen Autor der Nachkriegszeit mehr finden kann. Die Intimität der Darstellung mag andeuten, dass Kopp einen unterschwelligen Antisemiten auch in sich selbst auf eine dichterisch subtile Weise zu bändigen wusste. In dieser Darstellung wird die Kritik des Antisemitismus nicht mit Philosemitismus gleichgesetzt. Die jüdische Familie, zu der auf den Sabbat jeweils ein Rabbi Mordechai zureist, wird nicht zu einer Gemeinschaft von teils beneideten, teils verachteten Arglosen und Braven verharmlost, denen eine misstrauische bis feindselige Umgebung das Leben schwer macht. Man weiss sich mit geeigneten Mitteln zu wehren. Das Judenmädchen Rahel, eine der wenigen starken Frauengestalten im Werk von Kopp, versteht sich im stockkatholischen Flecken unbedingt zu behaupten, vermag die christlichen Mädchen sowohl als Schulkind wie später am Klassentreffen der vermeintlich reifen Erwachsenen deutlich zu übertrumpfen und weiss dies auch ganz genau.

Dass sich das Judenmädchen an Josef, den Sohn des Gemeindeammanns hält, um mit ihm dann am Schulexamen triumphal zu musizieren, ist ein Akt selbstbewusster Integration im Sinne des Sich-Durchsetzens in einer kulturell fast völlig gegensätzlichen Welt. Die subtile Nähe und Fremdheit der beiden Kinder, wie sie sich etwa gemeinsamen Trinken von Wasser und Limonade am Brunnen offenbart, gestaltet sich zu einer angedeuteten kindlichen Liebesgeschichte, die auf diese Weise in der Schweizer Literatur einzigartig ist. Die beiden mögen einander in einer prickelnden Mischung von Faszination, Scham und Fremdheit bis hin zur Feindschaft. Gerade weil es zwischen den beiden gut Zehnjährigen noch kaum eine erotisch-sexuelle Spannung gibt, gewinnt die Liebesgeschichte eine Ernsthaftigkeit, der erwachsene Liebende in Sachen seelischer Intensität eigentlich nichts Wesentliches mehr hinzuzufügen hätten. «Kinder kennen keine Kompromisse.» Dieser Satz gilt auch für die Geschichte von Josef und Rahel. Zutiefst verletzt es den Knaben, wie er realisiert, dass das Mädchen die Freundschaft mit ihm zweckbezogen praktiziert hat. Es ging ihr um nicht mehr und nicht weniger als um gemeinsames öffentliches Musizieren mit dem Klassenbesten und dem Sohn des Gemeindeammanns im Sinne bestmöglicher gesellschaftlicher und wohl auch familiärer Anerkennung. Dass Josef also von Rahel «benützt» wurde, so wie er dann und wann den armen Knaben Ittig zu Hilfereichungen aller Art verwendete, war für ihn eine abgrundtiefe Enttäuschung. Dabei gewinnt die Schilderung des gemeinsamen Trinkens am Brunnen schon beinahe eine hochzeitliche Symbolik.

Vermeintlich kindliche und kindische Beziehungen wie diejenigen zwischen Rahel und Josef können sich in der Mischung von Naivität, gläubiger Unschuld, spielerisch-ernstem Zusammensein, Berechnung und Skandalisierung in den Augen der Mitschüler zu vollgültigen und einmaligen Liebesgeschichten auswachsen. Wenn hier mit gezinkten Karten gespielt wird, ist das im letzten genau so verletzend, vielleicht verletzender, als Untreue und Ehebruch unter Erwachsenen. Das ist bei Kopp nicht die These eines Moraltheologen. Es wird nicht erläutert, sondern mit dichterischer Kraft und keineswegs moralisierend gezeigt. Es gibt in diesem Roman keine guten Menschen, keine lieben Kinder, und darum werden die Jüdin Rahel und der deklassierte Knabe Fritz Ittig nie auch nur andeutungsweise sozialromantisch verklärt. Das Böse, die Versuchung, lauern überall. Allzu einfach wäre es, wenn der Sohn des Büchsers die Rolle des Bösewichts exklusiv für sich behalten dürfte. Zu den tiefsten Erkenntnissen des Autobiographen Kopp gehört die Realisierung der eigenen Ähnlichkeit mit dem Peiniger, am Schluss des «Judenkapitels» in Worte gefasst: «Jetzt aber gaben mir die kleinen Augen des

Büchsersohnes einen Blick, in dem etwas Solidarisches, beinah Brüderliches lag. Mit Recht!»

Kulturhistorisch ist Kopps detaillierte und lebendige Darstellung des katholischen Antisemitismus in kleinstädtischen Verhältnissen des Kantons Luzern umso bemerkenswerter, als der berühmteste ehemalige Lateinschüler von Kopp, der Theologe Hans Küng, in der Darstellung seiner Jugend in Sursee («Erkämpfte Freiheit», 2002) von diesem Antisemitismus im Städtchen so gut wie nichts bemerkt haben will. Dabei lebte die bei Kopp geschilderte Judenfamilie zur Jugendzeit Küngs nicht mehr in Beromünster, sondern in Sursee. Küng neigt in seiner autobiographischen Darstellung des modernen Katholizismus dazu, bei durchaus kritischen Bemerkungen über die Schweiz, die Verhältnisse in seiner Heimatstadt Sursee zu idyllisieren. Der Kirchenkritiker mag sich von seiner liebgewonnenen Basis im heimatlichen Hinterland nicht distanzieren. Dies hängt mutmasslich mit der publizistischen Situation des professoralen Memoirenschreibers zusammen. Autobiograph Kopp schreibt sich von seinem Heimatort los. Für Küng ist das Böse und Korrupte ganz woanders zu lokalisieren, zum Beispiel in den Schaltzentralen eines reformfeindlichen Kirchenapparates. Wenigstens in Sursee scheint, abgesehen von einigen lästigen, die Seelsorge behindernden Kirchengesetzen, die christlich-bürgerliche Welt noch in Ordnung zu sein.

Von eben dieser christlich-bürgerlichen Welt nimmt der Erzähler im sechsten Kapitel des autobiographischen Romans von Josef Vital Kopp radikal Abschied. Der «Heimkehrer», der «Zugereiste», von dem jetzt in abruptem Perspektivenwechsel in der dritten Person die Rede ist, empfindet sich nun plötzlich als «der Fremde», der mit «Schlingergang» zum Zweck einer Klassenzusammenkunft in sein Hochtal zurückkehrt. «Die letzten 30 Seiten des Romans ‹Der sechste Tag› stellen, allein schon als Beschreibung von Ort und Landschaft, eine dichterische Gestaltung seines Herkunftsraumes dar, wie sie wenige Orte unseres Landes vorweisen können», schreibt Peter von Matt in «Köpfe, Klänge und Geschichten – Zur literarischen Kultur der Innerschweiz» (2004). Der Vergleich des Stiftsbezirks mit dem vom Vesuv verschütteten und wieder ausgegrabenen Pompeij lässt in seiner ironisch-distanzierenden Symbolik an dichterischer Kraft nichts zu wünschen übrig:

«Wie man nach erlegtem Eintrittsgeld Pompeij durchstreift, so ging er von Vortor zu Vortor, drang ohne Heimlichkeit in die Gärten ein und wagte sich musternd durch die Beete vor. Oh, die Brunnen! Dieselbe schwer zu ergründende Melodie wie einst orgelte unter dem Wasserstrahl in den wappenverzierten Trögen. Die Häuser! ... Irgendwo stand ein Flügel offen; irgendwo war ein Vorhang gezogen; ein im Tempeldienst verbrauchter Talar oder sonst ein Gewandstück geistlicher Natur war irgendwo in die Sonne gehängt...»

Das barocke Grabmal von «Josef Vitalis Kopp Sacerdos Beronensis» trägt die Inschrift: «Omnis vita sapientis est meditatio mortis». Das Wort von Cicero ist für den Geburtsort dieses grossen Lehrers und Autors kennzeichnend: «Das ganze Leben des Weisen ist ein Bedenken des Todes.» Kopp hat im letzten Kapitel seines Romans «Der sechste Tag» den Gang des Heimkehrers durch den Stiftsbezirk beschrieben:

«Die an den Wänden angereihten Epitaphe empfingen ihn mit jener polyphonen Dissonanz von Friede und Unruhe, Komik und Trauer, der Erinnerung und des Vergessens... Gelangweilt und des eintönigen Dienstes müde, spielten Totengerippe mit Sanduhren, Szeptern, Kronen, Krummstäben, und grinsten den Betrachter aus schattigen Höhlen an. Daneben lächelten Engel in Stein und boten mit entschlafenen Gebärden Siegespalmen, Lorbeerkränze, Trostkelche und brennende Ampeln an. (...) Bedächtig ging der Fremdling von Stein zu Stein. Meist blickten ihn nie gekannte Mienen an: leer und vorwurfsvoll.»

Diese Schilderungen «sub specie aeternitatis», unter dem Blickwinkel der Ewigkeit, sind als die schon genannte «Symphonie von Erinnerung und Zerfall» von so überzeugender dichterischer Kraft, wie sie in vergleichbarer Konsequenz und Geschlossenheit erst wieder im Spätwerk «Der Nachbar» zum Ausdruck gekommen ist. Für den autobiographischen Gehalt des Buches geht es aber noch um mehr: um die Kultur der Erinnerung und ihre Kritik. Dafür erweist sich die einmalige und zugleich für ungezählte Beispiele repräsentative Zeichnung einer herkömmlichen Klassenzusammenkunft bürgerlicher Schweizerinnen und Schweizer als Standardbeispiel. Der Sohn des Büchsers kann fürwahr brauchen, was er als Knabe in seinen heimtückisch geführten Gassenkriegen gelernt hat. Sein fieser Charakter stand seinem geschäftlichen Erfolg keineswegs im Wege, im Gegenteil. Umgekehrt blieben Ittig diverse Aufenthalte hinter schwedischen Gardinen nicht erspart:

«Allmählich begriff er. Was hatte Ittig vom morgigen Fest zu erwarten? Die Brieftaschen aller waren mit Photos gefüllt: Kind und Kegel, Eigenheim, Wagen und Weekendhaus. Der Sohn promoviert. Die Tochter verlobt. Alles in Ehren. Sie waren alle, wenigstens in den eigenen Augen, arriviert. Das genügte. Vom gesicherten Posten aus liess sich leicht fragen: «Weißt du noch? Erinnerst du dich?» Je kindischer die Albernheiten, die man exhumierte, um so beträchtlicher erschien der schliessliche Erfolg. Nur Ittig war noch immer bloss Ittig.»

Es ist diese Art der selbstzufriedenen Erinnerung, welche der wahren Menschwerdung, dass man endlich anders werde als damals bei den gemeinen Bubenstreichen und fiesen Mädchenhandlungen, im Wege steht. Diese Dinge wären endlich zu vergessen, genauer; in einem grundsätzlichen Sinne abzuschütteln. Schon befinden sich Josef, der einstige Klassenbeste, und Ittig, der Klassenletzte in jeder Hinsicht, vor der «Ölpresse», dem Lokal, wo das Erinnerungsfest stattfinden soll: «Lärm und Gejohle. Die Stimme des Büchsermeisters beherrschte das Feld ... Das Köfferchen Rahels mit ‹Air France› stand noch immer da. ‹Sie wartet auf dich›, bemerkte Ittig spöttisch.»

Vor diesem Befund gibt es, im Geist der autobiographischen Bilanz «Zwar Ittig bleiben, aber nicht mehr sein», nur einen Entschluss: Weg von hier! «Wann also?» «7.15. Eine Viertelstunde bevor sie den Dankgottesdienst mit dem Te Deum beginnen.»

Der Priester und Schriftsteller Josef Vital Kopp hat in einem beispielhaften Stück Autobiographie klarmachen wollen, wofür man – im Sinne der Kritik von Jesus an den Pharisäern – Gott auf keinen Fall danken darf.

Pirmin Meier, Dr.phil., Gymnasiallehrer in Beromünster, Autor grösserer Werke zu Paracelsus, Bruder Niklaus von der Flüe und Heinrich Federer. In der Reihe «Kultur in der Zentralschweiz» erschien von ihm 2005 «Landschaft der Pilger».

Leben und Werk

1906   1. November, geboren in Beromünster als Sohn des Michael Vital Kopp und der Kunigunda geb. Herzog, beide von Beromünster

1913–1918   Primarschule in Beromünster

1918–1922   Kantonale Mittelschule (Progymnasium) in Beromünster

1922–1926   Stiftsschule Einsiedeln

1926   Sommer, Maturitätsprüfung Typus A

1926–1930   Theologiestudium an der Universität Innsbruck

1929   10. Dezember, Einreichung der theologischen Dissertation «Die Staatslehre des hl. Paulus»

1930   29. September, Eintritt ins Priesterseminar Solothurn

1931   10. Juli, Priesterweihe

1931–1935   Vikar zu St. Karl in Luzern

1935–1938   Studium der klassischen Philologie an den Universitäten Freiburg i. Ü., Berlin und Heidelberg

1938–1941   Lehrer für Religionslehre, Latein und Griechisch an der Kantonalen Mittelschule Willisau; Kaplan zu Heiligblut, Willisau

1939   Philologische Dissertation: «Das physikalische Weltbild der frühen griechischen Dichtung»

1939   15. August, Tod des Vaters

1941   Erwerb der Liegenschaft Bräch, auf dem Brünig

1941–1945	Rektor der Kantonalen Mittelschule, Willisau
1939–1945	Häufige Militärdienstleistungen als Feldprediger-Hauptmann im Inf. Reg. 19
1945	Wahl zum Professor für Latein und Griechisch an die Kantonsschule Luzern
1946	«*Sokrates träumt*», Roman, 1. Fassung
1950–1958	Mitglied des Erziehungsrates des Kantons Luzern; Inspektor der Kantonalen Mittelschule Beromünster
1950	«*Brutus*», Roman
1954	«*Die schöne Damaris*», Roman
1955	«*Sokrates träumt*», 2. Fassung
1957	Rücktritt aus dem Erziehungsrat im Zusammenhang mit dem Konflikt um eine neue Konzeption der Kantonsschule
1958	«*Die Launen des Pegasus*», Roman
1959	Erste Begegnung mit den Schriften Pierre Teilhard de Chardins
1960	«*Das christliche, mathematisch-naturwissenschaftliche Gymnasium*»
1960	14. April, Tod der Mutter
1960	Herbst, Ausbruch der Leukämie
1961	«*Entstehung und Zukunft des Menschen*»

1961	«*Der sechste Tag*», Roman
1962	Rücktritt von der Lehrstelle an der Kantonsschule Luzern
1962	«*Der göttliche Bereich*» (Übersetzung von Pierre Teilhard de Chardins «Le milieu divin»)
1962	18. November, Überreichung des Innerschweizerischen Literaturpreises in Beromünster
1964	«*Der Arzt im kosmischen Zeitalter*»
1966	«*Die Tochter Sions*», Roman
1965–1966	Niederschrift des Romans «Der Forstmeister»
1966	22. September, Tod in der Klinik St. Anna, Luzern

nach dem Tod des Autors erschienen folgende Werke:

1967	«*Der Tod ist gut*», Reflexionen grosser Geister über das Sterben
1967	«*Der Forstmeister*», Dokumente einer Krise, Roman
1972	«*Aphorismen*»
1975	«*Diese letzten Tage meines Lebens*», Reflexionen und Beobachtungen
1976	«*Der Nachbar*», zusammen mit den Erzählungen «*Die Kanzlei*» und «*Der eingefangene Hermes*»

PRO
LI
BRO
LUZERN

Verlag und Stiftung Pro Libro Luzern

Der im Frühjahr 2006 gegründete Verlag «Pro Libro Luzern GmbH» hat sich der Region Zentralschweiz verschrieben. Die Dokumentation der so überraschend reichen Kultur dieser Region ist sein Anliegen.

In der 12bändigen Reihe **«Literatur des 20. Jahrhunderts»** will er wichtige Werke aus dieser Zeit wieder zugänglich machen. Die Bücher werden von einem ausführlichen Nachwort begleitet.

Die Reihe beginnt mit Werken von Josef Vital Kopp «Der sechste Tag», Clemens Mettler «Der Glasberg» und Martin Stadler «Bewerbung eines Igels». 2008 stehen Heinrich Federer, Gertrud Leutenegger und Margrit Schriber auf dem Programm, 2009 folgen Meinrad Inglin, Therese Roth - Hunkeler und Christina Viragh. Abgeschlossen wir die Reihe mit je einem Band ausgewählter Erzählungen, Gedichte und dramatischer Werke verschiedener Autorinnen und Autoren. Herausgeber der Reihe sind: Beatrice von Matt, Joseph Bättig und Hardy Ruoss.

Noch unter anderen Verlagsnamen begann 1997 die Sachbuchreihe «Kultur in der Zentralschweiz», zu erscheinen, welche inzwischen vom Verlag «Pro Libro» übernommen worden ist.

Noch vorrätig sind aus dieser Reihe folgende Bände:

Joseph Bättig:
«Meinrad Inglin und Josef Vital Kopp», 1999, 80 S.
ISBN 3-952 1304-4-3, Fr. 15.00
Zwei inhaltlich verwandte Texte der Autoren werden durch den Germanisten Joseph Bättig in grösseren Zusammenhängen gedeutet.

Alfred Waldis:
«Es begann am Gotthard», 2. Aufl. 2002, 176 S.
ISBN 3-952 2033-5-1, Fr. 25.00
Der Schöpfer des Verkehrshauses schildert faktenreich und anschaulich die Entwicklung der Verkehrswege zu Lande, zu Wasser und in der Luft in der Zentralschweiz.

Inge Sprenger - Viol:
«Drei Wege ins Bundeshaus», 2003, 102 S.
ISBN 3-906286-11-8, Fr. 29.00
Die Autorin erzählt von den verschiedenen Lebenswegen der drei Politikerinnen Elisabeth Blunschy, Josi J. Meier und Judith Stamm bis an die Spitze im Bundeshaus.

André Meyer:
«Architektur zwischen Tradition und Innovation», 2003, 122 S.
ISBN 3-906286-09-6, Fr. 29.00
Der Luzerner Kunsthistoriker und Denkmalpfleger gibt einen anschaulich Einblick in die Baugeschichte der Zentralschweiz im 19. Jahrhundert bis in die Moderne.

Meinrad Buholzer:
«Jazz in Willisau», 2004, 176 S.
ISBN 3-906 286-19-3, Fr. 29.00
Der Journalist und Jazzkenner beschreibt die phänomenale Entwicklung der Jazz-Veranstaltungen vom Anfang bis heute und würdigt den Mentor Niklaus Troxler.

Peter und Beatrice von Matt:
«Köpfe, Klänge und Geschichten», 2004, 168 S.
ISBN 3-906286-21-5, Fr. 29.00
Der Literaturhistoriker und die Literaturkritikerin beschreiben aus unterschiedlichem Anlass die literarische Kultur der Zentralschweiz: Porträts von Autorinnen und Autoren wechseln ab mit grundsätzlichen Beiträgen zu Sachthemen.

Pirmin Meier:
«Landschaft der Pilger», 2005, 168 S.
ISBN 3-906286-24-X, Fr. 29.00
Der Kantonsschullehrer und Schriftsteller aus Beromünster stellt die Innerschweiz mit ihrem eindrücklichen mythischen und religiösen Erbe als Schnittpunkt von Pilgerwegen vor.

Dietrich Wiederkehr:
«Für einen befreienden Glauben»,
Verlag Pro Libro, 2006, 114 S.
ISBN 3-9523163-0-X, Fr. 29.00
Drei Theologen als Wegbereiter: Herbert Haag, Otto Karrer und Hans Urs von Balthasar. Der emeritierte Fundamentaltheologe an der Universität Luzern, würdigt diese drei mit Luzern verbundenen bedeutenden Theologen des 20. Jahrhunderts.

Joseph Bättig und Klaus von Matt (Hg):
«Josef Vital Kopp – Erbe und Aufbruch», ein Lesebuch,
Verlag Pro Libro, 2006, 164 S.
ISBN 39523163-1-8/978-3-9523163-1-3, Fr. 29.80
Zum 100. Geburtstag von Kopp bringt das Lesebuch sowohl veröffentlichte als unveröffentlichte Beiträge aus seinem Werk zu theologischen und philosophischen Themen. Dazu kommen Erzählungen, Gedichte und Aphorismen.

Heinz Stalder:
«52 Sinnbilder» Eine Begegnung mit Hergiswald,
Verlag Pro Libro, 2006, 120 S.
ISBN 3-9523163-2-6/978-3-9523163-2-0, Fr. 29.80
Der Schriftsteller kommentiert 52 Embleme aus dem reichen Bilderhimmel der Wallfahrtskirche von Hergiswald. Die Doppelseiten stellen dem Bild (in Farbe) je einen überraschenden literarischen Text gegenüber. Dazu ein Vorwort des Autors.

Nadine Olonetzky:
«Ein Amerikaner in Luzern»
Allan Porter und «camera» – eine Biografie,
Verlag Pro Libro, 2007, 105 S.
ISBN 978-3-9523163-3-7, Fr. 29.80
Die Kulturjournalistin Olonetzky beschreibt faktenreich und spannend das vielseitige Leben und Werk des Mannes, der während 16 Jahren die Zeitschrift «camera» zu internationalem Ansehen gebracht hat.

Alle Bücher sind im Buchhandel erhältlich (Auslieferung: Balmer Bücherdienst Einsiedeln) oder können beim Verlag «Pro Libro Luzern», Adligenswilerstr. 30, 6006 Luzern bestellt werden. Mail: prolibro@bluewin.ch

Die im Jahre 2006 gegründete Stiftung Pro Libro will mit Hilfe von Donatoren und Gönnerinnen, denen das Kulturgut Buch ein Anliegen ist, die Publikation wichtiger Bücher aus unserer Region unterstützen. Unterlagen zur Stiftung können beim Verlag Pro Libro angefordert werden.